13
고블린 슬레이어
GOBLIN SLAYER!
He does not let anyone roll the dice.
© Noboru Kannatuki

모든 것은 그 순간,
신들이 던진
《숙명》과 《우연》의
주사위 눈에 따라서…….

Contents

GOBLIN SLAYER!
He does not let anyone roll the dice.

고블린 슬레이어

GOBLIN SLAYER!

He does not let anyone roll the dice.

13

저자 카규 쿠모
일러스트 칸나츠키 노보루

고블린 슬레이어

인물 소개

CHARACTER PROFILE

—그러니까 나는,
놈들 입장에서 고블린이다.

고블린 슬레이어

Goblin Slayer

변경 도시에서 활동하는 별난 모험가. 고블린 토벌만 해서 은 등급(서열 3위)까지 올라간 희귀한 존재.

—지키고, 치유하고, 구하라.
『지모신의 세 마디 성스러운 구절』

여신관

Priestess

고블린 슬레이어와 콤비를 짠 마음씨 고운 소녀.
고블린 슬레이어의 무모한 행동에 휘둘리고 있다.

—무지한 자들이야말로
행복한 것이다.
알게 되는 것은 가장 커다란
기쁨이니까. 『엘프의 격언』

엘프 궁수

High Elf Archer

고블린 슬레이어와 모험을 함께 하는 엘프 소녀.
탐색자(레인저) 역할을 맡고 있는 굉장한 솜씨의 활잡이.

—그녀에게 중요한 것은,
언제나 날씨, 가축, 작물과
그 사람이다.

소치기 소녀

Cow Girl

고블린 슬레이어가 묵고 있는 목장에서 일하는 소녀.
고블린 슬레이어의 소꿉친구.

—펜과 종이도 없이, 어떻게
모험을 할 수 있을까요?

접수원 아가씨

Guild Girl

모험가 길드에서 일하는 여성.
고블린 퇴치를 솔선해서 하는 고블린 슬레이어 덕분에 언제나 마음의 짐을 덜고 있다.

—보석도 금속도 연마하기
전에는 모두 돌덩이로다.
사물을 겉모습으로만 판단하는
드워프는 이 세상에 없느니라.

드워프 도사
Dwarf Shaman

고블린 슬레이어와 모험을
함께 하는 드워프 술사.

—용은 도망치지 않는 법.

리자드맨 승려
Lizard Priest

고블린 슬레이어와 모험을
함께 하는 도마뱀 수인 승려.

나를 단련하고 칼날로 해치워라.
피가 나온다면 내 적이 아니다.
—강철의 비밀. 그 중 일부.

중장 전사
Heavy Warrior

변경 도시의 모험가 길드에
소속된 은 등급 모험가.
여기사를 포함한 변경 최고의
파티를 이끌고 있다.

—신비와 사랑은 혀로 자아낼
수록 쉽게 풀어지는 법. 하물며
여인의 아름다움은 어떠하리.

마녀
Sorceress

변경 도시의 모험가 길드에
소속된 은 등급의 모험가.

존경해 마땅한 적을,
내일의 벗이라 부르기는 싫다.
적어도 오늘은.

창잡이
Lancer

변경 도시의 모험가 길드에
소속된 은 등급의 모험가.

사랑이란 서로를 마주보는
것이 아니다.
같은 방향을 함께 보는 것이다.
—어느 시인.

검의 처녀
Sword Maiden

물의 도시에 있는 지고신 신전의
대주교. 과거에 마신왕과 싸운
금 등급의 모험가이기도 하다.

한 주의 첫날은 마법사
그 다음 날은 무도가
드라군
사흘째에는 용기병
넷째 날이면 활을 잡고서
닷새째가 되면 또 말 타기
여섯째 날은 척후가 되어 어둠 속을 달리고
한 주의 끝에는 자유기사
튼튼이 짬을 내어 미궁 만들기
함정을 설치하고 괴물을 배치
손짓해 부르며 기다리노라
다음 천의 5승 년도 이렇게 지낸다
이걸로 시작하여 모험을 알 수 있는 법

제1장 『모험가가 되고 싶어』

"GOOOROGGB?!"

소리도 없이 어둠을 꿰뚫은 단검에, 고블린이 탁한 비명을 지르고 뒤로 뒤집혀 넘어졌다.

동굴 안에 메아리치는 단말마. 그것과 함께 소란을 피우는 고블린 놈들.

—이런 소동에도 완전히 익숙해졌구나.

드워프 도사는 방심하지 않고 암흑을 노려보면서도, 느긋하게 그런 생각에 빠져 있었다.

"하나……!"

그 때에는 이미 지저분한 가죽 갑옷과 싸구려 철 투구의 모험가가, 쏜살같이 튀어나가고 있었다.

"느으려!!"

그리고 그것을 뛰어넘어서 가는 은빛 화살이 한 줄기. 아니 세 줄기.

"GBOOBB?!"

"GOBBG?! GORBG?!"

"GRBBGORG?!"

드워프의 눈으로도 내다볼 수 없는 어두운 굴의 안쪽으로 날아들자, 들리는 비명도 역시나 셋.

하이 엘프가 활을 들었다면, 거기서 벗어날 방도 따위 있을 리가 없는 법이다.

“흐흥……!”

힐끔 이쪽을 돌아보더니 자신만만하게 가녀린 가슴을 쭉 펴는 엘프 궁수.

승리를 뽐내는 어린애 같은 표정을 지으며 귀를 흔드는 그녀에게, 드워프 도사는 짧게 혀를 차는 걸로 응답했다.

—저 쓰잘데없이 콧대가 높은 것 때문에, 순순히 칭찬을 해줄 생각이 안 드는 게로다.

그 무렵에는 이미 쓰러진 고블린의 손에서 무기를 가로챈 고블린 슬레이어가 뒤이어 뛰어들고 있었다.

둘, 셋이라고 세는 목소리를 들어 보니 합쳐서 여섯 이상. 고블린 놈들은 열 정도는 되는 모양……인데.

“이 정도 소굴이라면 우리들이 나설 차례도 없겠구나, 비늘 친구야.”

“정말이지 난처한 일일세.”

결코 방심한 것은 아니지만 느긋한 어조로, 옆에 있는 거체가 동의했다.

리자드맨 승려는 괜히 거창한 태도로 부르르 몸을 떨고서, 그 기다란 목을 흔들었다.

“겨울도 가까운 터라, 되도록 몸을 움직이지 않으면 금방 졸음이 오고 만다네.”

그것이 농담인지 진담인지, 그럭저럭 알고 지낸 드워프 도사도 판별할 수가 없다.

모름지기 리자드맨이라고 하면 전쟁을 하느라 날 새는 줄 모르는 종족이고, 추위에 약한 것 또한 진실.

—하지만 이 녀석, 자기는 온혈이라고 말을 했단 말이다.

아니 잠깐. 그러나 쥐 같은 것들도 동면을 하지 않던고…….

"그렇지만, 기적을 아낄 수 있는 건 좋은 일이니까요……."

판별이 안 되는 것은 역시 마찬가지이리라. 지모신을 섬기는 소녀가 애매하게 미소를 지었다.

암흑의 동굴 한가운데에서도, 긴장한 기색은 있지만 겁먹은 기색은 없었다.

양손으로 석장을 단단히 쥐고서, 이쪽 저쪽을 살피는 모습은 제법 익숙해 보였다.

생각해 보면 그녀가 백자였을 무렵부터 알고 지냈지만, 꽤나 성장을 했다.

—흄은 성큼성큼(스트라이더) 걷는다고 하니 말이다.

엘프 정도는 아니더라도, 장명인 몸으로서는 약간 눈이 부시다고 생각하는 부분도 있다.

그 시선을 깨달은 여신관이 얼굴 옆에 물음표를 띄우고 갸우뚱했다.

"저기, 무슨 일 있나요?"

"아니다."

드워프 도사가 껄껄 소리를 내어 웃었다.

"할 일이 없어서 한가한 것뿐이니라."

허리에 매단 화주를 들어, 벌컥 한 입 들이켰다. 고블린의 둥지에 숨어든 것치고는 기분이 좋다.

—그러나, 그저 기분을 내고 있을 수는 없구먼.

드워프 도사는 동굴에 굴러다니는 바위와 바위 틈에 손을 대고서, 소리를 질렀다.

"여봐라, 카미키리마루. 옆 굴이 있구나!"

"음……!"

전위의 반응은 빨랐다.

"부탁한다."

"어, 잠깐?! 아아, 정말……!"

고블린 슬레이어가 몇 마리째인지 모를 고블린의 목을 조잡한 도끼로 아무렇게나 부러뜨리고 금방 달려왔다.

홀로 전위를 맡게 된 엘프 궁수가 예상대로 소리 높여 항의했지만, 신경 쓰는 기색도 없다.

신뢰라고 해야 할지 무정하다 해야 할지……. 뭐, 전자라고 생각하기로 하자.

드워프 도사는 수염을 매만졌다. 이 철 투구의 젊은이는 상당히 괴팍한 별종이다만.

"부탁한다고 했으면, 부탁을 한 게지."

"옆 굴인가. 고블린은 있나?"

"글쎄다."

고블린 슬레이어는 구멍 속으로 손에 든 횃불을 쑥 집어넣었다.

불빛이 비추는 그것은 구멍이라기보다는 균열, 그냥 틈이라고 하는 편이 나았다.

사람이 지나가려면 꽤 고생할 것 같지만, 고블린이라면 쉽사리 통과할 수 있을 것이 틀림없다.

"아, 이거……."

그리고 고블린 슬레이어보다도 빨리 그것을 깨달은 것은 여신관 쪽이었다.

그것은 바위와 바위틈에 끼어 있는 찢어진 천 조각으로, 검붉은 얼룩이 있었다.

그녀는 그것을 살며시 주워서, 심각한 표정으로 보았다.

고블린 슬레이어는 낮게 으르렁거렸다.

"사람을 잡아갔다는 의뢰가 아니었을 거다."

정형적인 모험이었다.

마을 가까운 곳에 고블린이 나왔다. 피해는 나오지 않았지만 얼른 어떻게든 해주면 좋겠다.

자칫 무모한 젊은이가 손을 대서 자극하면, 성가신 일이 일어날 것 같으니까.

수긍이 되는 이야기이기도 했고, 실제로는 고블린 놈들의 수도 그리 많지 않다.

신참 모험가가 뛰어들 법한 종류의 모험이고, 속여서 미안하지만 같은 종류도 아니리라.

본래는 은 등급 네 명, 청옥 등급 한 명의 파티가 받을 일은 아니지만…….

—뭐, 그것은 저 뭐냐. 카미키리마루가 아니더냐?

굳이 그것에 따라온 것을 보면, 그들도 참 사람이 좋다. 드워프 도사는 고개를 끄덕였다.

"얼추, 순례나 음유시인이나 행상이 아니겠느냐? 홀로 여행을 해야 하는 자도 많을 테지."

"저 안쪽에는—?"

아무도 없는 걸까요? 라는 여신관의 물음에, 고블린 슬레이어는 철 투구를 옆으로 흔들었다.

"아무것도 없었다."

"고블린뿐, 지금은 시체뿐! 아아 정말, 못해먹겠어!"

이어서, 한차례 활을 쏜 다음에 달려온 엘프 궁수가 분연한 기색으로 말을 자아냈다.

그녀는 말에 더해서 태도로도 기분이 틀어진 것을 주장하고 있지만, 고블린 슬레이어에게는 의미가 없다.

"몇 마리 있었지?"

"일일이 세는 건 오르크볼그뿐이야."

"그렇군."

철 투구를 끄덕 흔드는 모습에, 하이 엘프는 참 우아한 태도로 코웃음을 쳤다.

"그래서, 여기로 들어갈 거야?"

그녀는 훌쩍 가벼운 동작으로 균열 안쪽을 들여다보았다.

흙 아래는 난쟁이의 영역이지만, 숙련된 드워프 광부에게도 지지 않는 익숙한 동작.

신화시대 생물의 후예란, 이거야 참 정말이지.

—상고의 난쟁이(하이라 드워프)가 흔히 있으면, 또 다른 것일꼬?

드워프 도사는 술을 한 모금 입에 머금은 다음, 엘프 궁수의 옆에서 구멍 속을 확인했다.

“조금은 조심하는 편이 좋을지도 모르겠구나.”

말 그대로 조심조심, 신중한 손놀림으로 바위를 쓰다듬고서 부서진 돌멩이를 손으로 매만진다.

“바위가 상당히 물러졌구나. 자칫하면 무너질 게다.”

“그렇다면, 소승은 이쪽에 남아서 입구를 확보하는 편이 좋겠네.”

“체조 같은 걸 좀 더 해둬.”

묵직하게 고개를 끄덕이는 리자드맨 승려의 옆구리를 팔꿈치로 찌르고, 엘프 궁수가 키득키득 웃었다.

그 눈동자가 힐끔 장난스럽게 반짝이더니 드워프 도사 쪽을 보았다.

“드워프가 들어가면 끼어 버릴 것 같은데, 너도 대기하지?”

“시끄럽구나. 네가 간단히 들어갈 수 있을 뿐이지 않느냐, 모루야.”

등 뒤에서 여신관이 송구한 기색으로 몸을 움찔거렸지만, 드워프 도사는 상관하지 않고 독설을 뱉었다.

엘프는 오랜 세월 투닥거린 동료다. 이렇게 말다툼 없이 친하게 지내는 것 따위, 진정이 되질 않는 법이다.

“한 손이 막히는 건 피하고 싶군.”

고블린 슬레이어는 그런 대화를 신경 쓰지 않고, 평소처럼 담담하게 중얼거렸다.

그는 손에 든 횃불을 발치에 버리더니, 빈손을 휘휘 흔들어 여신관에게 신호를 보냈다.

“《홀리 라이트(성스러운 빛)》로군요.”

그녀도 다 이해하고서 장단을 맞추어 응답하고는 고개를 끄덕였다. 정말이지, 익숙해졌다.

여신관은 스르륵 양손으로 매달리는 것처럼 석장을 더듬더니, 낭랑하게 지모신에게 바치는 성구를 읊었다.

“《자비 깊은 지모신이여, 어둠 속 길 잃은 우리들에게 성스러운 빛을 베푸소서》!”

—곧장, 비명이 들렸다.

백광이 비춘 균열 안에는, 추악한 괴물들이 꿈틀거리고 있었다.

지저분한 누더기를 걸친 녹색 피부(그린 스킨)의, 고블린.

그것이 누리끼리한 눈동자를 덮어 가리는 것처럼 팔을 들고서, 눈부신 빛에 몸부림치며 뒹굴고 있었다.

“GOORGB?!”

“GOBORG?! GOOROG?!”

“여덟. 활 없음, 술법 없음. 해치운다!”

“그러니까, 빠르다고……!”

말하자마자 고블린 슬레이어가 틈으로 뛰어들고, 엘프 궁수가 그것을 추월했다.

뒤늦게 드워프 도사가 손도끼를 허리에서 뽑더니, 두 사람에 이어 저벅저벅 균열로 몸을 던졌다.

“정말이지, 나는 본래 술사가 아니더냐……!”

어쨌거나 리자드맨 승려가 뒤에 남는다면, 전위를 맡는 것도 못해 줄 것 없는 일이다.

여신관이 들어 올린 성스러운 빛을 등에 받으며, 드워프 도사는 마구잡이로 그 손도끼를 휘둘러 댔다.

애당초 앞서가는 두 사람이 고블린을 놓칠 거라 생각하진 않지만, 이쪽으로 빠져나오면 못 당해낸다.

시야 앞에서는 틈 너머로 뛰어드는 것과 동시에 고블린 슬레이어가 던진 도끼가 공중을 날아가고 있었다.

공중에서 무수하게 원을 그리며 날아간 도끼는, 그야말로 장작을 패는 것처럼 고블린의 두개골을 부숴 버렸다.

"GBBGBO?!"

"하나……!"

"에, 더하기 셋!!"

좁은 곳인데도 솜씨 좋게 대궁을 당겨서, 엘프 궁수가 세 줄기 화살을 쏘았다.

나무 눈 화살촉의 화살은 소용돌이를 그리는 것처럼 동굴의 석순 사이를 빠져나가, 차례차례 고블린 놈들을 꿰뚫었다.

"GROBGR?!"

"GGO?! GOBOGR?!"

―이거야 원, 내 차례는 없겠구먼.

그대로 거리를 좁히고 백병전으로 몰아간 고블린 슬레이어의 검격음에 드워프 도사는 눈을 가늘게 떴다.

좁은 곳에서 열 마리쯤 되는 고블린 놈들을 상대하면, 뭐 그리 고생하는 일은 없다.

이겼구먼. 구경하기로 정한 것은 좋지만, 그래도 모험가로서 자부심이 있다.

『모험』이란 말은 위험을 무릅쓴다는 의미다.

고블린 퇴치는 세상에 존재하는 괴물 퇴치 중에서도 특히나 편한 부류지만, 그래도…….

—엉?

드워프 도사는 문득 위화감을 느끼고, 눈을 부릅떴다.

고블린 놈들이 몰려들어서 장난감 삼고 있었다고 추정되는, 사람 모양의 무언가.

그것은 뭐 좋다. 악취미적이고 구역질도 나오지만, 뭐 어쩔 수 없는 일이긴 하다.

신경 쓰인 것은 방금 전까지와 달리, 황황한 하얀 빛에 비추어진 고블린 놈들의 모습이다.

팔이 두껍고, 뼈도 단단한 것처럼 보인다. 몸집은 그다지 크지 않으, 나…….

—살이 쪘지 않은고?

그랬다.

잘 먹고, 자고, 놀았다. 그런 식이다.

지난번 사막의 요새에서 본 놈과도 비슷하지만, 호오…….

—홉 고블린이 되다가 만 녀석인고?

이 사방세계에서, 고블린 놈들을 제대로 연구한 자 따위는 없다.

그렇다기보다, 눈앞에서 고블린을 죽이고 있는 카미키리마루가 제1인자일지도 모를 일이다.

고블린에서 홉 고블린으로 변화하는 것 따위, 드워프 도사가 알 리 없었다.

알아 봤자, 결국은 죽여야 할 상대다. 대단한 일도 아니었다.

—새끼 용이 성룡으로 자라는 경과라면 모를까, 말이다.

어쨌든, 지금 그야말로 운 좋게 넘어져서 이쪽으로 빠져 나온 고블린의 두개골을 손도끼 일격으로 깨부술 수 있지 않은가.

"GROGB?!"

반복하지만, 고블린 한 마리 한 마리에 대해서 상세한 대책 따위는 필요 없는 것이다.

"허허, 이쪽은 내가 알아서 하겠느니라."

"알았다."

역시 짧게 한 마디. 엘프 궁수는 뭐라 외치고 있지만, 뭐 문제는 없어 보였다.

드워프 도사는 익숙한 기색으로 어깨를 으쓱거리고, 여신관과 눈짓을 나누더니 껄껄 웃었다.

그렇게 몇 번 더 고블린 놈들의 단말마가 울려 퍼지면 전투도 끝이다.

"역시 소승은 들어갈 수가 없다네."

균열에 기다란 목을 밀어 넣고 유감스럽게 지껄이는 리자드맨 승려의 머리 아래로, 여신관이 살짝 빠져 나왔다.

익숙해졌다고는 하지만 「와, 아」 하는 소리를 흘리면서, 바위에 발이 걸리지 않도록 신중하게 이동.

배려를 잘한다고 해야 할지 눈치가 있다고 해야 할지, 어느샌가 그녀는 작은 손에 횃불을 쥐고 있었다.

흔들흔들 춤추는 불꽃의 주황색에 비추어진 광경은— 참으로 처참한 것이었지만.

“……지독해.”

그것은 장난감 취급을 당했다고밖에 말할 수 없는 처참한 꼴이었고, 숨이 끊어진 것은 명백했다.

동시에, 숨이 끊어진 다음에도 노리개가 되었을 거라는 것까지 한눈에 판별이 됐다.

팔다리가 있고 구멍이 두셋, 그리고 호금(류트)이 하나 있으면, 잔혹한 일은 얼마든지 할 수 있는 법이다.

여신관은 가련한 아가씨의 곁에 살며시 무릎을 짚고서, 간신히 형태가 남아 있는 눈꺼풀을 감겨주었다.

깍지를 끼고 지모신에게 명복을 비는 것은, 이 아가씨뿐 아니라 죽어간 고블린들에 대해서이기도 하다.

가여움이나 자비도 있겠지만— 망자가 되어 떠돌게 되면 곤란하다.

아니. 어쩌면 이 아가씨라면 죽으면 그걸로 끝이라고, 그렇게 생각하는 것일지도 모르겠지만—.

“여전히, 고블린 퇴치는 이게 있어서 싫어.”

“그런가.”

벽에 가서 팔짱을 낀 엘프 궁수는, 짤막한 대답에 재미없다는 기색으로 콧방귀를 뀌었다.

“다음은 더 다른 모험이야. 재미있고, 화려하고, 두근두근 콩닥콩닥하는 걸로!”

“그런가.”

“그런 거야!”

고블린 슬레이어는 귀가 쨍하도록 들려오는 목소리에도 성실하게 고개를 끄덕였다.

분명히 같이 가자고 하면, 역시 엘프 궁수가 말하는 모험도 따라갈 것이다.

이 파티를 짰던 초기와 비교하면, 고블린 퇴치가 아닌 모험도 늘어났다.

“말은 그렇다만, 카미키리마루가 얽히면 고블린과 만나는 일이 많지 않던고.”

“정말 그래. 정말이지, 못 당해내겠다니까.”

말하는 내용만큼의 독기가 없는 목소리로, 엘프 궁수가 키득키득 목 안쪽에서 굴리는 것처럼 웃음소리를 냈다.

“그래서, 어때? 안쪽으로 아직 이어질 것 같아?”

“흠. 기다려 보거라.”

드워프 도사가 짧게 말하고, 눈에 힘을 주어 안쪽의 어둠을 보았다.

“지금 살피고 있느니라.”

그때였다.

후둑. 그의 벗겨진 이마로 떨어진 흙먼지에, 드워프 도사는 재빠르게 반응했다.

그는 평소와 다른 진지한 눈초리가 되어 좌우로 시선을 움직이더니, 즉시 돌아보며 소리쳤다.

“뛰쳐 나가거라! 떨어진다!!”

“음……!”

“히약?!”

“와앗?!”

이어서 상황을 파악한 것은 고블린 슬레이어였다.

그는 도끼칼을 내던지고 여신관을 끌어안더니, 엘프 궁수의 허리띠를 잡아채고 단숨에 달렸다.

두 사람이 지르는 비명과 항의 따위는 무시하고서 그가 다음으로 한 일은 드워프 도사에게 외치는 것.

"그쪽을 부탁한다!"

"오냐!"

부탁을 했으니 거절할 이유가 없다. 드워프 도사가 가여운 아가씨의 주검을 훌쩍 짊어졌다.

아무리 그래도 고블린 놈들과 같은 소굴에서 잠들게 되면 안식 따위 얻을 수가 없으리라.

그렇게 우다다 달리는 그의 앞에는 이미 고블린 슬레이어가 균열 밖으로 뛰쳐나가고 있었다.

"무슨 일이신가?"

"무너지는 모양이다."

"어이쿠!"

리자드맨 승려가 외칠 무렵에는 이미 천장에서 떨어지는 흙이나 돌멩이도 가랑비 같은 양이 되어 있었다.

가랑비와 달리 후두두둑 떨어지는 그것에는 물리적인 충격도 있으니 범상치 않은 사태다.

엉금엉금 기어 나온 드워프 도사의 몸을 리자드맨 승려의 꼬리가 휘감고, 다음은 동굴 출구까지 일직선.

"아뇨, 이제…… 뭐라고 할 말도 없지만요……."

이제 슬슬 이 방식에도 체념한 기색으로, 끌어안긴 채 한숨을 쉬는 여신관은 애교다.

"잠깐, 내려줘……! 나도 달릴 수 있으니까!"

"소란 떨지 말거라, 더 무너진다!!"

소리치는 엘프 궁수에게 일갈할 수 있으니 드워프 도사는 아직 여유가 있어 보였다.

드워프 도사는 꼬리에 휘감겨 운반되면서도 망설이지 않고 손바닥을 위로 들었다.

"《흙의 정령(노움)아, 흙의 정령. 물동이를 내려라, 천천히 내려라. 내려서 가만 놓거라》!"

낭랑하게 주문을 외자, 눈에 보이지 않는 작은 자들이 손을 빌려주었다.

그들이 천장을 꾸욱 밀어 올리는 감촉이 전해지자, 드워프 도사가 고개를 끄덕였다.

"서두르거라! 그리 오래는 못 버틴다!!"

실제로 드워프 도사의 판단은 정확했다.

"출구예요!"

여신관이 외치고, 뛰쳐나온 곳은 해가 완전히 저문 숲의 어둠.

겨울의 저녁은 발이 빠르다. 파티를 맞이한 것은 쌀쌀한 밤공기와 별들, 쌍둥이 달의 빛이었다.

"이럴 때는, 태양의 하얀 빛으로 뛰어든다……라는 게 이상적인데."

사뿐사뿐. 고블린 슬레이어의 손에서 허리가 해방된 엘프 궁수는 고양이처럼 착지했다.

부르르 몸을 떤 그녀의 등 뒤에서—.

"우, 햐악?!"

무심코 기다란 귀를 막을 정도로 굉음이 울리며, 고블린 놈들이 둥지로 삼고 있던 소굴이 무너져 내렸다.

뭉게뭉게 피어오르는 흙먼지가 시야를 덧칠하고 여신관이 무심코 콜록콜록 기침을 했다.

드워프 도사는 조심스럽게 허리춤의 가방에 손을 댔고, 그것은 고블린 슬레이어도 마찬가지.

그는 갑옷 틈에 고정해둔 칼집에서 단검을 뽑아 주의 깊게 동굴 방향을 노려보았다.

그리고 연기가 걷히자— 그것은 동굴이 있던 방향이라는 것이 명백해졌다.

고블린 슬레이어는 깊이 숨을 들이쉬었다.

"파묻혀 버렸군."

"그렇구먼."

드워프 도사는 짊어지고 있던 아가씨의 주검을 살며시 땅바닥에 내려주었다.

—정말이지. 술사에게는 육체노동을 시키는 법이 아니거늘.

그런 농담도 떠올랐지만, 뭐 이것도 사람을 구하는 일이다. 어쩔 수 없는 법.

사람은 죽는 법이지만, 죽은 다음에도 다른 사람에게 폐를 끼쳤다고 생각하기는 싫을 것이다.

죽은 자에 대해서도 배려를 해야 하는 법이다.

"……죄송해요."

"뭘, 신경 쓰지 말거라."

드워프 도사는 화주를 벌컥 들이켜고서 여신관에게 대답했다. 밤에 마시는 술은 역시 맛있다.

여신관이 쪼그려 앉더니, 아가씨의 손에 망가져 버린 악기의 잔해를 쥐어주었다.

그렇게 하면서 조용히 흘러나온 말은 불안일까? 슬픔일까? 그것 이외의 감정 탓일까?

위로가 될지는 모르겠지만, 그 옆에서 리자드맨 승려도 기괴한 합장을 하고 있었다.

"성직자가 두 사람이나 배웅을 해주지 않느냐? 유령이 되어 나오는 일은, 없을 게야."

"천지를 돌아, 원환 안으로 돌아가는 걸세. 언젠가 용의 혈육이 되는 일도 있으리니."

"……네."

두 사람의 위로를 받고서, 여신관은 작게 고개를 끄덕였다.

"의뢰는 달성, 인 걸까요……?"

"흠."

불분명한 목소리에, 고블린 슬레이어가 낮은 소리를 냈다.

"어떤 것인지."

그는 그렇게 중얼거리고, 천천히 고개를 옆으로 저었다. 스스로도 믿지 못하겠다는 말투였다.

"고블린은 해치웠지. 소굴은 무너졌지. 죽은 사람의 혼은 구했어.

성공이잖아."

그런 애매한 반응에, 엘프 궁수는 입술을 삐죽거렸다.

"뭐, 그밖에 무언가 수확이 없었다는 건 좋다고 할 수 없지만—."

"아, 아뇨……."

문득 여신관이 손뼉을 치고, 주섬주섬 어깨에 걸었던 가방을 뒤졌다.

"뭔가 있었어?"

"허둥지둥 달리는 와중이라서 확인한 건 아닌데요. 주머니를 발견해서요……."

그렇게 그녀가 꺼낸 것은 낡아서 삭아가는, 그러나 과거에는 꽤 고급품이었을 가죽 주머니였다.

"어디 볼까?"

엘프 궁수가 훌쩍 안을 들여다보자, 안에는 반짝거리는 빛이 보인다.

작은 알갱이지만, 청옥(사파이어), 취옥(에메랄드)에, 그리고 이것은—.

"오오, 금강석(다이아몬드)이 아니던가……!"

리자드맨이라서 그런지 혹은 용에 가까운 탓인지, 리자드맨 승려가 눈을 빙글 돌리며 고개를 끄덕였다.

그의 기다란 손톱이 집어 올린 그것은 순서대로 파티의 손을 거쳐 드워프 도사에게 도달했다.

굵직한 손가락으로 끼워 달에 비춰보니, 솜씨 좋은 기술자가 세공했으리라. 반짝반짝 빛나는 훌륭한 물건이다.

"뭐 아무래도 작은 알갱이인 것은 아쉽구나. 전부 합쳐도 그렇게 큰 액수가 되진 않을 게다."

"고블린 놈들도 눈치 못 챘잖아. 그 녀석들, 눈에 안 들어오면 정말로 신경 안 쓰니까."

엘프 궁수가 기분 좋게 기다란 귀를 흔드는 옆에서, 여신관이 생글생글 웃으며 꺼낸 것은 낡은 양피지였다.

"여기, 그거 말고 두루마리 같은 것도 들어 있었어요……!"

"흐음."

이번에는, 고블린 슬레이어가 반응했다.

그는 여신관에게서 불가사의한 매듭으로 묶인 양피지 다발을 받아 꼼꼼하게 살폈다.

물론 《감정》의 권능이 없으며, 지식도 없는 그는 봉해진 주문 따윈 알 수가 없다.

그러나, 고블린 슬레이어는 그걸로도 충분히 만족한 모양이다.

"좋군."

그는 중얼거리며 고개를 끄덕이고서 두루마리를 가방 안에 단단히 수납하고, 상태를 확인하며 가볍게 두드렸다.

그런 사소한 동작을 보기만 해도, 이 괴팍한 모험가의 마음을 알 수 있는 법이다.

아가씨 두 사람의 얼굴에 미소가 떠오르는 것을 보고, 드워프 도사가 느긋하게 수염을 매만졌다.

—하긴 무리도 아니구먼.

일부러 이런 고블린 퇴치를 해서, 실패로 끝나는 것은 납득이 안 가는 법이다.

"그렇구나."

드워프 도사는 화주를 들이켜고, 기분을 고쳐 먹고는 수긍했다.

드워프가 지하에 구축한 호화롭고 현란한 성채나, 아니면 다크 엘프의 도읍이라면 모를까—.

"고블린 놈들의 둥지에 쳐들어가면, 기분까지 가라 앉아 이상한 생각도 떠오르는 법이니라."

그는 그렇게 말하고, 고블린 슬레이어의 등을 철썩 두드렸다.

고블린 슬레이어는 잠시 입을 다물었다가, 「그렇군」 하고 짧게 대답했다.

모험가들은 그 말을 신호로 각자의 상태를 확인하고, 그리고 느긋하게 귀로를 걸었다.

마을까지 돌아가서 주검을 촌장에게 맡기고, 고블린 슬레이어는 금화를 쥐어주며 그녀의 매장을 부탁했다.

그리고 이튿날 아침, 여신관의 지휘로 장례식을 행하고 모험가들은 도시로 철수했다.

어디까지나 정형적인 고블린 퇴치.

다시 말해서— 그것은 그저 그뿐인 모험이었다.

제 2 장 『미궁 지배자 입문(던전 마스터즈 가이드)』

Goblin Slayer
He does not let anyone roll the dice.

“미궁 탐색 경기를 할까 생각하고 있어요!”

타앙. 접수원 아가씨가 힘차게 말한 제안에 대한 반응은, 다섯 명 모두 달랐다.

여신관은 눈을 깜빡이고, 엘프 궁수는 갸우뚱하고, 드워프 도사는 술을 마시고, 리자드맨 승려는 눈을 돌렸다.

그리고 고블린 슬레이어는「그런가」하고 짧게 말하며 고개를 끄덕이는 것이었다.

“그래서, 미궁 탐색 경기란 것은 뭐지?”

모험가 길드의 2층— 맑게 갠 오전의 햇살이 들어오는 응접실.

저명한 모험가들의 성과(트로피)들. 괴물의 두개골이나 유적의 산물이 진열된 가운데, 지금 여섯 명이 모여 있었다.

접수원 아가씨와 그녀가 부른 다섯 명의 모험가— 고블린 슬레이어와 그의 동료들.

파티 안에서 유일하게 긴장한 모습이었던 여신관은 문득 그리움에 볼이 느슨해졌다.

아니, 그립다고 하는 것은 어폐가 있다. 적어도 그때, 그녀 자신은 이 방에 없었다.

몇 년 전의 봄— 오우거의 거점으로 변해 버린 유적으로 가기 위한 의논을 했을 때에는.

고블린 퇴치의 전문가로서 고블린 슬레이어가 호출되고, 그녀는 아래층에서 어색한 마음으로 서 있었다.

동기인 친구들이 말을 걸고, 선배 모험가인 마녀가 달래주고, 마음을 정리했다.

그래서 엄밀하게 말하면 동료들이 어떤 회의를 하고 모험을 결정했는지 그녀는 모른다.

그렇지만 지금의 파티가 모인 계기는 틀림없이 그 날 그 때의, 이 장소인 것이다.

—그곳에, 지금은 나도.

아직 서투르고 미숙하지만 분명히 여기에 있다는 사실이 무엇보다도 기뻐서, 마음이 들뜨는 것이다.

그렇게 어쩐지 느슨해지는 볼에 열심히 힘을 주고 있는데, 엘프 궁수의 눈이 힐끔 이쪽을 보았다.

하이 엘프의 아름다운 눈동자가 자신의 유치한 감정을 꿰뚫어보는 것 같아서, 여신관은 고개를 피했다.

그래서 이 나이 차이 나는 소중한 친구가 고양이처럼 씨익 웃은 것은 깨닫지 못했다.

분명히 그런 표정을 하고 있을 거라고 생각은 하고 있지만, 이다.

"알지도 못하고『그런가』라고 말하는 건 과연 괜찮은 건가 싶은데~."

놀리는 심정, 기겁하는 심정, 익숙한 심정이 뒤섞인 웃음소리. 엘프 궁수는 방울처럼 소리를 내며 웃었다.

그렇게 되면 당연히 말대꾸를 하는 것은 드워프 도사다. 여신관도 새삼 당황하지 않는다.

“그러는 너는 뭔지 아는 게냐?”

“알고 있지만— 글쎄.”

여기서부터 평소처럼 말다툼이 시작되고, 리자드맨 승려가 타이르고, 그리고 설명이 시작된다.

그것을 그녀는 생글생글 웃으며 바라보고, 고블린 슬레이어는 모르쇠하며 입을 다문 채—.

“그럼, 네가 설명!”

“어, 아, 제, 제가요?!”

그래서 이것은, 참으로 불의의 습격(앰부쉬)이었다.

엘프 궁수가 놀랄 만큼 민첩한 움직임으로 어깨를 톡 두드리자, 여신관의 목소리 톤이 어긋났다.

이제 도망칠 곳이 없다. 동료들과 접수원의 시선이 가녀린 몸에 향한 것을 잘 알고 있었다.

여신관은 우으, 하며 부루퉁한 표정을 짓고 싶어지는 것을 간신히 참았다. 그래서는 너무나도 어린애 같지 않은가.

불평을 하는 것도 안 된다. 떼를 쓰는 아이 같은 태도를 보인다고 생각되기 싫었다.

지금 그녀는 은 등급의 모험가들과 함께, 모험가 길드의 방에 호출을 받은 동료인 것이다.

—거기에 걸맞은 행동을 해야죠!

내심 주먹을 꼬옥 쥐는 마음으로, 여신관은 또박또박 말하려고 마음을 가다듬었다.

"10여년 전의 전쟁 때, 지고신의 대주교(아크비숍)님을 비롯한 여섯 영웅 분들의 일화— 였죠."

그것이 진실로 어떠한 것이었는지는 갖가지 노래나 이야기에 뒤섞여서 판별할 수가 없다.

사악한 모험가와 다투었다. 아니다, 벗과 절차탁마하는 것의 일환이었다. 혹은…….

모든 것을 아는 것은 그곳에 있었던 본인들뿐이지만, 알고 있는 진실도 한 가지 있었다.

모험가들이 미궁의 답파를 겨루고, 다투면서 탐색에 도전했다는 사실이다.

"네, 바로 그겁니다."

그래서 접수원이 생긋 미소를 지으며 고개를 끄덕였을 때, 무심코 안도의 한숨을 내쉬었다.

그리고 그것이 마치 신관장에게 질문의 답을 들은 시제(애컬라이트)의 태도 같아서 입술을 다물었다.

너무나도 어린애 같았다.

—다들 눈치 챘을까요?

"하지만, 사실은 더 옛날부터 있던 경기라고 하거든요?"

그렇지만 접수원의 표정에서는 그런 기색을 살필 수 없었다.

"그런가요?"

여신관은 짧게 되물었다.

훨씬 예전 일이라면, 지모신의 사원에서는 배우지 못했다. 역사나 신화 같은 것일까?

"소승도 들어본 적이 있다네."

톡톡 손톱으로 턱을 두드리면서, 리자드맨 승려가 느긋한 기색으로 입을 열었다.

등받이가 있는 의자보다는 서 있는 편이 편한 건지, 그는 거구를 창가에 두고 있었다.

아니, 꼬리 탓이라기보다는 단순히 햇살을 쬐고 있는 것이 기분 좋아서 그런 것일 수도 있다.

"……그러니까, 그것이, 어딘가의 도시에서 열렸다고 하는 이야기라네."

여신관의 시선에, 그는 변명이라도 하는 것처럼 그 손을 흔들며 응답했다.

"악명 높은, 죽음의 함정이 도사리는 지하미궁에서 개최된 여흥이라고 들었네만, 어떤가?"

"거의 도박 같은 일이었다고 하죠."

"그거 분명히 흥이 오르고, 돈벌이도 되었겠구먼."

"그러한 측면이 있는 행사라는 건 부정하지 않습니다만, 그보다는 제대로 된 경기를 생각하고 있어요."

드워프 도사에게, 접수원이 딱 잘라서 단정적인 어조로 응답했다. 얼굴에는 가져다 붙인 웃음이 떠올라 있다.

물론 충분히 아는 사이고, 알기 쉬운 태도이기 때문에 알 수 있는 것이지만.

접수원은 어흠. 귀엽게 헛기침을 하더니, 표정을 애매하게 흐리면서 말을 이었다.

“봄에는 신입 분이 늘어나니까요. 그 전에 모험가 지망자인 분들이 모험을 체험할 수 있도록, 하고 싶어요.”

“그걸 위해서 훈련소가 있는 거 아냐?”

엘프 궁수가 손가락을 세우며 말했다.

“그거 이제 막 생긴 거잖아.”

“엘프 분에겐 전달되기 어려울지도 모르지만, 2년쯤 전이 되네요.”

흐응. 그 시큰둥한 대답마저도, 하이 엘프가 하면 우아하니까 신기한 일이다.

“그건 모험가가 된 다음의 시설이니까요. 무엇보다도, 먼저 훈련이 필요하다는 생각부터 심어주지 않으면 안 돼요.”

접수원은 무사히 작동하고 있다지만 아직도 궤도에 올랐다고 할 수 없는 시설을 떠올렸다.

세상에는, 생각보다도 훈련이나 공부를 중요시하는 자가 적은 것이다.

그리고 훈련소에 찾아가고서도, 그것을 제대로 이해할 수 있는 곳까지 갈 수 있는 자는 더욱 적다.

—최초의 훈련(튜토리얼)이라는 것은 그거면 된다고 하는 의견도 있지만요.

“일종의 솎아내기란 거야?”

“마음가짐은 다질 수 있지 않을까, 해요. ……아직은 생각하는 것뿐이고, 시험 단계니까요.”

—그리고 무엇보다도, 겨울로 접어들기 전에 축제가 있는 것은 즐겁고 좋은 일이다.

긴 겨울. 모험가는 이래저래 바쁘지만, 겨울나기를 하는 사람들은 지루하다.

축제 때 이랬었다 저랬었다 하는 이야깃거리. 봄이 되면 모험가가 되려는 시기.

그것은 겨울의 끝을 기다리는 동안, 나날의 생활을 따스하게 만들어줄 것이다.

아무것도 모르는 신입 모험가라는 단어가 여신관의 작은 가슴을 따끔하게 찌르기는 했지만.

"그래서, 그게 나와 무슨 상관이 있지?"

그런 감상은 고블린 슬레이어의 무기질적인 목소리를 듣고 쓴웃음으로 바뀌어 버렸다.

너무나도 단적이고 오해를 살 법한 말이지만, 그것에는 말 그대로의 의미밖에 없을 것이다.

"저기 말이죠."

여신관이 검지를 척 세우면서, 한 글자 한 단어 꼼꼼하게 전달되도록 입술을 삐죽거렸다.

"그런 말투는 그다지 좋지 않다고 생각해요."

"그런가?"

"말을 제대로 하지 않으면, 전해지지 않는 것도 많으니까요."

"흠."

고블린 슬레이어는 철 투구 안쪽에서 낮게 신음했다.

"그러나, 적어도 고블린 퇴치는 아니라고 생각한다만."

여신관은 한숨을 쉬었다. 엘프 궁수는 질색하며 하늘을 우러러 보고, 다른 두 사람은 씨익 웃었다.

지난 2년, 3년 함께 행동해온 모험가들에게, 접수원이 분명하게 말을 꺼냈다.

"요전에, 올해 동지의 축제에 도움을 부탁한다고, 이야기를 했었잖아요."

잊으셨나요? 그녀는 괜히 원망스레, 아주 약간 몸을 숙이며 올려다보는 시선을 보냈다.

"아아."

고블린 슬레이어는 고개를 끄덕였다.

"그거라면, 기억한다."

"그게 바로, 이거예요."

"그게 이건가."

접수원이 다시 한 번「이거예요」라고 반복했다.

그것은 어쩐지 새침하게 삐친 것 같기도, 그를 타이르는 것 같기도, 혹은 놀리는 것 같게도 보였다.

소녀다움과 여성다움이 좋은 의미로 혼연일체가 된 표정이었다.

—이 사람도, 이런 태도를 보이는구나.

여신관은 그것이 조금 기뻤다. 그녀는 동경하는, 예쁜 어른 중 한 명인 것이다.

그런 여성에게도 귀여운 일면이 있다는 것에 역시 마음이 둥실 떠오른다.

"모험가 지망자나 하위 등급의 여러분을 노리는 기획이 되니까, 역시 감수를 받고 싶어서요."

"나에게 말인가?"

"네."

생긋, 접수원이 미소를 지었다. 정확하게는「여러분에게」지만, 뭐 사소한 일이다.

던전 마스터
"미궁의 주인, 해보지 않으실래요?"

§

겨울에 대비한 준비는 여러 가지가 있어서 대단히 바쁘긴 하지만, 그것도 동지가 다가오면 달라진다.

동지를 경계로 겨울나기가 시작되어 집에 틀어박혀 버리니까, 이 시기에 당황해서는 위험하지 위험해.

그래도 역시 여러 가지 신경 쓰이는 법이라, 그녀는 백부와 함께 창고 안을 들여다보아 확인을 했다.

"소시지 같은 건 괜찮아 보이네."

"베이컨도 그렇구나."

백부는 이마의 땀을 닦더니, 커다랗게 숨을 내쉬었다.

"뭐, 어떻게든 되면 좋겠다만."

농경이나 축산 같은 것을 하다 보면, 어떤 때든 절대적으로 괜찮다고 잘라 말할 수는 없다.

지모신님의 자비와, 하늘, 신들의 주사위 눈 나름이다.

작년에는 겨울이 길었으니까, 올해도 그렇게 되면 난처한 것이다.

돼지 같은 것은 내버려둬도 1년이면 먹을 수 있는 만큼 자라지만, 소들은 손이 많이 간다.

그리고 돼지도 살을 찌우기 위한 나무 열매 같은 것이 적다면, 역시 힘들다.

소와 돼지를 키우지 못하게 되면, 이쪽의 생활에도 직결된다.

만약에 어떻게든 버텨낸다고 해도— 다시 일어서는 것도 다음으로 나아가는 것도 분명히 어려울 것이다.

—술은 무사히 바쳤고, 괜찮으면 좋겠는데.

여름의 끝자락에서 가을 무렵에 걸친 소동도, 직접 그렇게까지 연관된 것이 아니라면 그 정도 인식이다.

아니, 뭐, 뭘까? 연담이라든가, 그런 거. 그런 이야기에 대해서는 제쳐둔 건데.

"우……."

그런 것을 떠올리자, 얼굴이 달아오른다. 소치기 소녀는 휙휙 얼굴을 좌우로 흔들었다.

어쨌거나 지금은 다른 일, 우선해야 할 일을 생각하자.

도망치는 것처럼 시선을 흔들다가 창고의 천장, 들보에 눈이 향한다.

"눈 같은 거, 어떨려나."

"글쎄다. 지붕이 무게에 망가질 정도로는, 내리지 않으면 좋겠다만……."

그렇게 되기 전에 보강을 해둬야 하나.

백부는 떫은 표정으로, 단단히 맞물린 들보를 올려다보았다.

수선을 하든, 보강을 하든, 할 거라면 남은 시간이 지금밖에 없다.

이 목장에는 남자 일손이 적다. —아니, 아마도 그에게 부탁하면 도와주겠지만…….

—하지만 힘들 것 같으니까, 그럴 거면 나도 다른 일을 해야지…….

"올해는, 겨울 일은 내가 갈 거다."

"에에?"

그렇게 생각하고 있는데 백부가 기선을 제압해서, 소치기 소녀는 곤혹스러워 톤이 어긋난 목소리를 흘렸다.

빙글 돌아서 보니, 백부의 얼굴에 씁쓸한 표정이 떠올랐다.

짐작 가는 바가 없는 것도 아니니, 소치기 소녀는 아하하 웃으며 손을 흔들었다.

"걱정 안 해도 괜찮다니까. 올해는 그런 이상한 일은 안 일어나는걸."

"알 수 없는 것 아니냐."

백부는 깊숙하게 숨을 내쉬고, 고개를 옆으로 저었다.

지난번 겨울, 험한 꼴을 당한 것은— 뭐, 그다지 떠올리기 싫은 기억 중 하나다.

그래서 걱정이 되는 것은 이해하지만, 그 정도의 일인가 생각도 한다.

—괜찮은데 말야.

마음은 고맙지만, 쓴웃음이 떠올라 버린다.

마침 그때였다. 문득 오두막의 입구에서 발소리가 들리고, 소치기 소녀는 볼이 느슨해졌다.

"다녀왔습니다."

역광을 받은 윤곽은 싸구려 철 투구에 지저분한 가죽 갑옷. 익숙할 정도로 괴상한 모습.

소치기 소녀는 망설이지 않고, 다다다 달려가서 생긋 웃으며 말했다.

"어서 와! 일찍 왔네. 오늘도 모험을 가는 줄 알았어."

"고블린 퇴치라고 생각했는데, 그게 아니었다."

그렇구나 하고 고개를 끄덕였다. 일이 있는 건 좋지만, 고블린은 없는 편이 좋다.

언제였던지, 그런 대화를 그와 나눈 기억이 있다.

아침부터 집을 나섰으니까, 분명히 며칠은 집을 비울 거라고 생각했었다.

그래서 이렇게 일찍 돌아와 준 것은 기쁜 오산이었다.

—뭐, 응.

만약 한겨울에 그가 모험을 가지 못하게 되어도, 괜찮을 정도의 저축은 있는 것이다.

반복하지만, 무슨 일이 있을지 알 수 없는 것은 늘 있는 일. 만에 하나를 대비해둬야 하는 법.

—그래도, 그가 쉬면서 집에 있는 건 별로 상상할 수가 없어.

"돌아왔나."

소치기 소녀가 그런 별 것 아닌 생각을 하는 옆에서, 백부 또한 그에게 천천히 고개를 끄덕였다.

그리고 조금 무뚝뚝한, 자칫하면 난폭하다고 할 수 있는 말투와 함께 천장을 가리켰다.

"겨울에 들어서면, 모험가도 다소 한가하겠지. 지붕의 보강을 도와다오."

"알겠습니다."

그는 순순했다.

백부는 위 아래로 끄덕 움직이는 철 투구를 뭐라 말하기 어려운 기색으로 바라보고 한숨을 쉬었다.

"뭐, 밥부터 먹고. 그 다음에 해라."

"네."

말하지 않으면, 분명 그는 곧장 시작했을 테니까…….

—삼촌이 신경 써준 건가?

그것이 어쩐지, 소치기 소녀는 기뻤다.

백부는 다시 한 번 한숨을 쉬고서, 먼저 돌아간다고 한 뒤에 창고를 떠났다.

"네에."

소치기 소녀는 대답을 하면서도, 생글생글 웃으면서 통 하나에 훌쩍 앉았다.

"벌써 겨울이니까~. 낮에도 따뜻한 게 좋을까? 역시 스튜가 좋아?"

"그래."

그는 역시, 고개를 끄덕 움직였다.

"그게 좋다."

"맡겨만 두세요."

소치기 소녀는 키득키득 목 안쪽으로 웃고서, 눈을 가늘게 떴다. 사소한 대화지만 즐거운 법이다.

그는 언제나 바쁘고, 목장에 있어도 일만 한다. 짧은 시간은 소중히 하고 싶다.

어차피 밥을 먹고 나면 얼른 지붕 보강을 시작해버릴 테니까…….

점심 준비를 하는 사이에는 그녀 자신도 도저히 느긋하게 말을 할 여유가 없다.

그래서 묵묵히 서 있는 그를 올려다보며, 이렇게 말을 거는 시간은 귀중했다.

"……그러고 보니."

"응~?"

그래서 그가 문득 조용히 말을 흘리자, 소치기 소녀는 신중하게 귀를 기울였다—.

"올해 동지는, 못 도와줄지도 모른다."

"어, 어째서?!"

무심코 덜컹 일어났다.

망연 — 정도까지는 아닐 것이다 — 해져서, 소리가 높아지자 그녀는 황급히 입가를 눌렀다.

딱히 누가 듣는 것도 아니다. 백부도 본채로 돌아갔을 거다. 그렇지만, 그래도.

"용건을 부탁 받았다."

그런 그녀 마음도 모르고, 그는 담담하게 말했다. 정말이지 참. 소치기 소녀는 볼을 부풀렸다.

"동지의 축제보다도 중요한 용건이야?"

"아니……."

가만히 바라보자, 그는 철 투구 안쪽에서 당황한 기색으로 말을 흐렸다. 낮게 신음하는 소리.

"동지의 행사를 하는데, 모험가의 의견인지, 도움이, 필요하다고 했다."

그렇게 띄엄띄엄 말한 다음, 그것만으로는 말이 부족하다고 생각했는지 짧게 덧붙였다.

"모험가 길드에서, 부탁했다."

—흐응.

그렇구나. 소치기 소녀는 납득한 낌새로 소리를 흘렸다.

—작년에는 나였고, 재작년은 그 애였으니까…….

그러면, 올해는 모험가 길드의 접수원 아가씨, 그녀의 차례(턴)라는 걸까.

—우~으음…….

뭐, 좋다고 치자. 소치기 소녀는 팔짱을 끼고서 진지하게 검토를 거듭한 다음에 그렇게 결론을 내렸다.

그가 누군가 다른 사람의 부탁을 받아서, 고블린 퇴치가 아닌 일에 눈길을 돌리는 것은 좋은 일이다.

당혹하고, 당황하고, 초조해하고, 변명하는 것처럼 설명하는 그의 모습은 보기 드물다. 이거면 대개의 일은 용서해줄 수 있다.

"그래서, 어떤 일을 돕는데?"

"잘은 모른다."

그는 조용조용 말했다. 그렇다면, 정말로 잘 모르는 것이리라.

"그러니까, 되도록 대비하고 가야 한다. ……라고, 생각한다."

"그렇네. ……응. 신중한 건 너답다고 생각해."

대담하게 대책도 없이 뭔가 하는 사람이 아니다. 성실한 말에는 웃어 버리겠지만.

그 웃음을 어떻게 받아들였는지 어쨌는지, 그가 입을 다물어 버리자 소치기 소녀는 또 웃었다.

"그럼, 일단은 밥 먹어야지!"

"그래."

그는 역시 무뚝뚝한 기색으로 고개를 끄덕이고, 말했다.

"부탁한다."

"맡겨둬!"

그렇게 말하면, 요령을 부릴 수는 없는 법이다.

§

일단 처음에 해야 할 일은 등잔에 불을 붙이는 것이다.

치이이. 심지가 타 들어가는 소리와 함께, 헛간 안이 주황색 빛에 비추어 드러났다.

마을에 살던 무렵은 — 아니, 지금도 그렇긴 하지만 — 촛불도 기름도 고급품이었다.

밤늦게까지 깨어 있으면 혼났지만, 다행히 돈이 있으면 시간을 신경 쓸 필요는 없다.

소꿉친구의 말에 따르면 잡다하게, 그의 말에 따르면 정리된 물건이 늘어선 선반 사이를 지나 가장 안쪽으로.

작업용 탁상에 짐을 두고, 앉아서 숨을 내쉰다. 다음 해야 할 일을 생각해야 한다.

이미 본채의 불은 꺼졌다. 그녀도 목장 주인도, 일찍 잠이 든 것이리라.

겨울나기의 축제에서, 모험가 길드의 일을 돕는다…….

생각해보면 참으로 바보 같은 이야기였다. 이런 내가. 모험가 길드의 일을 돕는다.

도저히 믿을 수 있는 이야기가 아니라고 생각했지만, 그로서는 두 사람의 반응이 뜻밖이었다.

소꿉친구 소녀가 만든 저녁을 먹으면서, 그는 되도록 꼼꼼하게 단적으로 말을 했다고 생각했다.

그녀는「열심히 해」라며 웃었고, 목장 주인은「단단히 잘해라」라고 무뚝뚝하게 말했다.

두 사람 다 그가 모험가 길드에 부탁 받아 일을 돕는 것을, 아주 조금도 의심하지 않았다.

—단단히 잘한다, 라는 것은.

대체 어떤 것일까?

그는 낮게 신음했다. 이미 익숙한 철 투구가 괜히 무거웠다. 벗을 생각도 없지만.

지금까지 단 한 번도, 단단히 잘한 적 따위 없으리라.

돌이켜보면, 언제나 그랬다.

그 때 그 때 할 수 있는 수단을 즉시 실행하는 것은, 나중에 나온 명안보다도 뛰어나다.

그렇지만, 그것은 그 자리에서 고른 수단이 언제나 최선의 수라는 것을 의미하지 않는다.

나중에 돌이켜보면, 잘못된 선택이 얼마나 많았던가?

저렇게 했으면 좋았을 것이다. 이렇게 했으면 좋았을 것이다.

보다 좋은 방법이 있었을 것이다. 더 잘할 수 있었을 것이다.

—더 빠르게 이동하고, 싸우고, 포로를 구하고, 희생을 내지 않고, 고블린을 죽일 수 있었을 것이다.

자신의 행동은 언제나 거칠고, 구멍이 있고, 불완전하다.

그것이 잘 통해서 살아남아온 것은 《숙명》이나 《우연》의 산물이리라.

결코, 자신의 실력이 뛰어나서라고 생각해선 안 된다.

그 자리에서 포로가 되고, 혹은 살해당한 자들이 뒤떨어졌다고 생각해선 안 된다.

누나는 틀리지 않았다. 마을에 살던 사람들도. 그밖에, 희생자들 누구 한 사람이라도 그렇다.

자신이 잘 하고 있다고 생각하는 것은 터무니없는 오만이다.

그것을 생각하면 「단단히 잘한다」라는 것은, 대체 얼마나 어마어마한 목표란 말인가!

—그러나, 해야만 한다.

세상 모든 것은 하는가, 하지 않는가. 스승의 가르침을 반복하고, 그는 탁상 위를 휩쓸어서 정리했다.

먼저 준비하고 있던 준비를 이것저것 제쳐두고서, 펼친 것은 몇 장의 지도.

모험가 길드의 접수원에게 이번 일의 준비를 위해 빌린 유적 위치와 내부 도면이었다.

이 근처는 신화시대의 전쟁에서 수많은 전투가 벌어진, 다시 말해서 오래된 전장이다.

성이 있던(테레인) 흔적 같은 것이 얼마나 잠들어 있는지 모른다.

그러한 유적의 입구가, 드물게 흔히 — 이렇게 말할 수밖에 없다 — 발견된다.

묻혀 있던 것이 드러나거나, 록이터(암식괴충) 같은 것이 밀어 올리거나 해서.

그런 수많은 유적들 중에서 이 도시와 가까운 위치에 있는 유적에, 이번에는 지원 요청을 하게 된 것이다.

꽤 오래 전에 발견되어 모험가가 탐색을 마친, 다시 말해서 **메말라 버린** 유적이었다.

드문 것도 아니다. 언젠가 도전했던 《죽음의 미궁》도, 분류해보면 마찬가지니까.

—기억에 없는 유적이다.

고블린 슬레이어는 꼼꼼한 필치로 작성된 지도를 내려다보며 낮게 신음했다.

애당초 찾아갔던 모든 유적을 기억하고 있는 것도 아니다. 고블린 퇴치도 마찬가지다.

자기 손으로 이룬 고블린 퇴치보다, 세상의 모험가들이 갔던 고블린 퇴치가 훨씬 많다.

그리고 다른 괴물 퇴치나 모험에 대해서는 말할 것도 없다.

이름없는 모험가들이 도전하여, 싸우고, 탐색하고, 지도를 만들었다. 그것이 이 유적이며…….

—그렇기에, 함정 따위를 설치해서, 모험 놀이를 하기에는 안성맞춤, 이라.

문득 뇌리에, 나무 막대를 손에 들고 마을 근처의 숲으로 쳐들어간 날의 기억이 떠올랐다.

그 애는 있었던가? 있었던 적도 있었으리라. 애매하고, 번지고, 흐릿한 추억이다.

자신의 모습을 자신이라고 인식하고 있는 걸 보면, 이미 추억이 아니라 그것을 기반으로 한 공상일 것이다.

그는 그것을 웃어넘기며 치우고, 지도에 눈을 내렸다.

흔해빠진 유적이다.

몇 개의 통로와 방. 숨겨진 문과 숨겨진 방이 있는 것은 좋다. 도시와 거리도 좋다.

괴물의 둥지라고 해도, 굳이 찾아다니는 고생은 필요 없다. 발자취를 지우는 지혜를 가진 놈은 적다.

—고블린이라면.

고블린이라면 입구에 들어갈 때까지, 아니다. 들어가도 즉시 습격하는 일은 없으리라.

노린다면 조금 뒤다. 먹잇감을 끌어들여서, 전진도 후퇴도 어려운 장소에서 덮치는 경우가 많다.

유적의 벽은 돌일까? 그렇다면, 간단히 우회하여 터널을 파는 것도 어려울 것이다.

베이컨의 프라이 소리를 울린다고 해도 한계가 있다. 그렇다면, 일단은 함정.

고블린의 키로는 안 닿고, 흄이라면 일격을 받을 법한…… 예를 들어…….

—머리 위에서 날아오는 진자.

그는 철 투구를 끄덕이고, 밀어둔 도구 중에서 모래 그릇을 끌어당겼다.

그리고 첨필을 손에 집더니, 생각나는 대로 슥슥 모래 위에 메모를 기록하기 시작했다.

사초지(파피루스)나 양피지에 정리하는 것은 나중에 해도 된다. 지금은 일단 마구 적어봐야 한다.

통나무. 돌. 빼앗은 무기 같은 것들. 말뚝. 솥이나 냄비 같은 것도 좋다. 그것이 진자가 된다.

부비 트랩(멍청이 함정)의 정석이다. 전의는 잃지 않지만, 그래도 지치게 만든다.

그렇지만, 설치하는 것은 고블린이다.

—드워프나 레아 따위는 셈에 넣지도 않겠지.

자신들이 「커다란 놈」에게 일격을 먹이는 모습을 망상하고, 거기서 사고를 멈출 것이다.

그래서 틈은 발치에 있다. 숙이거나, 포복을 하거나, 주의하면 간단히 피할 수 있다.

대단한 공작도 아니지만, 그러나 신입 모험가들에게는 예상 밖의 일격일 것이다.

괴물과 사투를 연출하는 것은 생각해도, 땅바닥을 기면서 실을 풀어내는 모습은 상상하지 못하는 법이다.

만에 하나 발견했다고 해도, 함정을 푸는 법 따윈 사냥꾼이라도 되지 않는 한 알지 못하리라.

고민하고, 생각한다. —그 모습을 바라보며, 고블린은 기뻐한다. 웃는다.

그리고 평소에는 바보 취급하고 있던 자신들의 함정에 우왕좌왕하는 얼빠진 모험가놈들.

어느 쪽이 위이고 아래인지 척 봐도 알 수 있는 것이다.

—죽이는 건 이쪽이고, 죽는 것은 놈들이다.

고블린 놈들은 모험가가 자신의 소굴까지 쳐들어왔다는 사태가 위험하다는 것을 깨닫지 못하리라.

그렇기에, 이쪽은 그것을 잊어선 안 된다.

자신은, 고블린을 퇴치하러 온 것이다.

—여기는 고블린의 둥지인가?

모래그릇에 슥슥 첨필을 움직이고 있던 고블린 슬레이어는 문득 손을 멈추었다.

어쩌면 여기에 숨어 있는 것은 마술사라거나, 사악한 용이라거나, 그런 것은 아닐까?

고블린 슬레이어는 그런 것을 한순간 생각하고자 했다가, 멈추었다.

너무나도 바보 같은 일이다.

세상에는 무수한 모험이 있고, 고블린 퇴치와 다른 일들을 따져보면 후자가 많은 것은 당연한 일이다.

—그렇다면, 처음부터 고블린 퇴치라고 생각하는 편이 좋다.

그는 그것밖에 모르는 것이다. 알지도 못하는 것을 거창하게 말하는 멍청이가 되기는 싫었다.

그렇다, 그는 고블린 슬레이어다.

모험가가 아니다. —적어도, 그렇다고 생각하지 않는다.

모험가의 견본에 관해 생각해 보자면, 그것은 역시 다른 자들이 훨씬 잘 하고 있었다.

중장 전사나 창잡이 같은 은 등급 모험가들. 혹은…….

—소문으로 들은, 용사.

그런 화려한 사람들을 떠올릴 것까지도 없다.

그 곤봉을 휘두르는 것이 고작이었던 검사 일행, 용을 쓰러뜨릴 거라고 큰소리를 친 마술사 소년 일행.

무엇보다도, 그 자신과 함께 다니는 동료들— 여신관.

그런 자들 쪽이 모험가의 견본으로서는 더욱 어울릴 것이다.

그러면 어째서 그가 선택됐을까? 선택한 것은, 접수원이다.

—다시 말해서, 그는 그녀의 선호에 따라 선택된 것에 지나지 않는 것이다.

그렇게 생각하자, 조금 마음이 편해졌다.

딱히 그녀의 마음을 가볍게 여기는 것은 아니다. 분명히 기대를 받는 것은 익숙하지 않다.

이제 막 미궁에 들어가서 모험을 시작한 소년이 훨씬 더 영웅이며 모험가일 것이다.

그렇다면, 그가 지금 빠져 있는 이 사고의 소용돌이 따위는 거들떠볼 것도 없다.

미지에 도전하는 것과는 전혀 다르다. 그는, 이것을 알고 있었다.

—이건, 질병 같은 것이지.

오래도록 같은 것만 반복하면, 문득 뭉게뭉게 피어오르는 것.

불안과는 다르다. 자신이 없는 것과도 다르다.

그저 자신이 정말로 손 쓸 도리가 없는 몹쓸 놈이라고— 그렇게 속삭이는 소리.

거품이 터지는 것처럼, 눈꺼풀 뒤에서 번득이는 섬광처럼, 문득 떠오르는 사람들.

정기적으로 일어난다면 단순한 발작이다. 대처하는 법도 알고 있다.

요컨대 고블린이다. 나온다면, 때려죽인다. 고블린은 자신의 머릿속에 살고 있었다.

그렇다면.

—하는가, 하지 않는가이다.

결국 그것이다. 그렇다기보다는 그것 말고는 있을 수 없으리라.

고블린 슬레이어는 숨을 들이쉬고, 내쉬었다. 기름과 먼지와 지저분한 공기를 폐에 집어넣었다.

눈앞에는 지도가 있다. 대략적인 상정은 했다. 고블린의 둥지다. 그렇다면.

"직접 눈으로 보고, 확인한다."

평소와, 전혀 다를 바 없으리라.

§

"길은 끝없고, 바위를 뛰어 넘어 나무 사이를 지나, 햇살이 닿지 않는 암굴로, 바다에 이르지 못하는 흐름 앞으로—."

엘프 궁수는 지난 2천년을 통틀어도 보기 드물 정도로 기분이 좋았다.

뭐 그녀의 경우는 지난 몇 년 언제나 보기 드문 모습이지만, 뭐 상관할 것 없으리라.

어차피 영겁에 가까운 생애를 생각하면, 주사위라는 것은 몇 번이나 던지다 보면 나오는 눈도 평균에 가까워지는 거니까.

그보다는, 하이 엘프가 읊조리면 레아의 노래마저도 우아하게 들린다는 것이 중요하다.

"또 낡아빠진 노래를 부르는구나."

드워프 도사가 말했다.

"아는 사람 따위 이제는 있지도 않을 것을."

"어머. 좋은 노래는 언제 불러도 좋은 거 아냐?"

빙글. 선두를 가는 엘프 궁수가 기다란 뒷머리를 흔들면서 돌아보더니, 뒤로 걸으며 웃음을 지었다.

햇살은 파랗고, 광야는 하얗다. 1년의 끝이 가까운 여름과 겨울의 틈에서, 이것은 모험이다.

역시 엘프는 돌로 만든 거리가 아니라, 자연 속의 생물인 것이리라.

떠들썩한 술렁거림에는 무척이나 마음이 들뜨지만, 바람의 속삭임과 새 소리에 마음이 편안해진다.

무게도 없이 나아가는 발치에서, 장화를 간질이는 풀의 감촉. 약한 햇살이 피부를 쓰다듬는 감촉.

그 모든 것을 작은 가슴에 한껏 빨아들이며, 엘프 궁수는 명랑하게 웃는 것이다.

"너도 노래 한두 곡 정도는 배워둬."

그리고 그 웃음처럼 통통 가볍게 튕기며, 스르륵 여신관 옆으로 간다.

"모험가의 소양이야. 잘하는지 못하는지는 제쳐두고, 노래를 부를 수 없으면 안 되지."
"그, 그런 건가요?"
갑자기 가까이 다가온 흠과 동떨어진 미모에 여신관이 눈을 깜빡거렸다.
"그럼~."
그녀의 당황이 설마 자신 탓이라고 생각지 못하는 엘프 궁수는 당연하다는 투로 고개를 끄덕였다.
"모험가로소이다라는 표정을 짓고는, 머릿속에 고블린 퇴치밖에 없는 건, 최악인걸."
"일리 있다는 것은 인정한다만, 진심으로 받아들이지는 말거라."
선두를 가는 누군가가 들으라고 하는 말에, 드워프 도사는 삐걱거리는 것 같은 웃음소리를 냈다.
"이 길쭉귀가 하는 말 아니더냐. 나이만 잔뜩 먹은 주제에 견식이란 것이 좁단 말이다."
"구멍 속에 틀어박혀 있는 드워프보다는 세상이라는 걸 보고 있거든~."
"어허 이 바보 같은 것. 숲 속보다 흙 아래가 더 넓은 법이니라."
"뭐 넓고 좁은 것을 따지자면, 바다에 사는 자들이 가장 『세상』을 알고 있을 걸세."
시끌벅적한 대화를 흘려들으며, 리자드맨 승려가 느긋하게 결론을 내리는 것까지 포함하여 평소와 같다.
도시를 나서고서 잠시 동안, 계속 이렇게 느긋한 — 혹은 평화로운 — 분위기가 떠돌고 있었다.

그도 그럴 것이 오늘의 목적지는 도시에서 꽤나 가깝다. 가벼운 외출, 이라고 해도 될 거리다.

—소풍, 이라고 말하면 안 되겠지만요.

지금이 봄이었다면 훨씬 기분이 좋았겠다 하는 생각을, 여신관도 해버리는 법이다.

물론, 그냥 들떠선 안 된다.

한 걸음 도시 밖으로 나오면 용과 만난다는 법칙도 있다. 사람은 주사위 눈을 알 수 없는 탓이니.

실제로 꽤나 들떠 있는 엘프 궁수도 사방이나 위쪽으로 세세하게 시선이나 귀를 기울이고 있었다.

다른 동료들도 분명히 주위를 경계하고 있으리라.

이러면 안 돼요. 안 돼. 여신관도 긴장을 풀지 않으려고 스스로를 경계했지만, 그래도 이 느슨함은 조금 기뻤다.

모험에 나설 때는 언제나 긴장해서 흠칫거리고 있었는데, 지금은 그것이 없다.

이게 모두—.

"하지만, 오늘은 정말로 날이 좋아서 다행이네요."

비가 내리면 힘들어지니까요. 라고 말한다. 생글생글 웃는 접수원 아가씨가 파티와 동행하고 있기 때문이다.

"그건 그렇고, 설마 받아들여주실 줄은 몰랐어요."

"그런가."

돌아온 것은 참으로 무기질적인 낮은 목소리. 철 투구 안쪽에서 먹먹하게 울린다.

"그러나, 그렇게 약속했었다고 생각한다만."

"네. 그렇게 약속했었죠."

그렇지만 접수원은 상당히 들떠서 기분이 좋다. 여신관은「그런 거군요」하고 생각한다.

레이스가 달린 세련된 셔츠 — 블라우스라는 것일까? — 에 가죽 바지.

어깨에는 가죽 가방을 걸고 있다. 분명히 이래저래 필요한 것이 들어 있으리라.

두툼한 외투를 걸치고, 머리칼도 평소처럼 땋아놓았지만 움직이기 쉽도록 정돈했다.

평소에 보아 익숙한 모험가 길드 직원의 제복하고는 딴판으로 분위기가 다른 활발한 인상.

아무리 그래도 놀러 나가는 복장은 아니지만, 세련되고 예쁘다고 생각했다.

귀족의 영애라고 하면 상인이 된 친구도 그렇지만, 그녀와는 또 다르다…….

—좋겠다아.

이렇게, 여신관은 몰래 한숨을 흘렸다.

절제를 중히 여기는 교의나, 자신의 저축으로 사기에는 힘들 거라는 것은 일단 제쳐둔다 치고.

—만약 입어도, 안 어울리겠죠.

물론 이제 막 모험가가 되었을 무렵은 정말로 어렸고, 지금은 조금 성장했다고 생각한다.

그렇지만 역시, 아직 어리다고 생각해버린다.

"사람에 따라서 어울리는 것이 다르니까요."

그런 내심을 꿰뚫어본 것은 아니겠지만, 접수원이 자연스럽게 말했다.

빙글 뒤를 돌아본 그녀가 여유를 듬뿍 담은 미소를 지어서, 그것이 또 부럽다.

"저로서는 귀여운 옷이 어울릴 것 같다는 점이 부러운걸요. 예쁜 금발이고."

"으, 귀, 귀엽다는 건…… 저기."

아니라고 생각하지만, 칭찬을 받았는데 그것을 또 괜히 겸손해서 부정하는 것도 뭔가 아닌 것 같았다.

여신관은 콩닥콩닥거린 다음, 침을 꿀꺽 삼키고 드디어 말을 자아냈다.

"고, 고맙습니, 다……."

"이쪽이야말로? 그리고 예쁜 것에 관해 말을 하자면, 역시 하이엘프가 있지 않나요."

표홀하게 광야를 나아가는 뒷모습. 길다랗게 뻗은 귀가 쫑긋 흔들렸다. 엘프 궁수는 가볍게 손을 흔들었다.

"딱히 아냐. 나는 보통이거든? 보통."

"그게 무서운 거란 말이죠……."

한숨을 쉰 접수원과 여신관이 얼굴을 마주보며 키득키득 웃었다.

정말이지. 신들린 미모와 비교하면 어쩔 도리가 없지 않은가?

이 나이 차이가 나는 친구라면 무엇을 입어도 어울릴 거고, 예쁘게도 귀엽게도 될 거다.

그런 그녀는 무척이나 기분이 좋아서, 노래라도 읊조리는 것처럼 입술을 움직였다.

"그래서, 그 미궁 탐색 경기라는 거. 장소는 아직 시간 걸릴 것 같아? 이제 금방?"

"그러니까—."

"곧이다."

접수원이 뭔가 대답하는 것보다 빠르게. 딱 잘라 내치는 것처럼 고블린 슬레이어가 말했다.

"곧이라니."

엘프 궁수의 기다란 귀가 흔들렸다.

"어느 정도? 두 시간? 이틀?"

"2년일지도 모를 일이로다."

"시끄러워."

드워프 도사가 쌀쌀맞은 어조로 끼어들어서 휘젓자, 엘프 궁수가 대꾸하며 노려본다.

그렇지만, 적어도 고블린 슬레이어의 말처럼 분명히 「곧」이었다.

두 사람의 시끌벅적하고 떠들썩한 대화에 귀를 기울이는 사이, 여신관도 그것을 보았다.

언덕 하나인가 둘을 넘어선 너머에, 뻥 뚫려 있는 입구.

아마도 언덕 자체가 이끼 낀 분묘 하나였던 것이 틀림없다.

덩굴이나 풀의 뿌리가 언뜻 보이는 네모진 구멍은 새로 쌓인 흙

속에 파묻힌 것처럼 문을 열고 있었다.

얼룩과 긴 세월로 누래지긴 했지만, 과거에는 순백의 돌로 지어졌을 것이다.

—신전……일까요?

멀리서 보기에도, 여신관은 그렇게 생각했다. 다가가면, 조금 더 자세히 양식을 알 수 있을까?

"아! 저거예요, 저거요. 보였어요!"

그리고 여신관보다 조금 늦게, 눈에 힘을 꾹 주고서 보던 접수원의 신이 난 목소리.

그녀가 자신보다 늦었다는 것에 여신관은 조금 놀라고, 그리고 몇 번 눈을 깜빡였다.

엘프 궁수나 드워프 도사는 소란을 피우면서도 주위를 보고 있다. 두 사람은 분명히 이미 깨달았을 것이다.

리자드맨 승려는 물론 고블린 슬레이어도, 탐색 능력이라고 해야 할는지 봐야 할 곳을 잘 안다.

그러니까 그다지, 평소에는 신경 쓴 적이 없었지만— 아니, 아니, 우연일까?

"허허, 익숙해진 것이란 걸세."

리자드맨 승려가 쑤욱 기다란 목을 들면서, 여신관의 내심을 들여다본 것처럼 말했다.

"보는 것과 살피는 것은 다르다고 흔히들 말하네만, 무엇을 어떻게 관찰해야 할지 알고 모르는 것은, 큰 차이가 있다네."

—그런, 걸까?

완전히 이해는 못한 채, 여신관은 내심 중얼거리고 다시 한 번 유적 쪽을 보았다.

익숙하지 않았다면, 언덕의 일부가 조금 무너진 것으로 보여 버리는 걸까?

처음 모험에 나섰을 무렵의 그녀라도 깨달을 것 같다고 생각하는데…… 분명히 그렇게 생각하는 것뿐이리라.

—그러면, 조금은 자신 있게 생각해도 되는 일……이겠죠.

여신관은 입술에 손가락을 대면서 조금 생각한 다음, 응. 그래. 하고 몇 번 끄덕이더니 주먹을 쥐었다.

자신 있게 생각하자. 그렇게 하자. 그런 거야.

자신감 부족은 자신의 안 좋은 부분이다. 지난번 수수께끼 승부에서도 제대로 성과를 올렸었다.

조금씩이지만 착실하게, 잘 풀린 것을 자랑스럽게 생각해야 한다.

—좋아, 열심히 해야지……!

그렇게 마음속으로 정하고, 여신관은 힘차게 다시 한 번 고개를 끄덕였다.

"입구는 감춰둬야 할지도 모른다."

성큼성큼. 그런 파티의 분위기를 전혀 신경 쓰는 기색도 없이 고블린 슬레이어가 걸어갔다.

여신관은 이미 익숙해서 총총총 작은 새처럼 그 뒤를 따르고, 접수원이 황급히 그 뒤를 따랐다.

고블린 슬레이어는 유적, 신전의 입구에 다가가더니 천천히 한쪽 무릎을 꿇었다.

기도…… 같은 것은 물론 아니고, 꼼꼼하게 관찰하기 위해서라는 것은 한 눈에 알 수 있었다.

여신관도 짤막하게 성인을 맺어 기도한 다음, 어깨너머로 흉내 내어 그를 따라 유적의 상태를 살폈다.

한적하고 조용하고 발자국도 없으며, 불길한…… 분뇨나 오물, 남녀가 뒤섞인 냄새도, 없다.

"고블린은, 없네요."

"그런 것 같군."

여신관의 말에, 고블린 슬레이어는 철 투구를 위 아래로 끄덕여 흔들었다.

이렇다니까. 등 뒤에서 엘프 궁수가 어쩔 도리가 없다며 표정을 찡그리는 것을, 여신관은 눈치챘다.

중요한 일이니까 그렇게 신기하게 생각할 것도 아니라고 생각하는데.

"저기, 입구를 감춘다는 것은?"

그런 두 사람이 나눈 대화의 의도를 파악하지 못한 접수원이, 갸우뚱하며 말을 걸었다.

옷이 더러워지는 것을 꺼린 건지, 무릎에 손을 짚고서 앞으로 어정쩡하게 기울인 자세로 유적 안을 들여다보았다.

불안정한 자세지만 전혀 흔들리지 않는 것은, 그녀가 평소 보통이 아니게 노력한 성과이리라.

미용에 건강을 유지하려면 체조가 중요하다는 것은, 언젠가 여신관도 그녀에게 들은 적이 있었다.

그에 비해 고블린 슬레이어는 땅바닥을 살피는 자세 그대로, 당연한 것처럼 말했다.

"고블린의 둥지다. 그리 간단히 발견되는 일도 없겠지."

"어, 안 돼요. 안~ 돼요."

접수원은 생글생글 부드러운, 그러나 단정적인 어조로 말하고 검지를 흔들었다.

"입구도 발견 못하고 끝이라는 건 의미가 없잖아요."

"그런 일도 있을 텐데."

"있을 지도 모르지만요, 이번에는 있어선 안됩니다."

그런가. 짧게 말하고, 그는 천천히 일어섰다. 낮게 신음하는 소리.

"어찌됐든, 안에 들어가봐야지."

"그런 거예요."

그것은 딱히 접수원에 대한 대답은 아니었겠지만, 그녀는 신경 쓰지 않았다.

허리에 손을 대고서, 학생을 지도하는 교사 같은 동작으로 만족스럽게 손가락을 세웠다.

접수원 앞에 선 고블린 슬레이어의 모습에, 여신관은 희미한 웃음을 키득 흘렸다.

"저기."

여신관이 그것을 얼버무리는 것처럼 말했다.

"그러면, 척후(스카우트)를 부탁 드려야죠."

"네에, 맡겨둬!"

목소리가 들렸을 때에는 이미 휘리릭, 선풍처럼 엘프 궁수의 몸이 곁을 지나쳤다.

그녀는 홀짝홀짝 튕기는 것과 비슷한 가벼운 발놀림으로 유적 입구에서 안으로 뛰어들었다.

그리고 상당히 늦게 — 실제로는 그다지 차이가 없겠지만 — 드워프 도사가 뒤뚱뒤뚱 따랐다.

"상당히 오래된 유적 같네~. 신전 같은 거였을까?"

"오래됐다고 해도, 자칫하면 하이 엘프가 더 연상 아니더냐?"

"그건 네 주관이야. 객관적인 이야기를 하는 거잖아."

하이 엘프의 민감한 감각이 적 탐색을 하고 있으며, 드워프만큼 건물을 잘 아는 종족도 달리 없다.

두 사람은 시끌벅적하게 소란을 피우면서도, 분명히 함정이나 괴물의 흔적을 살펴줄 것이다.

"그건 그렇고…… 하지만, 분명히, 오래됐네요."

여신관은 안심하고 두 사람에게 맡기면서, 호오 한숨을 흘리며 그 유적을 보았다.

언덕의 중간쯤에 뻥 뚫린 구멍을 보니, 역시 이 언덕 그 자체가 신전이고 그 입구 같았다.

—내리막길……?

그렇다면 분명히 세로로 길고, 겉보기보다도 드넓은 신전이었을 것이 틀림없으리라.

어쩌면 딱히 여기도 입구가 아니라, 오랜 옛날의 창문이었을지도 모른다.

과거에는 지상에 세워져 있던 것이 어째서 지하의 유적이 되는 것인지, 여신관은 신기하게 생각했다.

자신들이 살고 있는 이 땅도, 몇 백 년쯤 지나면 땅바닥 아래가 되어 버리는 것일까?

—하지만, 몇 백 년이나 계속 땅 위에 있는 것도 있단 말이죠.

산이나, 나무나, 그런 것은. 그리고 역사가 있는 성이나, 신전 같은 것도 그렇다.

어쩌면 지식신의 신관이라면 알고 있지 않을까? 아니면, 아무도 신경 쓰지 않는 걸까?

—사방세계에는, 참으로 신비로움이 넘쳐흐르고 있네요…….

어쨌거나, 일단 조명부터 준비한다. 다른 동료들과 달리, 흄 세 사람은 어둠을 볼 수 없으니까.

"랜턴 꺼낼게요!"

"아, 아뇨, 괜찮은데요?"

접수원이 기합을 넣으며 가방을 열고 있는 옆에서, 여신관은 재빨리 횃불에 불을 붙였다.

횃불과 부싯돌을 꺼내기 쉽도록 바깥쪽에 넣어두는 것은 사소하게 연구한 것이었다.

딱히 자랑할 정도의 일도 아니고, 모험을 하다가 생각난 방법 중에서 하나였다.

"익숙하네요."

"네."

응답하는 소리가 너무 잘난 기색이거나 자랑하는 기색이 되지 않았을까?

얼른 노력하는 모습을 리자드맨 승려가 말없이 바라보는 것이 느껴졌다.

어떻게 생각하는 걸까요? 그가, 접수원이, 그리고 고블린 슬레이어가.

알지 못한 채, 어쩐지 수줍어져서 여신관은 억지로 화제를 돌리기로 했다.

"그, 그러고 보니 랜턴 같은 건, 망가지거나 하면 어떻게 하죠?"

"그건 어떤 뜻이죠?"

"아뇨. 그게, 여러 사람들이 참가하잖아요."

여신관은 오른손에 석장, 왼손에 횃불을 든 채 그것을 가리키는 것처럼 양손을 펼쳤다.

"이런 장비는, 저기, 역시 부서지거나 떨어뜨려버리는 일이, 있으니까요."

"아……."

그 말을 듣고서 깨달았는지, 혹은 생각하고서 결론이 안 나온 건지.

한순간 어려운 표정을 지은 접수원은, 그러다 다음 순간에 참으로 아름다운 미소를 지으며 잘라 말했다.

"자기 돈으로?"

"그래요……."

"실제로 이것부터 저것까지 전부 이쪽에서 준비해주는 것에, 익숙해지면 곤란하니까요?"

곤혹스러워하는 여신관에게, 접수원은 사뭇 당연하다는 기색으로 말을 이었다.

분명히, 뭐, 여신관도 이해 못하는 것은 아니었다.

뭐든지 빠짐없이 챙겨준다. 모험은 그것이 당연하다고 생각하는 건 싫었다.

안전하고, 성공이 확약되어 있는 것 따위 모험이라고 생각할 수가 없었다.

—물론 그렇다고 해서 다쳐도 된다거나, 죽어도 된다거나…….

그렇게 생각하지는 못하니까, 균형을 잡는 것이 상당히 어려운 일이기는 하지만—.

“일단 괴물의 기척은 없어 보여~.”

“이거야 참으로…….”

“함정도 없겠구나. 뭐 더 안쪽으로 가면 어떨지는 모르겠다만, 여기는 메마른 유적이 아니더냐?”

“설치는 가능하겠나?”

어깨를 늘어뜨리는 리자드맨 승려 옆에서, 돌아온 동료들에게 물어본 그는 어디까지 이해를 한 건지 모르겠다.

“어떤 것인가에 따라 다르겠구나.”

“그렇네요.”

드워프 도사의 대답을 옆에서 듣고 있던 접수원이 맞장구를 치며 조금 생각한 다음에 말했다.

“유적을 부수지 않는 정도로 부탁드릴까요?”

“유적을 부수지 않는 정도다.”

문득 불길한 예감이 든 여신관이 거기에 황급히 덧붙였다.

“그, 그리고 저기. 설치한 걸 알기 쉬운 것이, 좋겠어요…….”

"흠……."

고블린 슬레이어는 낮게 신음했다. 여신관은 살며시 작은 가슴을 쓸어 내렸다.

말을 해두면, 그는 진지하게 생각해준다. 그러니까 괜찮을 것이다. 아마도. 그럴 것이다.

"애매하구나."

드워프 도사가 수염을 매만지며 중얼거렸다.

"한 가지 더 뭔가 없느냐?"

"일단은, 간단한 것부터 해볼 생각이다."

"구체적인 예를 내보거라. 구체적으로."

"입구 부근은, 아직 바닥이 흙이군."

"포석을 들어내도 괜찮을 게다."

철 투구 안에서 확인하자, 드워프 도사가 대답하며 긍정했다.

그렇다면, 고블린 슬레이어가 말했다.

"발 하나가 빠지는 구멍을 파고, 위에 못을 박아둔 판자를 두 장 씌워둔다. 밟으면 이것이 발목을 끼워서……."

"안 돼요."

그 이상의 설명을 허용하지 않고, 접수원이 생긋 웃는 표정 그대로 딱 잘라서 내쳤다.

고블린 슬레이어의 철 투구가 흔들렸다.

"독을 바르면, 범이나 곰도 잡을 수 있는 함정이다."

"모험가 지망자 분들은 범도 곰도 아닙니다."

"……독은 안 바른다만?"

"바르지 않는다고 되는 게 아닙니다."

그렇지~ 안 되지~ 대체 뭔 생각일까~. 엘프 궁수가 끄덕끄덕 고개를 움직였다.

"그런가."

작은 소리로 응답한 고블린 슬레이어는 어렵다는 기색으로 신음하고, 유적의 벽에 손을 댔다.

잠시 숙고한 다음, 그는 명안이 떠오른 것처럼 접수원 쪽으로 철투구를 돌렸다.

"그러면, 못을 안 박는 건 어떤가?"

"그러니까……."

접수원은 웃는 표정 그대로, 고개를 갸웃거렸다. 미소는 무너지지 않는다. 여신관은 역시 대단하다고 생각했다.

—저로서는, 도저히 저렇게 못해요.

그렇지만 함정의 전문가가 아닌 접수원은 그 이상 항변이 떠오르지 않는 모양이다.

아니, 생각은 했어도 그것이 정당한 것인지 아닌지 판단하지 못한 것이리라.

동행을 하길 잘했네요. 한숨을 내쉰 그녀는 어쩔 수 없다는 식으로 수긍했다.

"뭐, 그거라면……?"

"좋다."

좋다, 가 아니에요. 여신관은 미간을 짓눌렀다.

—하지만, 지금 그 함정은…….

기억해둬서 손해 볼 건 없다. 신입 모험가 대상으로 하는 사소한 경기에서 쓸지 안 쓸지는 제쳐두고서.

곰 잡이 함정. 곰 잡이 함정. 중얼중얼 입 속으로 몇 번 만드는 법을 반복한 그녀는 문득 고개를 갸웃거렸다.

"그러고 보니, 예전의 수확제 때 준비하셨던, 그러니까……."

—뭐였었죠.

여신관은 석장과 횃불을 각각 든 양손으로, 빙글빙글 허공을 휘저었다.

"저기, 말뚝이 옆에서 부웅하는 것도…… 이런 함정의 일종인가요?"

"그건 간단하지만 괜찮은 함정이다. 사냥에도 쓸 수 있지."

고블린 슬레이어의 대답은 단적이었다.

그는 조금 생각한 다음에 「흠」 하며 호흡을 내쉬고서, 그 철 투구를 여신관 쪽으로 돌렸다.

"흥미가 있다면, 만드는 법을 가르쳐 주지."

"부탁드릴게요……."

엘프 궁수가 하늘을 우러러 보았다. 분명 지모신도 얼굴을 감싸고 있을 테니까 기도는 닿지 않으리라.

어쨌거나 그러한 사제의 대화를 엘프 궁수는 질색하면서, 접수원은 필사적으로 듣고 있었다.

흥미가 없다…… 라기보다는, 재미 삼아서 구경하고 있는 것은 드워프 도사와 리자드맨 승려다.

"음습하구먼."

"리자드맨도 비슷한 수를 쓴다네."

"진짜더냐?"

"그야 물론일세."

무심코 물어본 드워프 도사에게 리자드맨 승려가 혀를 날름거리며 대답했다.

"늪지가 아닌가? 걸어서 도하할 수 있는 정도의 강이나 웅덩이 바닥의 진흙에 말뚝을 세워서……."

"함부로 웅덩이에 들어가면 신발까지 뚫고서 푸욱이더냐? 관두자, 관둬. 기분이 나빠지는구나."

"후, 후후. 전장에서 긴장을 푸는 멍청이는 살아남을 수가 없음일세."

—그러고 보니, 언젠가 눈 내린 산에서도 비슷한 함정이 있었어요…….

여신관은 고블린 슬레이어의 말을 기억하면서도, 들려온 말에 문득 돌이켜 보았다.

눈 내린 산의 동굴, 고블린들의 제단이 있었던 그곳으로 들어섰을 때의 물웅덩이다.

여신관은 자신의 발치, 애용하는 장화에 힐끔 시선을 돌렸다.

—역시 모험가니까, 신발에도 신경을 써야 할까요?

고블린 슬레이어도 그러고 있다. 이 신발도 물론 나쁜 것은 아니지만.

"말은 그렇네만."

그런 여신관의 불안을 짐작한 것은 아니겠지만, 리자드맨 승려가 입을 열고 눈을 돌렸다.

"이것은 모험이며, 괴물 퇴치. 더해서 신입에 대한 시련보다도 이

전이 될 테니, 다소는…….”

“그리고, 고블린이라면 그렇게까지 손재주가 없을 것 아니더냐?”

“없다.”

드워프 도사가 이은 말에, 고블린 슬레이어는 딱 잘라서 단언했다.

“그러나, 있다고 상정하고 움직여야 한다.”

“실제로, 함정이 있었으니까요.”

생각해보니……. 여신관이 신중하게 고개를 끄덕였다.

자신의 첫 모험, 그 비참한 결과로 끝난 고블린 퇴치에서도 그랬다.

벽을 뚫고서 습격해오는 것도 함정의 일종이라는 것은 틀림없다.

그런 것이 있다고, 알고 가는 것과 모르고 가는 것은 큰 차이가 있다.

“그 밖에도 함부로 끈을 자르면 진자가 덮치는 함정. 그 함정을 피한 곳에 아래로 떨어지는 함정을 설치한다.”

그리고 연동하는 석궁이라도 설치해두지. 고블린 슬레이어가 중얼중얼 말했다.

가능하면 벽 틈에 설치하고 싶지만, 적당히 자갈 더미를 만들고 그 안에 묻어둬도 좋다.

아래로 떨어지는 함정 — 그렇게 깊지 않아도 상관없다 — 으로 움직이지 못하면, 충분히 맞는다.

그리고 함정에 떨어지면, 아군도 당사자도 구멍에서 탈출하는 것에 의식이 먼저 기운다.

자갈더미나 수상한 화살 구멍을 주의할 확률은 그리 높지 않다.

“포석을 들어내서 떨어지는 함정을 만들고, 또 돌을 덮어두면 쉽사리 발견 못할 거다."

"……그런 함정이 있으면 돌아가 버리는 거 아냐?"

지긋지긋하단 기색으로 「나라면 이제 돌아갈 거야! 라고 할걸」이라고, 엘프 궁수가 참견했다.

그녀로서는 그런 함정만 있는 모험 따위 사양하고 싶은 것이리라.

"물론, 그렇다."

물론, 고블린 슬레이어가 대답한 말은 의미가 달랐다.

"적과 마주칠 때까지 지치게 만들고, 그러나 놓치지 않는 것이 중요하다. 후퇴시켜서는 의미가 없다."

고블린 슬레이어가 담담하게 말을 이어감에 따라, 엘프 궁수의 기다란 귀가 질색하면서 점점 늘어졌다.

쫑긋 서 있던 귀가 서서히 각도를 바꾸는 것은 여신관에게는 조금 귀엽게 보였다.

—분명히, 뭐 조금 심할지도 모르지만요.

그래도 도움이 되는 일이니, 들어둬서 손해는 아니라고 생각하지만—.

"단순히 훼방 놓는 것도 효과적이다. 함정과 달리, 단순한 피로는 행군 속행으로 판단하는 일이 많다. 그래서 안으로—."

"저기, 저로서는 말이죠?"

조심조심. 한 손을 들고서 강의를 중단시킨 것은 접수원이었다.

그녀는 살짝 주저하는 투로, 그렇지만 진지한 기색으로, 어떻게든 이해를 시키려고 입을 열었다.

"모험가 지망자 분들이 『조마조마하고 위험했지만, 재미있었다』

라고 생각했으면 하는데요."

무시무시하고 험한 꼴을 보이며 비참함에 빠뜨리고서 『교육했다』 라고 하는 것은—.

"……자중을 해주셨으면 좋겠어요. 네."

"흠……."

"조금만 더, 그. 봐준다거나, 그런 걸로……."

고블린 슬레이어는 낮게 신음했다. 그리고, 대단히 오래 입을 다물었다.

그의 기억으로는 녹기 시작한 고드름 아래서, 스승이 깔깔 웃으면서 돌이 들어간 눈덩이를 던지고 있었다.

지금 생각해 보면 그건 처음 무렵이었으니까, 스승도 꽤 봐줬던 것이 틀림없으리라.

—다시 말해서 팔다리를 단단히 묶고서, 눈 녹은 물속에 떠미는 것은 안 되는 것이군.

그는 철 투구를 위아래로 끄덕 움직였다.

"선처하지."

"잘 부탁드립니다."

접수원은 깊숙하게, 귀족의 영애로서는 생각할 수 없을 정도로 고개를 숙여서 인사를 했다.

만약 이것이 다른 모험가— 특히나 창잡이 등이었다면, 진심이 되어 필사적으로 행동했으리라.

"그래. ……함정 말고, 다음은 괴물이군."

그러나 그는 고블린 슬레이어이며, 평소처럼 담담한 기색으로 고개를 끄덕이고 말했다.

"역시, 고블린인가?"

제 3 장

『그래도 모험이 좋아!』

Goblin Slayer He does not let anyone roll the dice.

"너 같은 게 모험가가 될 수 있을 리 없잖아!"

"그럴려나."

"그럼!"

인파의 소란 속에 파묻힐 것 같은 목소리로, 소년은 눈앞의 소녀에게 잘난체하면서 가슴을 쭉 폈다.

희끄무레한 검은 머리의 빈약하고 비쩍 마른 소녀는 소년의 말을 이해 못한 것 같은 표정을 지었다.

새침한 표정. 거드름을 피운다. 분명히 아무것도 모르는 주제에. 소년은 웃었다.

—계기는, 사소한 심부름이었다.

혼자서 도시에 오는 것이 허용 된다는 것은, 변경의 마을에 사는 몸으로서는 흔한 일이 아니었다.

그 시점에서 그는 인생의 절정을 맞이한 것처럼 엄청 기뻐서, 한나절에 걸쳐 찾아왔다.

그리고, 그 인생의 절정이 한나절 만에 끝난 것처럼 그는 느꼈다.

어째서인지는 모르지만, 도시에 와 있는 동향의 소녀와 딱 마주쳐 버린 것이다.

그것만 해도 역정이 나는데, 그 애가 허리에 검을 차고 있지 않은가?

소년도 아직 검을 만지는 건 허락을 못 받았는데. 무진장 짜증이 났다.

이 녀석이 그런 걸 가지고 있는 것은 납득이 안 된다. 몸도 기울어 있다.

―나라면.

훨씬 어엿하게 똑바로 서서, 당당하게 가슴을 펴고 있을 텐데.

“어째서 네가 있는 거야.”

그렇게 물어봤다.

“아빠한테 부탁을 받아서.”

아무것도 아니란 식으로 말한다.

“어차피 길을 잃어서 어쩔 줄 모르는 거지.”

그게 틀림없다. 그러나 그녀는 「그럴려나」 하고, 역시 신기한 기색으로 말한다.

그렇다면. 그녀는 이미 심부름을 마친 것일까? 소년은 어쩐지 묘하게 짜증을 느꼈다.

“그러면, 어째서 이런 곳에 멍하니 서 있는 건데.”

“이런 곳이 아니라.”

소녀는 신기하단 기색으로 고개를 갸웃거렸다.

“모험가 길드 앞인데.”

그 태도가, 마치 간판도 못 읽는 거냐고 말하는 것 같아서 대단히 약이 올랐다.

소년의 입에서 무심코 나온 말은 「너 같은 게 모험가가 될 수 있을 리 없잖아!」였다.

그리고— 처음 대화로 돌아간다.

"그런 건, 체력이 좀 있으면 누구나 될 수 있거든?"

"흐응."

"그리고 대부분의 녀석은 제대로 먹지도 못해. 너도 금방 어딘가로 팔려가 버릴걸."

비싼 값도 못 될 테지만. 소년이 부모에게 언뜻 들은 것을 되는대로 토해냈다.

물론 그 정확한 의미 따위는 잘 모르지만, 그래도 그녀에게 비싼 값이 붙을 리 없다는 건 알 수 있었다.

그도 그럴 것이 마을 변두리에 살고 있는 용병 출신 파락호의 아이다. 땅꼬마에다가 볼품없다.

몇 년 전의 기근 때 몸을 판 연상의 아가씨들하고는 비교도 안 될 것이다.

어째서 이런 녀석이 마을에 살 수 있는 건지, 소년은 이해할 수가 없었다.

그래서 그는 자기가 하는 말이 모순이라는 걸 깨닫지 못했다.

아니, 체력이 있으면 누구든지 될 수 있지만 이 소녀는 될 수 있을 리가 없다고.

그런 식으로 생각하고 있으니 모순이라고 생각하지 못하는 걸지도 모르지만.

"애당초, 모험가라는 건 괴물이랑 싸워야 되거든? 알고는 있어?"

"응."

"너 같은 건 막대기 조금 휘둘러 봤자, 고블린이나 커다란 쥐한테

쫓겨 다니는 게 고작이야."

"그렇긴 하지만."

소년은 코웃음을 쳤다. 고블린이나 쥐 같은 건, 나도 해치울 수 있는데.

그런 정도로 그녀가 으스대고 우쭐대는 것이 무척이나 마음에 안 들었다.

이 애는 언제나 그랬다.

무슨 말을 해도, 뚱하니 새침한 표정을 짓고서 아무것도 느끼지 못하는 것 같았다.

아버지가 전직 용병인지 모르겠지만, 그런 파락호네 집 아이가 뭘 잘난 척을 하는 거야.

여리여리한 몸으로 날이면 날마다 막대기를 휘두르거나, 마을 사람들의 농기구 손질을 할 뿐이다.

그런 건 누구든지 할 수 있다. 놀고 있는 거나 마찬가지잖아.

성실하게 부모를 도와서 밭일을 하거나, 이렇게 도시까지 심부름을 하는 나하고는 전혀 다르다.

그런 그녀가 모험가? 우쭐대는 것도 정도껏 해야 하는 거다.

"도적이나 드래곤 같은 걸 상대할 수 있을 리가 없잖아. 무리일 게 뻔하지."

소년은 한 걸음 앞으로 나서서, 소녀의 빈약한 가슴팍을 툭 쳤다.

"아으."

소녀가 비틀거렸다.

그 모습이 한심해서, 소년은 싱글싱글 심술궂은 웃음을 지었다.

"애당초 너 말야. 갑옷이나 투구 같은 거 살 돈은 있냐?"

소년은 다 알면서 물었다. 이 애의 아버지가 그렇게 돈벌이를 하고 있을 리 없었다.

아버지의 장비 — 본 적은 없지만 — 를 빌린다고 해도, 체격이 너무 다르다.

허리에 검은 차고 있지만, 멍청하게도 몸이 기울어져 있지 않은가?

도저히 — 나라면 모를까 — 휘두를 수 있을 리가 없어!

아니, 애당초 딱히 적절하게 비교한 것이 아닐지도 모른다.

"그렇게 많이는 없어."

"그래서 모험가가 될 수 있을 리 없잖아!"

무리일 게 뻔하니까, 논리 같은 건 나중에 가져다 붙이면 되는 거다.

소년은 그녀가 아무 말도 안 하자, 승리를 뽐내며 웃었다.

"몇 년인가 전에 숲 속에서 길을 잃고서, 울면서 돌아왔던 거 다 기억하거든."

"……."

"너 같은 건 모험가가 되어도, 또 울먹거리면서 도망쳐 오겠지."

그런 한심하고 바보 같은 녀석은 마을에 두 번 다시 안 들여보낸다.

그렇게 말하면 그녀는 어떤 표정을 지을까? 고개를 숙여 버려서, 표정이 안 보였다.

"그렇구나."

"그럼!"

조용히 중얼거린 말을 내치는 것처럼 소년이 말하고, 자신의 영리함에 만족하며 고개를 끄덕였다.

"그럼 간다. 나는 너랑 달리 바쁘거든. 심부름을 단단히 해야 하니까!"

그렇게 말하고, 그는 소녀를 떠미는 것처럼 걸어갔다.

등 뒤에서 「아으」 하고 또 휘청거린 그녀가 엉덩방아를 찧어도, 전혀 신경 쓰지 않았다.

어차피 저 녀석은 무슨 말을 해도 신경 쓰지 않는다. 이쪽이 신경을 써줄 필요는 없다.

그는 장남이고, 언젠가 밭도 받을 수 있다. 저런 파락호의 딸하고는 격이 다른 것이다.

남겨진 소녀는 잠시 엉덩방아를 찧고서, 고개를 숙인 다음 천천히 일어섰다.

아무 말 없이 툭툭 옷의 먼지를 털어낸 소녀는 올려다보는 것처럼 길드 입구를 보았다.

그곳에는 소년이 전혀 깨닫지 못한, 양피지 한 장이 붙어 있었다.

어엿한 장정에, 장식된 문자가 춤춘다. 모험가 지망자를 위한 행사.

소년은 읽지 못했을지도 모른다. 물론 소녀도 문자는 읽지 못한다.

하지만 지나가는 누군가가 한 말을 들었다.

"미궁, 탐색 경기."

소녀는 조용히 작게 중얼거렸다.

역시 아무도 듣지 못했고, 그 목소리는 혼잡 속에 뒤섞여 사라져 버렸다.

§

“내가 참가하면 안 되는 건가?!”

“상식적으로 생각해서 안 되지.”

모험가 길드의 주점에서는 여기사가 절망의 소리를 지르고, 중장 전사가 늘어져 있었다.

모험하기 전에 배를 채운다. 당연히 술을 부탁할 리 없는데, 취한 것이 아닌가 싶은 기세였다.

“모험가 지망, 초심자를 위한 경기잖아. 이른바 모험가 체험이다. 신참이 아니면 거절합니다.”

“무슨 말을 하나. 신앙의 길은 길고 험하다. 나는 아직 길을 걷고 있는 신입이 아니겠나?”

그야 제대로 된 기적 하나 못 받았으니까. 중장 전사도 그 말을 하지 않을 분별력은 있었다.

“누나는 기적을 못 받았으니까.”

소년 척후는 분별력이 없었다.

소녀 무술사(드루이드)가 말 없이 지팡이를 휘둘러 탁자 아래에서 정강이를 찔렀는지, 비명을 질렀다.

발을 누르면서 신음하는 동료를 완전히 무시하고서, 의자에 살포시 앉은 그녀가 중얼거렸다.

“하지만 겨울의 행사에 참가 못하는 건, 조금 쓸쓸하네요.”

당초의 연령 사칭 탓에 다소 평가가 떨어지긴 하지만, 어엿하게 파티의 술사를 맡고 있는 것이다.

그녀 자신도, 자신이 참가하고 싶어도 못한다는 건 충분히 이해하고 있는 것 같았다.

그런 소녀 무술사를 향해 온화하게, 혹은 여기사를 달래는 것처럼 하프 엘프 경장 검사가 말했다.

"참가는 못해도, 관여는 할 수 있을 지도 몰라요."

식탁 구석에 장부를 펼치고 파티의 경리를 정리하고 있는 그는, 힐끔 장부에서 시선을 들었다.

"메마른 유적이라지만, 사고는 일어나는 법. 대기하는 모험가는 숙련자에게 의뢰가 나올 테니까요."

"그러니까 구조라는 명목으로 안쪽에 1등으로 들어가도 되는 거로군!"

"되는 거 아니다."

중장 전사가 깊은 한숨을 뱉었다.

여기사의 고삐를 잘 잡고 있어야 한다. 투구라도 뒤집어쓰고 신입 흉내를 내면서 쳐들어갈지도 모른다.

"겨울나기의 비축은 얼마나 되지?"

"뭐 남기는 해요."

경장 검사는 태연하게 말했다.

새내기일 무렵이라면 모를까, 역전의 모험가에게 화폐란 것은 물 쓰듯 쓰는 것.

유적이나 동굴과 미궁에 들어가서 괴물 놈들과 싸우면, 보물 상자에서 마음껏 돈벌이를 할 수 있는 법.

그러나 신입이라면 오늘 내일의 숙박비도 부족하며, 마법의 장비를 살 돈도 없다고 한탄을 할 것이다.

"그렇지만, 겨울 내내 우아하게 지내다 보면 몸이 둔해지지 않을까 걱정이네요."

"어쩔 수 없구만."

중장 전사는 사납게 웃었다.

"조금 용돈 벌이 정도는 해두자."

그것을 들은 여기사는 물론이고, 소년소녀들도 신이 나서 소리를 질렀다.

어쨌든 축제에 참여할 수 있다면, 그것은 즐거운 모험이 다름없을— 것인데.

"……좋겠다아."

이렇게 멍하니 턱을 괴고서 투덜거리는 것은, 그것을 조금 떨어진 곳에서 듣고 있던 곤봉 검사였다.

장검과 곤봉을 양손에 드는 것도 상당히 익숙해진 그는, 이미 신입 취급을 받지 않고 있었다.

그렇다고 숙련자의 영역인가 하면, 도저히 그런 역량에는 이르지 못했다.

다시 말해서— 아무리 발버둥 쳐도 참여할 수가 없다, 는 결론이 나온다.

"나는요. 바로 요전에 등록을 한 참이니까요. 해봐도 혼나지는 않을 것 같은데요."

느긋한 어조로— 어느샌가 새하얀 털로 변한 흰 토끼 엽병이 니헤헤, 웃었다.

"치사하게."

"치사하지는 않지."

입술을 삐죽거리는 곤봉 검사에게 찰싹, 심판을 내린 지고신의 성녀는 팔짱을 끼고서 눈썹을 치켜 올렸다.

"그러니까, 우리는 놀고 있을 틈이라는 게 없잖아. 겨울을 못 넘기게 될 거야."

"아…… 응, 네……."

그렇게 말을 하면, 정말이지 반론할 수가 없다.

새내기에서 알 껍질을 한두 번 깼다고 해서, 딱히 단숨에 돈벌이가 느는 건 아니다.

물론 밥벌이조차도 어려웠던 무렵과 비교하면 상당히 사치를 부릴 수 있게 됐다.

여자들 둘뿐 아니라 그 또한 간이침대를 빌릴 수 있고, 식사도 종류가 풍부해졌다.

뭐 식사에 관해서는 뭐든지 맛있어요 맛있어 하면서 먹는 새로운 동료를 위해서이기도 하지만.

토끼 수인이 아니라도, 먹지도 마시지도 잠들지도 않고 일할 수는 없다. 마법의 검 같은 것도 가지고는 싶지만.

—일단은 장비에 불만이 없으니까. 일단은 몸이지, 몸.

문득 뇌리를 스치는 가녀린 여자의 몸과 소꿉친구의 온기를, 젊은이는 책상에 엎드리는 걸로 얼버무렸다.

그다지 의식하지도 않았었는데, 문득 깨달아 버리면 어떻게 할 수가 없다.

"그러면요. 우리 집 올래요? 엄마야가 분명히 재워줄 거라고 생각하는데요."

"그건 아무래도 미안한걸. ……있지. 겨울에 뭔가 사냥할 수 있는 동물 같은 거 몰라?"

"멧돼지나 사슴이라면 잡을 수 있어요. 뿔에 받히면 한 방에 죽지만요. 그건 그거네요."

"그건 그거로 넘어가지마. ……우응, 트롤 퇴치라면 있으려나아."

"머리부터 와득와득. 하면서 잡아먹힐지도 모르지만요."

곤봉 검사의 머리 위에서, 그 여자 두 사람이 뒤숭숭한 이야기를 꺄꺄거리며 나누고 있다.

멧돼지 엄니가 허벅지에 박혀서 죽은 사냥꾼은 분명히 곤봉 검사의 마을에도 있었을 거다.

그리고 무시무시한 괴물, 새하얗고 거대한 트롤에게 습격을 받은 마을 이야기도 들었다.

트롤 퇴치. 트롤이라는 것은 동굴에 있어주면 좋겠다. 사람들 사는 곳에는 나오지 말아줘.

중얼중얼 투덜거리며 현실 도피를 반복하는 곤봉 검사는 진심을 담아 중얼거렸다.

"5년 정도 느긋하게 지내고 싶다아……."

"모험가가 된 것도 5년 안 됐잖아……!"

참으로 떠들썩하다.

그렇지만, 중견— 다시 말해서 신입도 아니고 숙련자도 아닌 모험가가 모두 관여하지 못하는 건 아니다.

중장 전사 일행과도 곤봉 검사 일행하고도 떨어진 장소에서, 요술사가 지극히 간단히 이렇게 말했다.

"나, 얼마 동안 모험 못 가."

"뭐야?!"

결정 사항처럼 하는 말에 리더인 도끼 전사가 눈이 뒤집어졌다.

"어째선데?"

"그거야, 고블린 만들어야 하니까 그렇지."

요술사는 손 위에 펼쳐둔 주문서에서 눈길도 들지 않고, 태연하게 말했다.

정말이지 씁쓸한 일이다. 어째서인지 그녀가 다룰 수 있는 주문이 새어나갔다.

—일단 나라가 나쁜 거야.

중요하다 기밀이다 그러면서 가지고 나가는 거에는 엄격하면서, 깜빡 유출시켜 버리니까 변명할 여지가 없다.

일일이 회수하고 다니는 몸이 되어 보란 말이다. 정말이지. 진짜로.

얼추 다크 엘프의 색기에 홀려버린 것이 아닐까? 그 비비 같은 영감도 상당히 밝히니까.

"헤에, 너는 그런 술법도 익힌 건가?"

고향에 대한 불평을 주절주절 생각하고 있는데, 문득 늠름하고 시원스런 목소리가 들렸다.

힐끔 눈길을 주자, 최근에 동료로 들어온 지나치게 피부가 하얀 엘프 여자가 미소를 짓고 있었다.

엘프라는 건 그렇잖아도 예쁘니까 일부러 화장 같은 거 안 해도 될 것을.

"괜히 폼으로 촉매를 모으는 게 아니야."

요술사는 피어오르는 백분 냄새에 입을 닫으면서도, 조용히 짧게 말했다.

그리고 이어서, 동료인 승려가 의아한 듯 질문을 던졌다.

"고블린 따위 소환해서 어쩌는 건가?"

요술사는 이번에도 조용조용 대답했다.

"소환이라기보다, 만드는 거야. 아니지 복제를 불러낸다고 해야 하나……."

어차피 자세하게 설명해도 이해 못한다. 그런 주제에 설명을 하라면서 시끄럽게 구니까 난처하다.

마법은 마법이다. 신기한 일이 일어나는 거다. 그걸로 납득하라고. 정말이지 죄다 설명을 바란다니까.

"잘은 모르지만, 경기에서 쓸 적이야. 아마. 체력은 쓰겠지만, 돈은 되니까."

요술사가 무뚝뚝하게 말했다. 돈은 된다. 그것이 무엇보다 중요하다.

"그렇군. 돈은 나도 좋아한다. 엘프들은 그걸 그냥 돌 취급하는 걸 이해할 수가 없어."

진정한(미스릴) 은 말고는 흥미가 없는 모양이라며, 엘프 여자는 입술을 삐죽거리며 비꼬았다.

요술사는 눈을 게슴츠레 뜨면서 백분 냄새가 나는 엘프를 노려보았다. 이 여자는 숨길 생각이 있긴 한 건가?

"뭐든지 좋은데, 다시 말해서 모험에 못 간다는 거잖냐."

그리고 리더(두목)는 왜 깨닫지 못하는 걸까? 요술사는 깊은 한숨을 쉬었다.

이 세상에 아침저녁으로, 고통의 신에게 기도를 바친다면서 자기 등을 채찍으로 치는 엘프가 어딨겠냐?

사방세계는 넓고, 신들의 도량이 크다지만. 아무리 그래도 무리가 있는 것 아닐까?

"그거야, 내가 가르쳐준 건 너뿐이니까."

키득키득 귓가에 속삭이는 웃음소리가 짜증이 나서, 요술사는 무시하기로 결정했다.

모험을 할 때 홍일점이란 점은 전혀 고려하지도 않았었는데, 그녀가 참가한 이후부터 남녀로 갈라졌다.

그것에 대해서는 다소 감사하는 마음이 없지는 않으니까, 다소 참아줄 수는 있다.

그리고 그 레아 척후가 어디론가 사라진 이후로, 간신히 얻은 척후였다.

함정에 걸려서 험한 꼴을 당하는 것과 저울질해보면, 이렇게 들러붙는 것 정도는 좋다 쳐야지.

아니 오히려 놓치지 않도록 이쪽에서도 들러붙어야 하나? 그건 그거대로 귀찮지만.

"그렇지만, 다시 말해서, 우리 술사 나리는 이번에 무대 뒤의 역할이라는 거군."

돈과 인연이 없어 보이는 승려는 끄덕끄덕하며 뭔가 납득한 기색으로 고개를 움직이고, 딱 잘라 말했다.

"그렇다면 이것은, 우리들도 무대 뒤에서 돈벌이를 하라는 신의 계시가 아니겠는가?"

"그거다!"

"틀림없군."

"에엑……."

요술사는 진심으로 질색하는 소리를 냈다.

다시 말해서 그거냐? 내가 길드에 파티를 소개해서, 일을 맡겨 달라고 부탁해야 하는 거냐?

직원을 상대로 등급에 걸맞은 모험가로서 행동하라는 거냐? 몸가짐을 갖추고, 예의 바르게.

그것만으로도 현기증이 날 것 같은 기분을 느끼지만, 분명히 반론해도 무의미할 거라 생각한다.

이 녀석들은 한 번 말을 꺼내면 들어먹질 않고, 돈이 없는 것도 사실이었다.

요술사는 주문서에 눈길을 내렸지만, 다들 말없이 자기를 보고 있다는 걸 싫을 정도로 알 수 있었다.

결정 사항인 걸까? 결정 사항인 거겠지, 분명히.

—아아, 진짜, 정말이지. ……정말이지! 정말이지, 진짜!

§

"알았다고!"

거칠게 소리친 모험가가 덜컥 자리를 박차고 접수처로 갔다.

그런 광경을, 여신관은 대합실 의자에 오도카니 앉아서 바라보고 있었다.

아니, 정확하게 말하면 앉아 있는 것도 바라보고 있는 것도 아닐 것이다.

그녀는 안절부절못하며 일어섰다가, 어슬렁거리고, 또 앉는 것을 반복하고 있었다.

그리고 바라본다기보다는 이목에 소리와 빛이 들어오는 것뿐이지, 대화를 이해하지도 못하고 있으리라.

지금 그럴 정신이, 아닌 것이다.

"우, 우~ 우……."

차분하질 못하다. 여신관은 작은 엉덩이를 의자에 풀썩 내리고, 금색 머리칼을 매만졌다.

오늘은 아침부터 계속 이런 식이다. 조금 더 물거울을 보고 올 걸 그랬나 하고 후회도 했다.

"몸가짐 같은 거, 괜찮을까요……?"

"괜찮아. 괜찮아. 그렇게 걱정 안 해도 괜찮다니까."

몇 번째인지 모를 질문에, 목에 지고신의 성인을 건 감독관이 생긋 웃으며 응답했다.

섬기는 신은 다를지라도, 열심히 앞으로 나아가는 전도유망한 후배 중 한 사람.

소년소녀(보이 미츠 걸) 하고 있는 쪽의 아이들과 함께, 있는 힘껏 성장을 해주기를 바란다.

그렇지만 이 이상 격려를 하거나, 반대로 혼내지 않는 것이 그녀의 위치다.

도와달라고 하면 도와주지만, 그 이상은 괜한 참견이 되는 것이다.

그리고 중급 모험가가 된 이상, 이런 일에도 익숙해지지 않으면 곤란하다.

"왕도의 지모신 신전에서 지명한 거니까. 긴장하는 거야 이해하지만."

"네……."

—그렇지만, 갑자기 나온 얘기라 다소 무겁기는 할지도 모른다.

감독관은 남의 일처럼 생각했다.

이번 행사 이야기가 어째선지 왕도까지 전달되어 시찰을 위해 사람을 보낼 테니까 응대해라, 였으니.

그것에 대응하고자 지원 요청이 날아간 곳이 이 소녀 앞이었다.

감독관으로서는 이름 있는 사람을 상대하는 것은 익숙한 일이고, 마중하는 것도 일상 업무.

오히려 앉아서 서류 일을 안 하는 만큼 마음이 편한데, 모험가에게는 다른 모양이다.

이미 들은 미궁 탐색 경기 이야기와 합쳐서, 이제 슬슬 여신관도 중압이 한계일까?

"왕도까지 이름이 알려진 걸 솔직히 기뻐하면 될 텐데."

"그건, 도저히. ……그리고, 그건 아무래도 고블린 슬레이어 씨의 이름일 테니까요."

겸손을 떤다기보다는 사실로서, 자신은 그 정도 신분이 아닐 거라고 여신관은 말했다.

하긴 대개의 경우 파티에서 이름이 알려지는 건 전사이며, 다음으로 마술사, 그 다음으로 신관, 마지막이 척후다.

전설적인 선한 다크 엘프 탐색자(레인저), 혹은 성큼걸이(스트라이더)는, 일단 전사 취급이고…….

변경에서 왕도까지 이름이 알려질 법한 고위 사제가 아니라고 하면, 그렇기는 했다.

“하지만, 전에 왕도에서 모험했잖아?”

“네…….”

“그러면 그 때 이름을 기억한 걸지도 모르잖아.”

계기가 어떤 것이든. 적어도 지명을 했다는 것은 악명은 아닐 것이다.

이름이 알려졌다면, 모험가로서 그 이상의 행운은 그다지 없다고 할 수 있었다.

“교역신 가라사대, 호기는 반드시 쥐고 놓치지 말지어다라고 하잖아. 날아들어온 건 붙잡아야 되는 거야.”

다음 의뢰, 다음 일, 다음 모험. 싸움과 성장. 더욱 큰 비약.

감독관은 주먹을 꼭 쥐고서 호소했지만, 그녀의 설교가 아무래도 여신관에게는 잘 와 닿지 않는 모양이다.

“유명해지는 게 부끄러워?”

“그렇다기보다는, 아직 알맹이가 걸맞지 않다는 생각이 들어서요.”

여신관은 어째 어려운 표정을 짓고서, 난처한 기색으로 볼에 웃음을 지었다.

“제가 할 수 있는 건, 『할 수 있다』, 『할 수 있어요』라고 말할 수 있게,

노력은 하고 있는데요…….”

“뭐, 이건 어쩔 수 없지.”

자신을 가지는 건 중요하다. 겸손하기만 해서는 세상에 통하지 않는다.

그러나 그런 한 편으로 우쭐해져서는 안 되고, 언제나 위에는 더욱 위가 있는 법이다.

그리고 사정을 모르는 자들은 운이 좋아서 잘 됐다는 둥, 아니 그게 실력이라는 둥, 등등…….

“주위 사람들은 모두 제멋대로 말하니까. 트집 잡히지 않도록 열심히 하는 수밖에 없어.”

“……어려운 거네요.”

여신관의 눈이 힐끔힐끔, 중장 전사— 아니, 여기사 쪽을 보았다.

혹은 이 자리에 없는 누군가. 마녀나, 아니면 고블린 슬레이어라도 찾고 있는 것일까?

“선배 여러분은, 다들 어엿하게 보여 버려요. 도저히 제가, 따라잡을 수 있을까 싶어서…….”

“반대야 반대. 다들『어엿하게 보이도록』하고 있는 것뿐이야.”

허세를 부리고 있을 뿐이라고, 감독관이 깔깔 웃었다.

그도 그럴 것이 모험가 길드의 직원쯤 되면, 영웅담의 뒷모습도 잘 알고 있다.

이름 높은 자유기사가 첫 모험에서 죽을 뻔했다거나, 용감한 성녀가 검이 녹아서 울음을 터뜨렸다거나.

괴물 퇴치에 뽑어낸 필살의 일격이 한 칼 모자라서, 동료인 척후가 찔러서 마무리를 했다거나.

“알맹이는 다들 비슷한 거야. 모두들.”

그러고 보니, 그녀— 여신관과 이런 이야기를 할 기회가 지금까지 그다지 없었을지도 모른다.

친구인 접수원이나 주점의 수인 여급, 엘프 궁수나 목장의 아가씨들과 함께였던 적은 있었지만.

1대 1로, 를 따져보면—. 이것 또한 신들이 흔드는 주사위의 인도일까?

사방세계는 사람의 의사와 인과, 주사위의 눈에 좌우된다. 만남과 작별 또한 마찬가지.

그렇다면, 되도록 좋은 관계를 맺고 싶은 것인데—.

“……아.”

그때 여신관이 고개를 들었다.

모험가 길드의 문이 열리며 벨이 울리고, 2인조가 들어온 것을 감독관도 이어서 깨달았다.

한쪽은 건강한 갈색 피부를 수도복으로 감싼 여승. 그녀는 깔깔 웃으며 손을 흔들었다.

“어이쿠, 미안 기다렸지. 오랜만에 도시에 나왔더니 역시 여기저기 눈길이 가서.”

“아, 아뇨, 그렇지는……!”

그 태양이 연상되는 명랑한 목소리에, 여신관이 볼을 느슨히 풀면서 일어섰다.

“오늘은 고맙습니다. 굳이 일부러— 그런데, 선배가 안내를 하신 건가요?"

"응. 아니 좀 빠져 나오고 싶었거든. 아무래도 지루했어. 가끔 있는 좋은 기회길래."

붙잡고 놓아주지 않는 것이 당연하다. 방금 들은 말에 여신관은 키득키득 웃었다.

감독관은 두 사람의 대화를 듣고 대략 그 관계를 짐작하고는, 살며시 등 뒤에서 인사만 했다.

일부러 끼어드는 것은 못난 짓이다. 여승도 가볍게 목례하여 응답해주었다.

"그건 그렇고 놀라버렸어. 이야, 세상은 참 넓은 건지 좁은 건지."

"무슨 말씀이신지?"

검은 곱슬머리를 손가락으로 매만지면서 — 수도복은 머리칼을 전부 두건에 넣어야 하는 것 아니던가? — 하는 말.

여신관이 고개를 갸우뚱 기울이자, 여승은 「그게 말이지」라며 히죽 웃었다.

"뭐 어쨌거나 일단은 손님을 소개해야지. 자, 이쪽이 왕도의 사원에서 오신—."

무심코, 여신관은 숨을 삼키며 눈을 깜빡였다. 감독관도 「오오」 하며 소리 없이 중얼거렸다.

"안녕하세요! —와버렸어요!"

생긋 웃으며 여승의 등 뒤에서 고개를 내민 것은 아리따운, 여신관과 꼭 닮은 소녀였다.

§

“어, 아, 와, 와버렸어요라뇨……!”

“쉿~ 쉿~ 쉬~잇!”

무심코 소리를 내버릴 뻔한 여신관이 입가를 가로막자, 소녀가 훌쩍 뛰어들었다.

가까이 다가온 자신과 꼭 닮은 얼굴이나 부드러운 몸에, 여신관의 볼이 삭 붉게 물들었다.

“이, 이번에는 딱히 몰래 빠져 나왔거나 놀러 왔다거나, 그런 거 아니에요. 아니니까요……!”

소녀— 왕매의 호소에, 여신관은 끄덕끄덕 몇 번씩 고개를 움직여 이해했다고 드러냈다.

그렇지 않으면 떨어져줄 것 같지도 않고, 자칫하면 호흡이 위태롭다.

“아, 어머나. 미안. ……미안해요.”

드디어 왕매가 떨어져 주자, 여신관이 살며시 한숨을 쉬었다.

“그, 그래도, 대체 어떻게 되신 건가요? 여러분이, 허가를—.”

“그건 뭐, 신전의 일이니까요. 신관으로서 지모신 신전에서 찾아왔습니다.”

에헴. 왕매가 풍만한 가슴을 과시하는 것처럼 내밀고, 그 뒤에 살짝 혀를 내밀었다.

“뭐, 그야 제가 오게 된 건 폐— 오라버니한테는 비밀이지만요!”

“아아…….”

아니——.

이것을 막무가내라거나, 반성을 안 한다, 라고 보는 건 성급하다.

아무 생각 없이 뛰쳐나오는 것과, 갖가지 사정을 비춰 본 다음에 움직이는 것은 비슷하면서도 다른 것이다.

비참한 꼴을 당한 소녀가 힘차게 다시 일어선 것이라고 보면, 여신관의 얼굴에도 웃음이 떠오른다.

그 젊은 사자 같은 국왕에게는 조금 동정을 하기도 하지만, 좋은 일은 틀림없다.

"뭐야, 역시 아는 사이였구나?"

그리고 키득키득 웃음을 나누는 두 사람을 보고, 포도 여승 또한 빙글빙글 웃음을 지었다.

그녀 입장에서는 절호의 심심풀이이리라. 혹은, 여동생의 친구를 보고 기쁜 걸까?

아마도 양쪽의 감정을 담았을 눈동자를 살며시 가늘게 뜨고, 그녀는 감개 깊은 목소리로 중얼거렸다.

"그건 그렇고, 이렇게 두 사람 나란히 서니까 정말로 자매 같네."

"그럴까요?"

"그렇지는 않을 거라고 생각하는데요."

여러모로, 닮지 않았다고 생각하는데.

여신관과 왕매는 얼굴을 마주보면서, 고개를 갸우뚱 기울였다.

그래도 뭐 닮았다는 말을 들으면, 그렇게 나쁜 기분이 안 든다.

"그러니까, 그래서……?"

그렇게 꺅꺅거리며 나누는 정다운 대화를 어흠, 하는 감독관의 헛기침이 끊어냈다.

그랬었다. 여신관도 황급히 자세를 바로잡고서 등을 똑바로 펴고 왕매를 상대했다.

"왕도의 지모신 신전에서, 시찰을 오셨다…… 라는 것이 맞으신가요?"

"아, 네. 그래요."

왕매는 고개를 끄덕끄덕 흔든 다음에 「그러니까」 하고 설명을 떠올리는 것처럼 생각하더니, 다시 한 번 고개를 끄덕였다.

"저기, 봄이 늦어지는 사건이 있었잖아요. 그 다음에도 신주의 봉납 소동이 일어났고."

—아아…….

여신관은, 벌써 상당히 옛날 일처럼 생각되는 모험에 문득 그리움을 느꼈다.

생각해 보면 순식간에 지나간 1년이었지만, 그래도 여러 가지 일을 해왔다.

눈 내린 산으로 찾아가서 싸운 일이나 신주의 소동 때는 그녀도 이래저래 움직였고, 그 다음에는 동쪽의 이국으로.

"그리고 요전에는 사령술사의 군세도 나왔었고요."

"아아, 결국 그건 그랬었던 거군요. 용사님이 퇴치를 하셨다고."

왕매와 감독관이 말하는 국가의 중대사에도 그녀는 조금이나마 연관돼 있었다.

—이렇게 생각하면, 저도 제법 하는 모험가가 아닐까요……?

이렇게. 아주 조금이지만 자신감이 솟아오른다. 자만해서는 안 된다고도 생각하지만.

여신관은 몰래 가슴을 펴고, 포도 여승의 모습을 깨닫고 「안 돼요 이럼 안 돼요」라며 고개를 흔들었다.

"그래서 겨울에도 무슨 일이 일어나는 게 아닐까 생각하여, 지모신 신전에서 찾아왔습니다!"

보는 것뿐이고 딱히 뭘 할 수 있는 것도 아니지만요. 왕매는 쑥스러운 기색으로 말했다.

—분명히, 그렇다.

신관 한 명이 와서 뭐가 변할 리도 없다. 그렇지만, 한 명도 안 오는 것하고는 의미가 전혀 다르다.

하물며 그녀다. 당사자는 어디까지나 신관이라고 하지만, 왕의 여동생이 찾아온 것이다.

가볍게 다루는 것이 아니라는 의사 표시로서, 더할 나위 없이 명백하다.

서방 변경— 여신관으로서도, 똑바로 대응을 해야 하리라.

"그러니까, 그러면 안내를 하면 되는 걸까요?"

"그렇네요."

여신관이 조심조심 제안한 말에, 왕매는 활기찬 목소리로 응답했다.

"여러모로 보고 싶어요. 그러니까, 유적 안에서 미궁 탐색 경기를, 하는 거죠?"

"그렇게 됩니다. 자세한 것은 서류로 정리했습니다."

감독관도 사전에 정리해둔 양피지 다발을 살며시 왕매에게 내밀었다.

"눈으로 직접 확인하는 편이 좋겠죠?"

"그렇네요~. 응. 역시 눈으로 직접 봐야죠."

왕매는 받아 든 서류를 꼬옥 가슴팍에 끌어안는 것처럼 들고서, 실감이 담긴 목소리를 흘렸다.

아무것도 모른 채 제멋대로 말하는 것은 쉽고, 모르는 채 뛰쳐나가는 것도 간단하다.

보는 것과 관찰하는 것은 커다란 차이가 있다는 것을, 그녀는 충분하고도 남게 배운 모양이었다.

"그러면, 나는 이제 슬슬 돌아가지 않으면 혼날 테니까, 뒷일은 맡길게."

여신관과 왕매의 대화를 즐겁게 지켜보고 있던 포도 여승이 문득 그렇게 말하며 손을 흔들었다.

그렇네요. 감독관도 고개를 끄덕였다. 사이도 좋은 모양이니까, 분명히 괜찮겠지.

"그러면, 경기장…… 이라고 하면 되려나?"

아마 그렇겠지. 감독관은 조금 생각하고, 뭐든지 뜻이 통하면 된다고 결론을 내렸다.

"경기장까지 안내, 부탁해도 될까요?"

"네."

여신관은 생긋 웃고서 고개를 끄덕였다.

"맡겨 주세요."

§

—악랄해…….

흘러내리는 안전모를 들어 올리고 끈을 고쳐 매면서, 접수원은 질색하며 생각했다.

주황색의 작은 불꽃 조명만이 비추는 태고의 유적.

돌로 만들어진 기둥이나 벽에는 불가사의한 문양, 조각, 혹은 그림 이야기가 새겨져 있다.

그 의미를 이해하기에는 너무나도 세월이 지나 버려서, 흄의 몸으로는 알 수 없지만.

흔들리는 그림자가 벽의 조각을 춤추게 만드는 모습은, 마치 살아 있는 것 같다는 생각이 든다.

—드워프 분들의 지하 도시에는, 그야말로 그런 장치가 있다고 들었지만요…….

일하는 광부나 대장장이의 조각이 생생하게 움직이며, 문 위에서는 내객을 환영하는 인사를 한다던가.

세상에 이름 높은 드워프의 도시에는 그녀도 가본 적이 없기에, 어디까지나 전해들은 것이다.

그러고 보니 엘프의 도읍에는 그와, 친구들과 함께 방문한 적이 있는데—.

"흄의 눈이라는 건, 자주 쓰는 눈이라는 게 있다. 아무래도 좌우 어느 쪽으로 기울어진다고 하는군."

접수원이 그런 추억에 잠겨 있는 것을 도무지 모르고서, 고블린 슬레이어는 말했다.

그는 유적의 땅바닥을 기는 것처럼 여기저기에 백묵으로 표시를 새기고 있었다.

미궁 안에 고블린을 배치하기 위한 이정표다.

랜턴 — 희한한 일도 있는 법이다 — 을 한 손에 들고, 사방을 경계하면서 사전 준비.

접수원으로서는 그 다음을 총총히, 넘어지지 않도록 조심하면서 나아가는 것뿐이지만.

"대개의 경우는 오른손잡이, 오른눈잡이라고 한다. 다시 말해서 왼쪽에 배치하는 편이 싸우기 어렵다는 것이지."

"그, 그런가요……?"

대화 내용이 아무래도 뒤숭숭한 것은 어떡해야 할까?

아니 물론 어제오늘 시작된 일이 아니고, 이것도 일이다.

고블린, 고블린, 고블린, 고블린, 고블린, 이라는 것도, 역시 매번 있는 일이니까.

—그, 그리고, 평소보다도 이야기를 많이 하고 있으니까요, 이건 이거대로……!

그렇게 생각하면, 한순간 싫증이 났던 것도 어딘가 날아가 버린다.

"분명히, 모험가 분들도 대부분…… 오른손으로 무기를 휘두르시네요."

"마술사도 오른손으로 지팡이를 들고, 오른손으로 조준한다. 왼쪽에는 술법도 쓰기 어렵다."

물론 왼손에 방패를 드는 자도 있으니, 그것만으로 유리하다고 할 수는 없겠지만.

고블린 슬레이어는 그렇게 말하며, 표식을 다 했는지 일어섰다.

"그리고 좌수법을 쓰는 자도 있으니까. 왼손을 비우고 있는 척후를, 일단 친다."

"좌수법. ──아아."

접수원은 총총히, 발치의 잔해를 뛰어넘으면서 고개를 끄덕였다.

앞서가던 그가 멈춰 서서 기다려주는 것까지 깨달으면, 발걸음이 가벼워지는 법.

"벽에 왼손을 대고서 걸어가는 탐색 방법 말씀하시는 거죠?"

그거라면 알고 있다.

딱히 이 정도로 본격적인, 그렇다기보다 진짜 유적은 아니지만 귀족들 사이에서도 미로 유희는 인기다.

정원에 수풀을 둘러서, 정원사가 손질하여 미로를 마련하는 다과회는 오락 중 하나다.

접수원도 친가에 있을 무렵에는 몇 번 초대 받아 놀러 간 적이 있었다.

"하지만, 그건 분명히 출구가 다른 벽과 이어져 있으면 통하지 않았던 걸로 기억하는데요……?"

"회랑 따위가 있으면 안 통한다. 그러나, 이번 상대는 서투른 녀석들이지."

다시 말해서 단순히 왼손을 짚고서 가면 언젠가 가장 안쪽까지 도달한다고 믿고 있는 상대.

이번 행사 같은 상대라면 일단 걸릴 법하다고, 그는 말했다.

"왼쪽 벽에 뭔가, 함정의 발동 요인을 설치해두는 것도 좋겠군. 방패가 걸리는 일도 있을 거다."

"……적당히 부탁드려요?"

"그럴 셈이다."

고블린 슬레이어는 고개를 끄덕였다.

"일단 함정으로 지치게 만든다. 경계하지 않을 정도로 체력을 줄이고, 안쪽으로 끌어들여 습격한다."

그것은 전에도 들었지만요. 모험가를 괴롭히기에는 참 악랄하네, 라고 접수원은 생각했다.

아니, 물론 모험이란 그런 것일지도 모른다.

즐겁고, 간단하고, 확실하게 이길 수 있고, 보물이 손에 들어온다. 다 알고 있는 촌극이 아니다.

예상 밖의 일이 일어나고, 곤경도 많으며, 고난 끝에 손에 들어오는 것은 참으로 적다.

정말로 괜한 고생에 피로만 벌게 되는 모험도, 드물지 않다.

하물며 성공이 확약되지 않고, 실패하는 일도 있다. 본인의 행동하고는 상관없이.

드디어 동굴의 입구를 발견하여, 「이얏호!」 하며 들떠서 뛰어들었더니 낙반사고로 죽는다거나.

우스갯소리지만, 우스갯소리가 아니다. 실제로 있었던 일이며, 이것은 단순히 극단적이라 눈에 띄는 것뿐이다.

그런 일은 모험가 길드에서 근무하다 보면, 싫증이 날 정도로 알게 되는 것이지만…….

—하지만 즐거움, 기쁨이 있으니까 모험가 분들은 계속할 수 있는 거겠죠.

"언제나 도시로 돌아오거나, 가는 도중에 휴식을 취할 수 있다고 장담할 수 없으니까."

앞서 가는 그의 뒷모습을 총총히 따라가면서, 접수원은 멍하니 생각했다.

이 사람은, 이런 식으로 모험에 대해서 배운 걸까요?

아니, 분명히 그걸 물어보면 배운 것은 고블린 퇴치에 대해서라고 대답할 것 같긴 하지만.

그것은 대단히 예상이 가능한 대답이고, 그렇지만 들어버리면— 참으로 쓸쓸하다.

그가 고블린 퇴치밖에 모른다니. 그렇게 생각하는 것은 당사자뿐일 텐데.

"고블린 슬레이어 씨는."

"음?"

"그런 식으로 배운 건가요?"

그래서 접수원의 물음은, 살며시 조용히 숨을 내쉬는 것처럼 어둠 속에 녹아들었다.

대답은, 조금 늦어졌다.

거절이 아니라 생각이다. 그 정도는 접수원도 잘 알고 있었다.

"……누나에게 사냥하는 법을 배웠을 때는, 어땠었는지……."

그는 조용히, 짧게 중얼거렸다.

"선생님에게는, 동굴 안에서 문답을 했다."

그리고 차근차근 떠올리는 기색으로, 띄엄띄엄 말이 이어졌다.

"얼른 대답하지 않으면, 눈덩이가 날아왔다."

"헤에……. 그러면, 지금처럼 머뭇거리면, 분명히 혼났겠네요."

키득 웃으며 심술궂게 속삭이자 「음」 하는 낮은 신음 소리, 「그렇겠지」 하고 말이 이어졌다.

그것이 어쩐지 우스워서, 접수원은 방울이 울리는 것처럼 웃음소리를 냈다.

머릿속에 그려본 그가 어째선지 투구와 갑옷을 입고 있지만, 눈싸움을 하는 모습은 귀엽게 보였다.

"그거 정말, 참 엄격한 스승님이었네요."

"엄격한 사람이었다."

곧장 나온 대답에, 접수원은 또 웃었다. 그는 그다지 신경 쓰지 않는 것 같다.

"그러나, 여러 가지를 가르쳐주었다. 그리고 헤엄치는 법이라거나. ……참으로 여러 가지다."

가르쳐줄 의리도 없었을 텐데. 짧은 중얼거림에, 접수원은 「그런가요」 하고 온화하게 말했다.

그의 사정은— 뭐 짐작이 간다. 알고 있다고 할 정도로, 직접 들은 것은 아니다.

그래서 어렸을 무렵의 이야기를 물어보는 것은 꺼려지고, 딱히 몰라도 되지 않을까 하고 생각했다.

뭐든지 다 알아야 사람을 좋아할 수 있다니. 그런 일은 없다.

기쁜 것은, 그가 이렇게 이야기를 해줬다는 것 자체였다.

"싸우는 법 같은 건, 어땠나요?"

옛날이야기에 나오는 영웅 같은 자들은, 어렸을 적에 전설적인 스승에게 이것저것 오의를 배우는 법이다.

비검이라거나, 필살검이라거나, 금지된 수라거나, 문외불출의 일인전승, 이것저것.

참격을 날리거나, 손가락으로 한 번 찔러 상대를 폭발시켜버린다는 황당무계한 이야기도 들었다.

—아아 그래도, 엘프 영웅은 정말로 참격을 날렸다고 들었네요.

그렇다면, 손가락 끝으로 상대를 죽이는 기술도 정말로 있는 걸까요?

"그다지."

고블린 슬레이어는 역시 짧은 말로 대답을 해주었다.

또 몸을 숙이고, 백묵으로 표식을 한다. 이번에는 오른쪽.

—계속 왼쪽이면 익숙해지니까, 라는 거겠죠.

어쩐지 상상이 되니까, 접수원은 굳이 묻지 않았다. 그보다도 다른 거다.

"고블린의 급소 같은 것은, 다른 자에게 배웠다."

그는 말하면서도, 멈추지 않고 손을 움직였다.

몸을 숙인 고블린 슬레이어 옆에 선 접수원은 살며시 랜턴을 위로 들었다.

철 투구가 슬쩍 움직이며, 위아래로 흔들리는 걸 알 수 있었다.

별 것 아닌, 그런 사소한 감사의 동작에 가슴 속이 따스해진다.

"너도 알고 있지 않나?"

"아아, 그 사람."

접수원도 기억하고 있었다. 도시 변두리에 살고 있던, 별난 마술사.

그리 자주 이야기를 한 건 아니지만, 인상이 깊게 남은 여성이다. 어느샌가 사라져 버렸지만.

"어디론가 여행을 떠났다는 건, 살짝 들었어요."

"이제, 돌아오지는 않겠지."

"쓸쓸하거나, 그러신가요?"

"어떤 것일지 모르겠다."

고블린 슬레이어의 손은, 역시 멈추지 않는다. 백묵을 다 움직이고, 일어섰다.

"그렇게 생각지 않을 정도의 사이였지."

"……저도 그래요."

별 것 아닌, 사소한. 그런 의미에서는 그 마술사의 흔적에 대해서도 마찬가지다.

그 존재를 어느 정도의 사람이 알고 있고, 기억하고 있는지는 사소한 일이다.

중요한 것은 그와 그녀가 함께 기억하고 있는 것 중 하나라는 점.

목장의 아가씨는 훨씬 잔뜩 있겠지만, 접수원에게는 귀중한 하나다.

—물론, 그 아가씨도 그 사람에 대해서는 기억하고 있겠지만요.

자기만 특별하다. 그런 일이 많지 않다는 것을, 접수원은 잘 알고 있다고 생각했다.

그도 그럴 것이, 그는 고블린 슬레이어다.

고블린 퇴치를 하러 나서지만, 그렇지 않을 때는 목장으로 돌아가

버린다.

모험가 길드를 찾아오는 건, 그 틈이다.

—다시 말해서, 지금이 바로 특별한 거죠.

그렇게 생각하자, 이것을 횡재했다고 기뻐해 버리는 자신이 조금 창피해지기도 했지만.

—아뇨. 아뇨. 일은 똑바로, 일을 해야죠.

부정은 없었다. 권한의 남용도 아니다. 그러니까 괜찮다. 괜찮을 거다.

"그러나."

그렇게 자신에게 말하는 접수원은 그렇기에 문득 물어본 말에 문제없이 대답할 수 있었다.

"뭔가요?"

"나로도 괜찮은 건가?"

"네, 물론이죠."

뭘 새삼스레. 접수원은 그렇게 생각하며, 여신관을 떠올리고는 쓴웃음을 지었다.

—그 애한테 자신이 없는 건, 선생님의 영향일지도 모르겠네요……. 싫어요.

흐뭇하다고 해야 할지, 안 좋은 부분을 닮아서 난처하다고 해야 할지.

그렇지만…….

—고블린 퇴치가 아닌 일이라면, 처음 해보는 일투성이인 걸까요?

입술에 손가락을 대고 생각해 보니 과연, 그런 의미에서는 그도 초심자라는 걸까?

아니, 물론 그녀도 이런 일에 일가견이 있는 것은 아니지만.

접수원은 유적에 서 있는 그의 발치, 적당한 잔해를 골라서 살포시 앉았다.

랜턴의 흐릿한 빛에 비추는 모습이, 조금이라도 매력적으로 보이면 좋을 텐데.

"왜냐면 신입 모험가의 육성, 잘 해주고 계시잖아요."

"흠."

그에 비해, 어둠 속에 윤곽을 드러내는 철 투구 안쪽에서는 낮은 신음 소리.

"그에 관해선—."

중장 전사의 파티가 훨씬 좋지 않은가?

과연, 그런 거구나 하고 접수원은 납득했다. 이해 못할 것은 없다.

……그러나.

"그 분은, 살짝 과보호란 말이죠."

그녀는 검지를 세워서 흔들며, 결코 업신여기는 것이 되지 않도록 신중하게 말했다.

연령 사칭의 문제는 제쳐두고, 연소자 모험가 두 명을 중장 전사 파티는 천천히 키우고 있다.

그 애들 — 레아 무술사는 연상이지만, 종족적으로는 — 은 분명 좋은 모험가가 될 거다.

그러나, 그것은 아직 나중 이야기.

"그러면 안 된다는 건 아니지만요. 모험에서는, 좋은 일만 있는 게 아니니까요."

"그런가."

"아, 그렇다고 해서, 싫은 일만 겪도록 하는 게 목적은 아니니까요!"

접수원이 황급히 덧붙이고, 새침한 표정을 꾸며냈다.

공사혼동을 하면 안 된다. 그렇게 자신에게 반복해서 들려주고, 되도록 사무적인 태도를 유지했다.

이건 그녀 자신에게 특별한 시간이지만— 그래도 역시, 일은 일이니까.

"그런 건 안 돼요. 안~ 돼~요."

"그런가."

"그렇고말고요."

"어렵군."

그렇게 작게 중얼거린 그의 태도는 그야말로 어려운 과제를 눈앞에 둔 어린애 같기까지 했다.

팔짱을 끼고 신음을 하더니, 고블린 슬레이어는 입을 다물어버렸다.

자칫하면 그것은, 더 이상의 대화를 거절하는 것 같은 태도로 보일지도 모른다.

그렇지만, 단순히 생각에 잠긴 것뿐이라는 것을 접수원은 잘 알고 있었다.

그 목장의 아가씨도 그럴 것이다. 분명히, 그와 함께 행동하는 모험가들도 그럴 것이다.

—점점 더, 특별한 일이 줄어버렸네요.

그것은 기쁜 일이기도 하고, 쓸쓸한 일이기도 하다.

분명히 미궁 안이나 동굴 안에서, 그는 이렇게 고블린 퇴치를 하는 틈틈이 생각에 잠길 것이다.

이렇게 랜턴의 불빛에 비추어진 모습을 볼 기회는, 접수원에게는 일단 없는 일이다.

그래서 무릎 위에 팔꿈치를 올리고, 살며시 그녀는 입가를 풀었다.

"그러면, 모험이 즐겁지 않잖아요?"

"그건, 알겠다."

"……그럴 거라고 생각했어요."

왜냐면, 이미 상당히 여러 가지 모험을 했으니까.

고대 유적의 오우거 퇴치, 하수도의 형용키 어려운 괴물, 그 이름 높은《죽음의 미궁》에도 도전했다.

그는 고블린에 대한 것 말고는 제대로 설명도 안 해주니까, 자세하게 물어보는 것도 참 힘들다.

그렇지만, 바로 요전 일에 대해서는 그런 복잡한 대화는 필요 없다.

그도 그럴 것이—.

"용을 쓰러뜨렸을 때, 어땠어요?"

접수원은 끌어안는 것처럼 모은 무릎 위에 머리를 올리고, 놀리는 것처럼 물어봤다.

그렇다. 용이다. 붉은 용. 모험가에 뜻을 둔 일이 있다면, 누구든지 한 번은 꿈꾸는 존재.

아무리 고블린 슬레이어라고 불리는 그라도 드래곤은 알고 있었다.

"쓰러뜨린 게 아니다."

딱 잘라서 부정하는 것은 조금 오기를 부리는 것 같아서 역시 웃음이 나왔다.

"잠재워서, 후퇴한 것뿐이다."

"네, 그랬었죠. 잠재웠을 뿐. 그래서요?"

"보고는 했다고 생각한다만."

"괜찮지 않아요?"

접수원이 입술을 삐죽거렸다.

"잠깐 쉬는 시간이니까요."

"흐음……."

접수원이 재촉했기 때문은 아니겠지만, 그는 거침없이 그 자리에 앉았다.

무기나 방패를 멀리 두지 않는 것은 모험가로서의 습성일까? 그 자신의 습관일까?

분명히, 모험을 할 때는— 이런 모습도, 나란히 앉는 일도 분명히 자주 있을 것이다.

그것을 볼 수 있으니까 역시 횡재한 거다.

"그래서요?"

접수원은, 키득 웃으며 대화와 대화를 이으려고 했다.

"누나에게 배운 사냥법은 어떤 게 있나요?"

"정확하게는 아버지의 지식이다."

그가 말했다.

"창을 던지는 법이나. 끈을 사용한 방법인데, 놀랄 정도로—."

사소한 대화. 사소한 말. 그렇지만, 그것이 무엇보다도 기뻤다.

—자, 그러면, 다음은…….

어떻게 가방에 넣어둔 도시락을 꺼낼까, 접수원은 생각하는 것이었다.

§

“이런, 느낌이야.”

“넌 말이다. 정말로 그 귀를 제대로 안 쓰는구나.”

“어쩔 수 없잖아. 왜냐면 엘프의 귀는 기다란걸.”

“기다란걸이고 자시고…….”

유적 안의 몇 구역 떨어진 곳에서, 바닥돌을 뒤집으면서 드워프 도사가 표정을 찌푸렸다.

그럴 나이냐고 말해주고 싶지만, 유감스럽게도 하이 엘프치고 2천 살이면 애송이다.

어린애를 상대로 어린애냐고 말하는 것도 어른스럽지 못하다고 결론을 내리고, 그는 허리춤의 술을 들이켰다. 뭐, 좋다.

“그래서, 무슨 함정이야?”

“뭘, 그저 간단한 장치다.”

뒤집은 돌 아래에, 살짝 나무조각을 깎아내 끈을 묶은 드워프 장치를 끼워 넣는다.

본래대로 돌을 되돌려두자, 그것은 벽 가까운 위치다. 그리고 돌벽의 마침 좋은 높이에 구멍이 둘.

“어이, 비늘 친구야. 그쪽은 어떤고?”

“끈을 단단히 걸었다네.”

응답하는 목소리는 돌 벽 너머에서 들렸다. 리자드맨 승려가 돌아가 있는 것을, 엘프 궁수는 이제 와서 알았다.

어쨌든 이 유적이란 것은 — 아니 여기만 그런 건 아니지만 — 여기저기 구경하러 다니는 게 즐거운 것이다.

드워프에게 말하면 우쭐거리니까 말할 생각도 없지만, 건물 만들기란 것은 엘프의 특기가 아니다.

—그래서 돌을 깎아 그 위에 올려서 나란히 세우려고 한단 말이지, 드워프는.

그런 것을 해 봤자 딱히 의미도 없을 텐데. 숲의 나이든 녀석들이 한 말이었나?

그렇지만, 실제로 이렇게 새로운 장치를 재빨리 만들 수 있는 것은 실제로 참 훌륭하다고 생각은 한다.

"있지, 그거 어떻게 되는 거야?"

"여기에 올라타서, 구멍을 들여다보거라."

드워프 도사는 자리를 양보했다.

"구멍에 너무 눈을 가까이 대지는 말거라."

"어디어디……? 보물이라도 있는 걸까, 어머……."

그야말로 건너편에 뭔가 있어 보이는 말투인데, 이건 과연.

훌쩍 가볍게 포석 위에 뛰어 올라서, 흉의 높이로 몸을 숙여 구멍 너머를 보며 눈에 힘을 주었다.

—……?

엘프 궁수는 그 아름다운 눈동자를 깜빡였다.

건너편에는 여전히 삭아가는 유적이 펼쳐지고, 딱히 재보 같은 것도 없다.

"아무것도 없는데?"

"아……."

드워프 도사는 기가 막힌다는 표정을 짓고는 한숨을 한 번.

"바닥을 밟거라, 바닥을."

기다란 귀를 쫑긋 흔든 엘프 궁수는, 에잇하고 가벼운 움직임으로 발치의 바닥을 찼다.

곧장 철커덕 소리가 나고, 구멍에서 나무 막대가 튀어나온다.

엘프 궁수는 하이 엘프다운 우아한 움직임으로 뛰어서 피하고, 눈썹을 찌푸렸다.

"우와앗, 음험해. 드워프는 이렇다니까……."

"재보에 눈이 멀어서 들여다보는 녀석에게는, 좋은 약이 될 테니 말이다."

콕콕 나무 막대를 건드리는 엘프 궁수에게, 드워프 도사는 싱글싱글 심술궂게 웃으며 수염을 매만졌다.

이것이 나무 막대니까— 그리고 기세가 늦으니까 아직 괜찮지만, 침이나 검이라면 큰일이다.

"조금 더 반응을 민감하게 해야겠구나. 너무 가벼우면 도리가 없으니."

"드워프 기준이라서 그런 거 아냐~?"

"이슬밖에 안 먹으니 너는 모루가 아니더냐?"

실례잖아! 엘프 궁수가 기다란 귀를 쫑긋 곤두세우고, 그 입에서 우아한 울림의 욕지거리가 튀어나왔다.

엘프어에 숙달되지 않으면 노래라고도 생각하겠지만, 그녀의 언니나 형부가 들으면 표정을 찌푸릴 것이다.

도저히 하이 엘프의 공주님씩이나 되는 자가 할 말이 아니었지만, 드워프 도사는 어디서 바람이 부느냐 한다.

어차피 모를 거라 생각하여 짤막하게 드워프어로 대꾸해주자, 엘프 궁수는 오기가 나서 마주 대꾸한다.

"호오, 잘 된 모양일세."

그런 시끌벅적한 평소와 다름없는 대화에 리자드맨 승려가 불쑥 고개를 들이밀었다.

벽 너머의 구역에서 돌아온 그는 두꺼운 손가락 끝과 갈고리 손톱으로 함정 설치를 도왔으리라.

엘프 궁수로서는 용케도 저런 손가락으로 그런 재주 좋은 짓을 할 수 있다고 생각하는데.

"뭐, 소양이 없는 것도 아니니 말일세."

그녀의 시선을 깨달았으리라. 리자드맨 승려는 눈을 빙글 돌리고, 송곳니를 드러내며 웃었다.

"밀림에서 유격전을 한다면 부비 트랩 한둘쯤, 일세. 그런데, 이것은 소귀살해자 나리의 발안인가?"

"아니다. 녀석은 고블린이 설치할 법한 함정밖에 설치를 안 하더구먼."

나다. 자기 배를 가볍게 두드리며 드워프 도사가 고개를 끄덕였다.

"고블린이 아니라도, 이것도 동굴(터널)의 거인(트롤)이 생각할 법한 함정인데."

엘프 궁수가 키득키득 웃었다.

또 그것에 이어서 음험하다 뭐다 말할 것인가 생각했는데, 그녀는 순순히 「맞아」 하고 한 마디.

"유적 안에 이것저것 함정이 남아 있는 편이, 즐거우니까."

오르크볼그는 그런 거 신경 안 쓰잖아, 하고 말하는 것이다.

무리도 아닌 이야기다. 고블린 놈들은 가르치면 다소 함정도 다루지만, 그렇지 않으면 잼병이다.

그 괴팍한 모험가는 이것저것 지식을 쌓아두고 있지만, 방향성이 커다랗게 기울어져 있다.

다행히, 당사자도 그것을 자각하고 있으니…….

—오히려 더 고약한 거 아닌가?

그가 자만하고 자기가 옳다고 우기는 남자였다면, 진작에 내쳤을 것이다.

키득키득 웃음을 굴리는 그녀를 두 남자가 수상쩍게 보자, 엘프 궁수가 휘휘 손을 흔들었다.

"아무것도 아냐. 그래서, 그러니까, 이걸로 끝?"

"아니니라. 아무래도 왕도인가 어딘가에서, 구경하러 오는 손님이 있다 하더구나."

드워프 도사는 아침 무렵에 여신관에게 들은 이야기를 떠올렸다. 엘프에게는 한순간 전의 일일 텐데.

—아니, 그러고 보니 이 녀석 자고 있었구나.

그는 수염 안쪽에서 찌릿 하이 엘프를 노려보았다.

"……실례되는 일을 해선 안 되느니라."

"그거야말로 실례잖아. 할 리가 없는걸. 드워프도 아닌데."

"우리 왕족을 감옥에 던져 넣은 건 엘프가 아니더냐?"

"드워프는 실례되니까 문제없어, 딱히."

이 녀석하고 말대꾸하는 드워프 도사를 내버려두고, 엘프 궁수는 고양이가 바람을 맡는 것처럼 고개를 움직였다.

"그건 그렇고, 여기는 무슨 유적이었을까?"

"글쎄, 소승은 도무지 짐작이 안 간다네."

리자드맨 승려는 그 비늘에 덮인 손으로 유적의 벽을 콰아악 더듬었다.

긴 세월을 거친 벽은 그저 그것만으로도 일부가 후두둑 벗겨져 떨어졌다.

과거에는 무언가의 벽화라도 그려져 있었겠지만, 이미 그 내용은 알 수가 없다.

"요새는 아니었다고 생각하네만……."

"내가 보기에는, 신전 같은 것도 아니구나……."

드워프 도사는 벌컥 술을 들이켜고, 그 무너진 벽의 조각을 집어 올려 찬찬히 살폈다.

돌에 익숙한 드워프의 손가락에서도, 만지기만 해도 먼지로 돌아가 버린다.

"급하게 세운 것처럼 보이기는 한다만, 뭐, 이 근처는 옛적의 오랜 전장도 많으니 말이다."

"그러니까 결국 아무것도 모른다는 거잖아."

"적어도, 신화시대 무렵의 것이 아니라는 건 알겠느니라."

엘프 궁수의 괜한 말도 개의치 않고, 드워프의 어조는 참으로 진지했다.

이런 기술자가 일한 결과물에서, 드워프는 거짓을 말하는 것을 좋아하지 않는 법.

"그 무렵의 것이었다면, 좀 더 단단히 지었을 게다. 이건 사람의 손으로 만든 게야."

"흐응……. 그러면, 마법의 시대 걸까?"

"그럴지도 모르지."

신들의 전쟁 뒤, 모험가의 시대 앞. 그 사이에, 그렇게 불리는 시대가 있었다.

신들이 모험의 즐거움을 깨닫고, 사방세계에서 하늘의 성탁으로 올라가자마자 있었던 일.

사방세계에 무시무시한 마력의 격류가 날아다니고, 주술이 세상의 섭리를 뒤틀어 놀이판은 크게 흐트러졌다.

위대한 비술을 익힌 마술사들의 주문 대결이 세계를 뒤덮은 것이다.

그들의 팻놀이를 신들조차도 멈출 수 없었다.

사람의 자유의지를 존중하기로 정한 이상, 그것을 꺾는 것은 결코 용납되지 않는다.

그런 마법의 시대는, 역시 어느샌가 마술사들이 떠나는 것으로 끝을 고했다.

세계 건너기(플레인즈 워커)가 된 그들은 한 명, 또 한 명 사방세계에서 모습을 감추었다.

그런 길기도 하고, 짧기도 했던— 모험이 시작되기 전까지의 황혼의 무렵.

마술사가 아닌 자들에게는 살아가는 것마저 가혹했던 겨울의 시대였다.

신화시대의 전쟁을 살아남은 상고의 용이나 엘프라면 기억하고 있을지도 모르지만—.

“나도 태어나기 훨씬 전이니까. ……수수께끼네. 수수께끼.”

“너라면 태어났어도 기억을 못할 테지.”

“그렇지 않거든.”

흥. 엘프 궁수가 콧방귀를 뀌는 것을, 리자드맨 승려가 유쾌한 기색으로 들으며 송곳니를 드러냈다.

“소승도 그 무렵에 살아 있었다면, 마술사가 되었을지도 몰랐을 걸세.”

“그랬으면 용이 아니라 놀이판 바깥으로 가려고 했을지도 모르겠네.”

“아니, 아닐세. 그 또한 위대한 용으로 이르기 위한 한 걸음이나 다름없음일세.”

그도 그럴 것이 세계 건너기가 되면, 그 목숨이 패배할 때까지 영원하다고 하니까.

“언젠가 탐색자 나리하고도, 대마도사로서 만났을 것이야.”

“치즈를 좋아하는, 대마도사구나.”

엘프 궁수가 눈을 가늘게 뜨면서 그 모습을 상상하고, 패를 다루어 치즈를 꺼내는 모습에 키득키득 웃었다.

그때— 그 기다란 귀가 쫑긋, 흔들렸다.

“죄, 죄송합니다……!”

허둥지둥, 달려오는 소리. 발소리, 숨결. 그것이 둘.

"드디어 왔네."

"보거라."

드워프 도사가 벙긋이 이를 드러냈다.

"얼른 실례 한 번 아니더냐."

"이런 건 실례에 안 들어가."

저 멀리, 입구에서 다가오는 그림자— 그렇지만 그것을 보았을 때, 엘프 궁수는 눈을 깜빡였다.

익숙한 옷차림의, 익숙한 생김새가, 놀랍게도 두 사람 모여서 다가오는 것이다.

—응. 하지만 한쪽이 발소리가 무거운가?

아아, 아니. 생각났다. 입술이 소리를 내면서 움직였다. 동시에 볼이 풀어진다.

《죽음의 미궁》에서 구해낸 그 애가, 어엿한 신관이 되어서 분명하게 걸어왔으니까.

"그 때는— 정말로 신세를 졌습니다!"

입을 열자마자, 꾸벅 고개를 숙인 소녀는 그늘이 안 느껴지는 발랄한 표정이었다.

"이번에는, 그러니까, 이쪽 시찰로, 이것저것 보러 오게 됐어요."

"그러니까, 이쪽에서 지금 함정을 설치하고 있는 게, 맞는 거죠?"

여신관이 성실한 태도로 확인을 하는 것에, 엘프 궁수가 기다란 귀를 쫑긋 세우며 고개를 끄덕였다.

"그래. 일단은 먼저, 저 구멍 너머부터 한번 볼래?"

"이쪽이군요?"

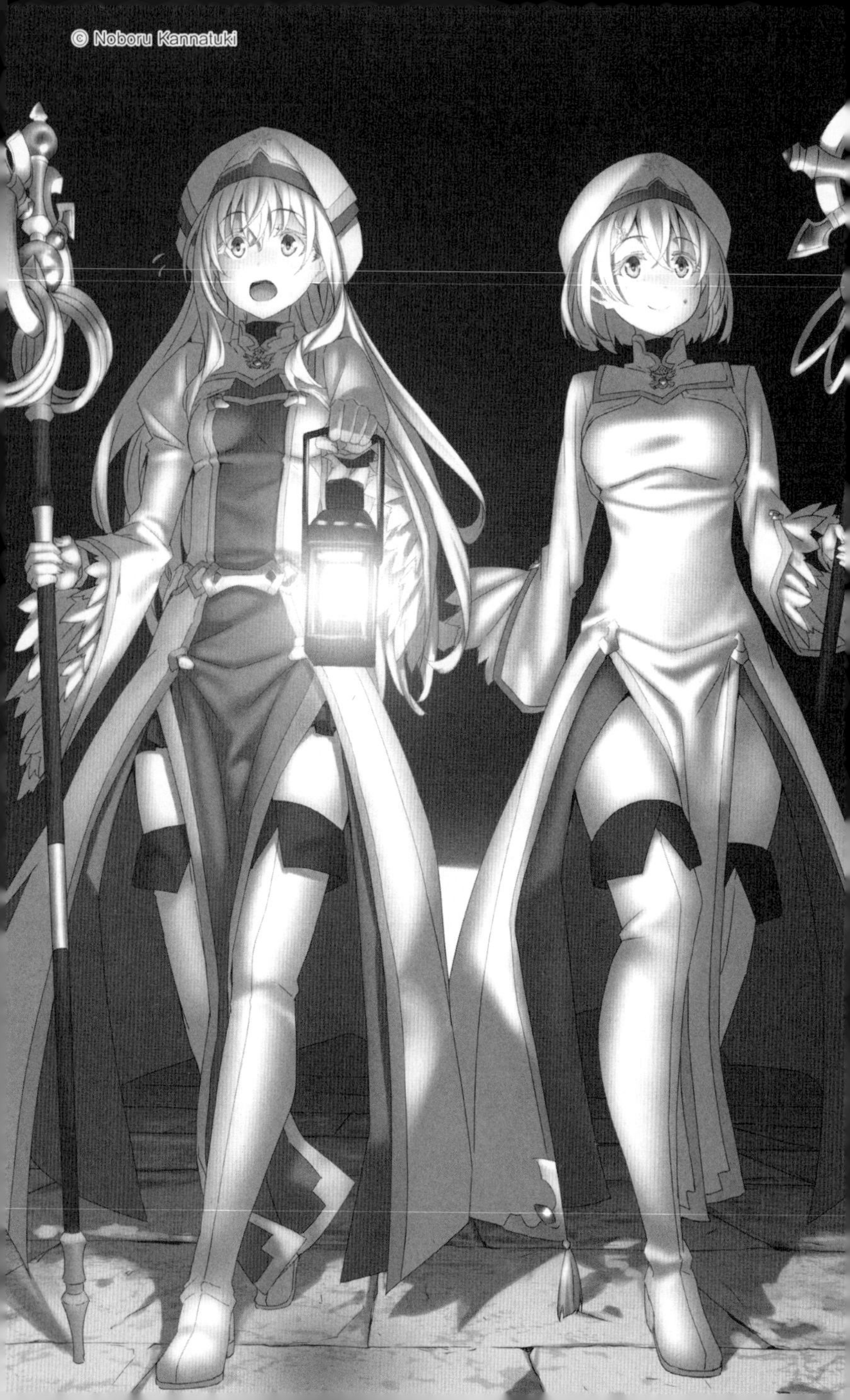
© Noboru Kannatuki

드워프 도사가 이봐라, 하며 말하는 것보다 빠르게, 작은 새가 달려가는 것처럼 왕매 소녀가 움직였다.

그녀는 호기심으로 눈빛을 반짝거리면서 살며시 구멍 너머를 들여다보고—.

"우꺄아악?!"

이렇게 비명을 지으며 엉덩방아를 찧더니, 갸우뚱하며 멍해진 다음 깔깔 소리를 내면서 웃었다.

드워프 도사가 찌푸린 표정을 지으며 옆구리를 찌르는 것을 훌쩍 피하고서, 엘프 궁수는 승리를 뽐냈다.

역시, 이건 실례 같은 것이 아니다.

§

축제가 눈앞에 다가오면, 도시의 밤도 어쩐지 활기가 생긴다.

서쪽 변경에서는, 물의 도시보다는 뒤처지지만 제법 번영하고 있는 것이 이 도시다.

겨울이 가까워지면 줄어드는 사람들의 왕래도 늘어나고, 길거리도 어쩐지 열기를 띠고 있어서 따뜻하다.

중장 전사— 이긴 하지만, **대검**도 갑옷도 안 입은 그는 거구로 인파를 헤치고 나아갔다.

괜히 함부로 사람들과 부딪히는 식으로 걷지는 않는다. 그래서는 그냥 날건달이나 다름없다.

그러나, 그렇다고 해도 미궁에서 함정을 경계하는 것처럼 걷지도 않는다. 오늘은 휴가다.

다시 말해서 그는 축제를 앞둔 떠들썩함을, 지극히 남들만큼 즐기고 있는 것이다.

물론 아직 시간이 남아 있다. 가게도 아직 안 나왔고, 장식도 띄엄띄엄하다.

그러나 서서히 서서히 공기가 따스해지는 순간이라는 것은 그렇게 나쁜 기분이 안 든다.

그런 도시를 느긋하게 빠져나간 그는 목적지인 주점의 문을 밀어서 열었다.

『친근한 벗의 도끼』는, 딱히 여러 번 찾아온 것은 아니었지만 이럴 때에는 익숙한 가게다.

문을 통과하자마자 주황색으로 번지는 등불이 시야를 단숨에 물들이고, 소란이 귀로 밀려들었다.

가게의 떠들썩함이 좋다. 한 걸음 들어서기만 해도 세상이 확 바뀌는 것 같았다.

"일행이 먼저 와 있다."

총총 달려온 토끼 수인 여급에게 중장 전사가 짧게 말했다.

딱히 열심히 찾지 않아도 금방 발견된다. 그도 그럴 것이, 자신도 녀석들도 눈에 띈다.

—봐라, 저 원탁이다.

"미안하군. 기다렸나."

"상관없어."

"문제없다."

훌쩍 손을 흔드는 미장부, 창잡이도 평소의 마창은 곁에 없고 허리에 검을 차고 있을 뿐이다.

—뭐, 이럴 때에도 장비를 다 입고 있는 것은…….

오늘 밤의 자리를 마련한, 지저분한 가죽 갑옷과 철 투구의 괴팍한 친구 정도다.

삐걱 의자 소리를 내면서 앉으니, 원탁에는 이미 술과 안주가 놓여 있었다.

그를 기다리지 않고 이미 시작한 모양이다. 불평을 할 생각은, 중장 전사에게는 없었다.

"괜찮나? 오늘은 얼른 집에 안 돌아가도."

"집."

철 투구의 남자는 어색하게 중얼거린 다음, 고개를 옆으로 흔들었다.

"이야기해뒀다. 문제는 없다."

"그러냐."

그럼 됐다. 중장 전사는 여급을 — 이번에는 풍만한 켄타우로스(말 수인) — 불러 세워, 술과 고기를 부탁했다.

어쨌거나, 먹고 마시지 않으면 이야기도 진행되지 않는다.

발굽 소리를 배웅하고, 그는 느긋하게 몸을 풀었다. 그때 창잡이가 씨익 웃었다.

"엉덩이냐?"

"멍청이냐?"

이 친구는 실력 있는 전사지만, 아무래도 좀 경박한 구석이 있다.

그것이 좋다는 여자도 있고 싫다는 여자도 있으며, 종합적으로 전자 쪽이 수가 많다.

딱히 좋고 나쁘고의 문제가 아니다. 다만, 중장 전사는 할 수 없는 삶의 방식을 하고 있다는 것이다.

휘두르는 창으로 적을 쓸어버리고, 아름다운 여자와 함께 다니며, 가는 길에는 고대의 유적이나 전설의 괴물이 있다.

음유시인의 노래도 그렇게 거짓말은 아니다. 저 녀석을 동경하여 모험가가 되는 사람도 나올 것이다.

—나도, 뭐.

자화자찬은 아니지만, 중장 전사도 음유시인이 노래하는 자신의 시를 들어본 적은 있다.

검은 갑주를 입고 날뛰는 저주 받은 전사라거나, 제멋대로 각색한 내용이기는 했지만.

파티를 짠 여기사는 표정이 계속 바뀌었는데, 꽤나 유쾌한 모습이었다고 생각한다.

처음으로 자기들의 파티에 대한 노래를 들었을 때의 감동이란 것은, 지금 생각해 봐도 대단한 것이다.

노래의 완성도에 코웃음 치는 자 따위도 있었고, 신경 쓰지 않고 지나가는 자도 있지만, 그래서 어떻다는 건가?

자신의 모험은 노래로서 십년 백년, 계속해서 전해진단 말이다, 라고— 그렇게 생각했었다.

눈앞에서 뚱하게 입을 다물고 있는 — 아마도 중장 전사의 요리를 기다리고 있는 — 남자도 그렇다.

변경의 용사, 소귀 살해자.

그 칭호처럼, 노래 속에서도 고블린 퇴치. 진정한 은의 검 따위라는 것에는 웃음이 나온다.

그러나 하이 엘프 아가씨가 자랑하기로는, 사막에서는 붉은 용과 만났다고 하는데.

물론 용 퇴치 이야기를 말해보라고 철 투구를 찔러봐도, 죽이지는 않았다는 말밖에 안 한다.

—어쨌거나, 가장 화려한 건 이 녀석이지.

삼자삼색. 완전히 방식은 다르지만, 가장 이름이 팔리고 있는 것은 창잡이가 틀림없으리라.

나이가 몇 살 젊었다면 부럽다거나, 대항심, 적개심도 솟았겠지만—지금은 아니다.

결국은 다른 사람이 어떻든지, 자신은 자신이 결과를 낼 수밖에 없는 것이다.

설령 창잡이가 실각하든, 혹은 무명이었든 중장 전사의 실적과는 일절 상관이 없는 것이다.

그 한 점에서, 묵묵히 눈앞의 일을 계속한다는 의미로는 이 소귀 살해자가 뛰어나다.

일단은 미점, 미덕이리라. 그리고 다른 사람의 평가를 신경 쓰지 않은 결과가, 지금 보시는 이 꼴이다.

"너는 이제 좀, 도시 안에서는 철 투구를 벗지 그러냐?"

"그럴 수는 없다."

괜히 딱 잘라 대답하는 것도 평소와 같다. 중장 전사는 기가 막혀 웃음을 짓고, 창잡이는 표정을 찌푸렸다.

"들어봐라. 너도 인마 은 등급이잖아. 좀 더 뭐냐, 마법의 장비 같은 것도 좀 쓰라고."

"몇 개 가지고 있다."

"때깔의 문제다. 때갈. 그리고 편리성. 사람들이 보는 눈이라는 게 있잖아."

"전에도 비슷한 말을 들었던 것 같군."

"그 말을 듣고도 고치질 않으니, 들을 생각이 없다는 거지."

"흠……."

창잡이와 고블린 슬레이어가 주절주절— 그렇다기보다는 일방적으로 소란을 떤다.

제각각의 모험가에게는 제각각의 방식이 있으니, 딱히 신경 쓸 일도 아닐 텐데.

—단순히 저 녀석이 참견쟁이인 것뿐이군.

"……호오, 왔군."

그런 별 것 아닌 생각을 하고 있는데, 중장 전사의 눈앞에 덜컥덜컥 잔과 요리가 놓였다.

일단은 셋이서 술을 들어 나란히 건배를 외친 다음, 벌컥 한 모금.

바깥은 춥지만 안은 따뜻해서, 차가운 맥주가 괜히 더 맛있다. 아니, 술도 요리도 언제나 맛있는 법이다.

"그래서, 무슨 용건이냐? 고블린 슬레이어."

"이번에도 또 고블린 퇴치야?"

창잡이가 코웃음을 쳤다.

"말해두지만, 나는 바쁘다."

"음."

고블린 슬레이어는 철 투구를 끄덕 흔들고, 좌우로 흔들었다.

"아니, 다른 거다."

"엉?"

"탁상 연습을 함께 해줬으면 한다."

그렇게 말하며 그 싸구려 장비의 모험가는 탁상 위에 칸막이와 양피지 다발을 꺼냈다.

칸막이 너머를 보니 지도 같은 판과, 게임말, 주사위 따위가 보인다.

창잡이가 놀라며 이쪽을 보는 것을 무시하고, 중장 전사가 「헹」하고 중얼거렸다.

"그 미궁 탐색 경기로군."

"그래."

철 투구가 또 세로로 흔들렸다. 고블린 슬레이어의 말은 단적이다. 다시 말해서 시험이라는 것이다.

"함정과 괴물…… 고블린은 배치했지만, 수정이 되는 사이에 확인해두고 싶다."

"뭐야. 접수원 아가씨한테 이것저것 의견도 들었을 거 아냐. 접수원 아가씨한테서. 아가씨한테서!"

그걸 못 믿는 거냐. 창잡이가 분개한다. 트집을 잡는다. 눈빛이 가라앉는다.

"취하지 마라 좀."

"안 취했어."

창잡이가 으르렁댔다.

"나느은, 화를 내는 거다!"
"그러냐."
"그런가."
중장 전사는 흘려버리고, 고블린 슬레이어는 성실하게 받아들였다.
"그러나, 최종적으로 결정하는 건 나다. 그렇다면, 책임은 나에게 있는 것이 도리다."
"……켁."
원탁에 버릇없이 팔꿈치를 괴고서, 창잡이가 혀를 찼다.
다른 사람의― 하물며 여자 탓으로 돌리지 않는 건, 이 남자가 보기에 미덕인 것이리라.
그렇다고 순순히 칭찬하는 것도 마음에 안 들 거고, 그것을 건드리면 또 이야기가 샐 거다.
중장 전사는 언젠가 놀릴 거리 하나로 기억을 해두면서, 벌컥 술을 한 모금 들이켰다.
"뭐, 요컨대 놀이잖아. 나는 상관없다."
"…………그야, 나도 불만은 없는데 말이다."
마지못한 기색으로 말하는 창잡이도 수긍하자, 고블린 슬레이어가「그런가」하고 숨을 내쉬었다.
이 남자도 긴장하는 일이 있는 거군. 중장 전사는 한쪽 눈썹을 살짝 움직이면서, 손을 내밀었다.
"그러면, 모험 기록 용지를 내놔라. 모험가를 만들어야 시작될 거 아냐."
"그래."

큼직한 원탁을 고른 것은 그 탓이리라. 모험가 세 사람은 요리를 옆으로 밀어냈다.

그리고 이렇게 소란스럽다. 엿듣고자 귀를 기울여도, 탐색 경기의 내용을 훔쳐내진 못하리라.

함부로 모험가 길드의 한 구역을 빌려서 시험한다면, 오히려 이목을 끌 것이다.

그렇다면…….

—때때로, 해결사 같은 수법을 쓴단 말이지.

도시의 모험(시티 어드벤처) 따위 해본 적도 없을 텐데.

중장 전사는 그렇게 생각하면서 입 꼬리를 끌어올렸다. 이 남자라면, 어차피 자기 적성에 안 맞는다고 하겠지.

—그러면, 어떻게 할까.

탁상 연습은 오랜만이다.

—하지만, 생각을 잘 해야지.

전사, 척후, 신관, 마술사. 기본은 넷. 그 밖에도 갖가지 기능, 직업이 세상에 있다.

파티를 짠다면 전체의 구성을 생각할 필요가 있다. 하물며 이번에는 단 둘이다.

상대가 어떤 모험가로 오는가에 따라 다르지만, 역시 술자와 척후는 필요하겠지…….

—그렇다면 교역신의 신관이자 척후. 아니지…….

마법을 쓰는 도적이라고 하면, 그 유명한 회색 고양이(그레이 마우저)도 있지 않던가? 그걸 본받는 것도 좋다.

지금의 자신하고는 다른, 또 다른 자신을 생각하는 것은 고민스럽고 유쾌하기도 했다.

종족도 다르고 기능도 다르다. 성별이나 연령도 다르다. 그러나 역시 모험가인 자신이다.

그것을 재미로 생각하는 것은 옆에 앉은 창잡이도 마찬가지라, 그는 신이 나서 이렇게 말했다.

"그러면, 기왕이니까 말이지. 나는 드워프…… 척후라도 해볼까."

"이봐이봐."

중장 전사가 쓴웃음을 지었다.

"그건, 적성이 안 맞지 않냐?"

유리한지 불리한지를 따지면, 불리하긴 하다. 드워프는 손재주가 뛰어나지만, 그다지 몸이 가벼운 종족은 아니다.

그러나 돌아온 말은 단 한 마디.

"바보 자식."

이었다.

"『완벽한 모험가』가 아니면 거절합니다. 그게 말이 되겠냐."

"뭐, 그것도 그렇구만."

자신 있는 창잡이의 말은 지극히 당연하다. 중장 전사는 순순히 그것을 받아들였다.

당연한 이야기다.

유리한지 불리한지. 적성에 맞는지 안 맞는지. 그런 것은 모두 다른 사람의 기준이다.

고작해야 그런 자그마한 잣대로, 모험가가 될 수 있을지 없을지를 정해서 되겠는가?

“술사에 척후, 전위, 화력, 기적. 모조리 갖춘『완벽한 파티』도, 종이 위에만 있는 거니까.”

“그런 거지.”

창잡이가 끄적끄적 첨필을 양피지 위에 움직이는 것을 흘깃 보며, 중장 전사는 생각했다.

—그러면, 나는, 그렇군.

마음대로 하면 된다. 그렇다면, 좋아, 이거다.

중장 전사는 주사위를 하나 잡아서 탁상에 던져, 태생이다 뭐다를 정하면서 말했다.

“나는 엘프 검사로 간다. 빛나고 빙빙 돌지.”

“……말하는 거랑 하는 짓이랑 다르지 않냐?”

“강함과 약함을 추구하는 건 자기 맘이잖아?”

이번에는 창잡이가「그것도 그렇지」하고 수긍할 차례였다.

중장 전사는 그것에 만족하여 웃음을 짓고, 첨필을 움직이며 맞은편의 철 투구를 쓱 보았다.

“이봐, 고블린 슬레이어. 설마 술자나 척후가 없으면 죽는 미궁 같은 건 아니겠지?”

“모르겠다.”

모험가들의 능력(스테이터스) 조사에, 전혀 참견하지 않는 남자다.

그의 말은 거짓이 없는지, 이제부터 어떻게 될지 필사적으로 머리를 굴리고 있는 것 같았다.

“그래서, 시험해줬으면 한다.”

"그래, 좋았어."

순순히 부탁을 하면, 이쪽도 순순히 받아들일 수 있다.

그리고 익숙한 모험가들에게 걸리면, 모험 기록 용지의 공백을 채우는 것에 시간도 안 걸린다.

"오늘은 전멸하기 좋은 날입니다, 가볼까."

먼저 다 적은 창잡이가 표정을 찌푸리고 투덜투덜 불평을 해댔다.

"분명히 음험할 거다. 네 녀석이 만든 미궁이라는 건."

"뭐, 몇 번 시도를 해보자. 의외로 적당히 해도 간단히 안쪽까지 갈 수 있을 지도 모르잖나?"

어쨌거나, 요컨대 시험 같은 거다. 이런저런 구성으로 도전할 필요도 있으리라.

그보다도, 조심해야 하는 것이 하나.

중장 전사는 자기가 적은 용지를 확인하고 만족스럽게 고개를 끄덕이면서, 창잡이를 팔꿈치로 찔렀다.

"그리고, 신입다운 행동을 해라."

"한 걸음 걸을 때마다 피트 막대를 휘두르지는 않는다고."

창잡이가 「흥」 하고 콧방귀를 뀐 다음 「그보다 말이다」 하고 주사위를 쥐면서 말했다.

"잘 들어라, 고블린 슬레이어. 네 녀석이야말로 괴물 놈들이 이상하게 꾀부리면서 움직이면 안 된다."

"고블린다운 움직임을 시킬 셈이다만."

"그걸 못 믿겠단 말이지……."

두 사람의 대화에 중장 전사가 소리를 내며 웃고, 술을 들이켜고,

© Noboru Kannatuki

찐 감자를 입에 넣었다.

"그러면, 한 번 해보자고, 형제."

"종족이 다르잖아. 끽해야 사촌이나 육촌이나 그렇겠지."

그리하여 새롭게 태어난 두 사람의 전우(배틀 브라더즈)는, 의기양양하게 미궁 탐색 경기에 도전했다.

험한 꼴을 잔뜩 당하게 되지만—— 그건 그렇다 치고, 중장 전사로서는 유쾌했다.

축제가 다가온다는 것은, 역시 이 정도가 딱 좋은 법이다.

막간 「최초의 능력치는 별로 상관 없다는 이야기」

턱을 괴고서 꾸벅꾸벅하던 공방 주인은 희미한 소리를 듣고 계산대에서 살며시 눈을 떴다.

—어이쿠. 나도 나이를 먹었나.

좀도둑이 들었나? 아니면, 도제 꼬맹이가 여급 아가씨라도 데리고 와서는 이래저래 잘하고 있나?

후자라면 뭐, 조금 더 자는 척을 계속해줄 수도 있다.

시끄러운 어르신의 이목을 돌리고 몰래 그러는 것은 그도 젊었을 적에는 했던 일이다.

수행을 땡땡이치는 건 좋지 않지만, 다소 끈질김과 영악함이 필요하겠지.

철도 가열해서 때리고 식혀야 하는 것이니, 강철의 비밀이란 것은—.

"저, 기……."

그런데, 들려온 것은 가녀린 목소리다. 처음 듣는 목소리지만, 비슷한 목소리는 잔뜩 들었다.

자신이 없고, 차분하지 못하고, 그렇지만 어쩐지 위태로운 그것은, 신참의 목소리다.

부모에게 말없이 몰래, 혹은 집을 뛰쳐나와서 슬쩍 무기상을 찾아왔다.

모험가 길드에 등록하기 전인지, 뒤인지라는 것은 사소한 문제다.

어느 정도 돈을 가지고 있는가 아닌가. 그리고 그것을 어느 정도 장비에 쏟을 것인가.

무술의 소양이 있는가? 체격은 어떤가? 그리고 어떤 무기를 사러 왔는가?

기술자이자 상인인 그가 신경 쓰는 점은 그것뿐이다.

그걸 고려해서…….

—중간에서 아래, 쯤 되는구먼.

자그마하고 비쩍 마른 소녀였다.

조용한 분위기이고, 조심조심 가게 안을 살피고 다니는 모습은 길 잃은 어린애나 마찬가지.

허리에는 낡은 칼집에 든 길쭉한 검을 찼고, 무게 때문에 몸이 기울었다.

게다가 툭툭 소리가 날 때마다, 끊임없이 허리춤을 신경 쓰는 걸 보니 끄트머리가 땅바닥에 끌리고 있는 것일까?

그러나, 그래도 중간에서 아래다. 아래가 아니다.

소녀는 어려운 기색으로 끙끙대고, 물건과 가격을 비교하고, 손가락을 꼽아 숫자를 세보더니 눈을 동그랗게 떴다.

참으로 난처한 표정을 짓더니 오른쪽으로 움직이고, 왼쪽으로 움직이고, 이것저것 만져보고는, 또 생각에 잠긴다.

—어디 보자, 어디쯤에서 말을 걸어 줄까…….

그때 문득 벨이 울리는 소리가 들리고, 소녀가 흠칫 몸이 굳어졌다.

"어, 머……."

조용조용 공방으로 일단 들어온 것은, 그 아리따운 목소리.

이어서 늘씬하게 뻗은 살집 좋은 다리가 들어오고, 그리고 그 미모가 이어진다.

챙이 넓은 삼각 모자를 쓰고서 지팡이를 든 여자는 희한하단 기색으로 눈을 깜빡이며 소녀를 가만히 바라보았다.

그 시선이 사안 같은 것도 아닐 텐데, 그녀는 마치 챰(매료)이라도 걸린 것 같았다.

물론, 풋풋한 소녀에게 그것을 견디라고 할 수도 없다. 변경의 남자들은 대개 저것에 항복한다.

그 마녀가 추파를 던졌을 때 꿈쩍도 하지 않는 사람이라면, 아주 약간 있다. 예를 들자면—.

"이봐, 왜 그래?"

마녀의 어깨 너머에서 소리도 없이 훌쩍 — 표범이나 범처럼 — 나타난, 이 미장부 정도다.

이름 높은 명창을 어깨에 올리고 갑옷과 장비를 갖추고 있는 걸 보니, 모험에 나서기 전이거나 다음이리라.

그는 가게 안을 쓱 둘러보고 레아처럼 작은 아이를 보더니, 씨익 송곳니를 드러내며 웃었다.

"뭐야? 신참이냐?"

소녀는 가엾게도 숨 쉬기 어려운 것처럼 뻐끔뻐끔 입을 열었다 닫았다 한 다음, 드디어 한 마디 조용히 중얼거렸다.

"아직……."

"등록은 안 했지만, 할 생각이지? 그러면 후배지. 잘 부탁한다."

소녀는 이번에야 말로 말도 못하고, 끄덕끄덕 고개만 움직이는 것에 목숨을 걸어버린 꼴이었다.

목에 걸고 있는 은의 인식표. 가게 안의 어둠을 희미하게 비추는 마창의 빛. 그리고 당당한 태도.

그녀의 출신이 어디인지는 모르겠지만, 서방 변경이라면 그 이름 정도는 알고 있을 영걸이다.

용사에 비해서는 무명이 뒤떨어지지만, 이 구역에서 괴물 상대로 패배를 모르는 자가 바로 이 남자였다.

이매망량에 무법자 놈들을 사냥하고, 쌓아 올린 수급과 존경이 은빛으로 빛나는 증거였다.

그냥 힘자랑만 하는 난폭자라면, 이렇게 되지 못한다. 그냥 사람만 좋아도 마찬가지.

거짓인지 참인지, 근위 기사로 권유를 받았다고도 하는데— 이 남자라면 그런 일도 있을 수 있다.

그야말로 동화 속이나 음유시인의 노래에 나오는 영웅이 씨익 웃으며「잘 부탁해」라고 하는 것이다.

풋풋한 소녀가 이렇게 되는 것도 무리가 아니다. 이렇다니까 하며 마녀의 볼이 느슨해진 것도 모르는 기색이다.

"그러면, 보자. 대장은 어디 있나……."

그렇지만, 창잡이는 그걸로 소녀에게 흥미를 잃은 모양이다.

아니 잃지는 않았지만, 그 이상 그녀가 뭐라고 하지 않는 한 관여할 생각은 없는 것이리라.

비좁은 진열대 사이를, 완전 무장이라고 생각하기 어려운 움직임으로 술술 나아간다. 그 찰나.

"저, 저기……."

그의 발길을 붙잡은 것은 아주 가녀린, 마치 숨결처럼 속삭이는 작은 목소리였다.

소녀는 주먹을 꼭 쥐고, 소리를 낸 것도 후회하는 기색이다. 그렇지만 시선은 앞으로.

마녀가 키득 웃고서, 살며시 시선을 맞추고자 몸을 숙였다.

무심코 소녀는 한 걸음 주춤거리고, 무구 선반에 등을 부딪치는 소리에 겁먹은 것처럼 몸을 움츠렸다.

"왜…… 그러, 니……?"

"투, 구……."

소녀는, 침을 꿀꺽 삼켰다. 벌레가 우는 것 같은 소리를 내서, 스스로도 부끄러운 모양이다.

"투구를, 사려……고, 생각하는데요."

마녀는 아무 말도 하지 않았다. 창잡이도 그랬다. 침묵이 다음 말을 재촉하는 일도 있는 것이다.

"필요하다고 생각, 해요. 하지만, 누가 말해서 샀다고 생각되는 게…… 싫어서. 하지만……."

사면 자기 의견을 들었다고 생각할 거고, 사지 않고 실패하면 그것 보라면서 웃음거리가 된다.

이 소녀의 모습을 보니, 여기 오기 전에 온갖 놀리는 소리를 들었다는 게 눈에 선했다.

—뭐, 무리도 아니구만.

이렇게 여리고 가녀린 소녀가 모험가가 될 거라고 하면, 십중팔구는 비웃는다.

될 수 있는가 없는가의 문제가 아니다. 말만 꺼내면 비웃는 거다.

—그래도 여기까지는 왔으니까, 뭐, 중간에서 아래다.

비웃음을 사고서, 포기하지 않은 것만 해도 모험가로서 제법 봐줄 만하다.

대개의 사람들은 그 시점에서 이미 포기해 버린다. 그리고, 그것이 현명하다.

그러나 비웃음을 산 정도로 포기해 버리는 자는, 역시 십중팔구 살아남지 못하리라.

"마음대로 해버려."

그래서 창잡이가 무뚝뚝한 어조로 말한 것은, 아마도 그 나름대로 친절함을 발휘한 것이리라.

"네가 목숨을 맡기는 장비잖아. 누가 책임을 져주겠어? 그거야 너 자신밖에 못 지잖아?"

투구를 안 쓴 탓에, 고블린이나 트롤이나 산적에게 머리가 깨져서 죽을 지도 모른다.

투구를 쓴 탓에, 무해한 녹먹이에게 머리부터 먹혀서 죽을지도 모른다.

투구를 안 쓴 탓에, 머리 위에서 떨어진 점균에게 얼굴이 녹아서 죽을지도 모른다.

투구를 쓴 탓에, 떨어진 점균이 투구 안으로 들어와 질식하여 죽을지도 모른다.

그리고 투구를 쓰든 쓰지 않든, 붉은 용이 토해내는 독기와 열풍의 숨결을 쐬면 죽는다.

어느 쪽이든 죽는 것은 이 소녀이며, 결단코 그녀를 손가락질하며 웃은 자가 아니다.

"녀석들은 제멋대로 말하기만 하고 책임 같은 건 안 진다고. 책임을 안 지니까 제멋대로 말하는 거야."

뭘 하든 말이다. 창잡이는 그 말만 하고, 짧게 코웃음을 쳤다.

소녀는 잠시 입을 다문 다음, 뭔가를 곱씹는 것처럼, 맞아, 맞아, 하고 고개를 끄덕였다.

"저기……."

"뭐, 니……?"

마녀가 희미하게 웃으며, 소녀의 얼굴을 들여다보았다. 이번에는 그녀도 단단히 앞을 바라보았다.

"고, 맙습……니다."

조금 더 생각해 볼게요. 비쩍 마른 소녀가 그렇게 말하며 고개를 꾸벅 숙였다.

그리고 장검의 무게에 이끌려 상당히 위태롭지만, 홀짝 고개를 들었다.

그녀는 다시 한 번 진지한 눈빛으로 투구를 보더니, 또 우왕좌왕하며 공방 안을 걸어 다녔다.

저쪽 선반, 이쪽 선반, 작은 그림자가 그 너머로 숨었을 무렵—.

"……나이를 먹으면, 영 졸음이 온단 말이다."

가게 주인장은 작게 하품을 죽이면서 한쪽 눈을 쓰윽, 두 명의 모험가에게 돌렸다.

"나는 그대로 죽어버린 줄 알았지."

"뒤질 것 같으냐? 죽음 바로 위에서도 나는 장사를 했고, 아직 강철의 비밀도 못 풀었다."

창잡이가 내뱉은 독설을 담백하게 흘려버린다. 농담은 모험가의 벗이다. 그보다도 장사다.

"그래서, 오늘은 무슨 일이냐?"

이제 와서 가게에 있는 무기나 방어구를 쓸법한 녀석들도 아니리라.

은 등급이 되어서도 그런 것을 사는 건, 그 괴팍한 별종 정도일 것이다.

그렇다면 다른 장비일 거라고 짐작은 가는데—.

"멀리, 나서……니까. 외투……를, 사려고."

"뭐, 기왕 가는 거니까. 새로 사도 되잖아."

추위를 막고, 얼음을 밟을 수 있는 마법이 걸린 장화도 세상에는 있다.

그러나 그건 그렇다 치고— 보기에 좋은 차림이나, 그런 것을 신경 쓰는 것도 모험가다.

덧붙여서 말하자면, 덕지덕지 마법의 장비로 꾸미는 동지의 나무 같은 꼴을 싫어하는 자도 있다.

어쨌거나 적당한 술자가 눈에 힘을 주면, 마법의 빛 따위 간단히 알아볼 수 있는 것이다.

은밀 행동이나 잠입을 생각하면, 마법의 장비도 좋을 때 나쁠 때가 있다는 것은 모험에 숙달된 자에게는 상식이다.

"이쪽에 들어오는 것은, 왕도의 유행보다는 조금 늦는다만."

"유행 같은 건 됐고. 이 녀석이 마음에 드는지 아닌지가 중요하지."

"하긴, 뭘 입어도 어울릴 법한 어여쁜 처자니까."

마녀가 기쁜 기색으로 눈웃음을 짓는 모습은 무척이나 봐주기 어렵다. 자칫하면 가격을 깎아주고 싶어진다.

조금 기다리란 말을 남기고, 공방 주인장은 외투 종류를 창고에서 꺼냈다.

모피다 뭐다 소재도 다양하다. 무늬도 다르고 크기도 다르다.

그것을 주인장은, 마녀가 고르도록 맡기고 계산대 위에 펼쳐놨다.

여자의 복장에 남자가 이것저것 주문을 하는 것은, 못난 짓이다.

―물어봤을 때 대답해주면 되지.

"멀리 나선다면, 너희들은 그 탐색 경기에는 안 나가는 거냐?"

"신입 상대로 뽐내면서 으스댈 정도로 꼬맹이도 아니고, 신입 지도를 할 정도로 나이를 먹은 것도 아니잖아."

창잡이가 휙휙 손을 흔들고, 그 화제를 떨쳐냈다.

"애당초, 그 자식의 미궁은 벌써 질릴 정도로 들어갔어."

"후, 후……."

외투를 손에 들고 풍만한 가슴에 대면서, 때로는 걸치는 것처럼 하면서 마녀가 웃었다.

창잡이는 그녀의 웃음에 힐끔 눈길을 주더니 슬쩍 말했다.

"검은색도 좋지만 하얀색도 어울리니까 나쁘지 않은데."

그런 두 사람의 대화를 보고, 문득 공방 주인장은 표정을 찌푸리며 물었다.

"그래서, 우리 꼬마는 어쩌고 있냐?"

"아아, 주점 애한테 끌려 다니고 있던데. 신작 맛보기를 하라거나 잔반 먹으라거나 하면서."

"보게 되면 내가 펄펄 화를 냈다고 전해줘라."

"보게 되면."

"그래, 보게 되면."

창잡이가 의미심장한 기색으로 씨익, 이를 보이며 웃었다.

물론 공방 주인은 개의치 않는다. 다 안다고 생각하는 건 젊은이에게는 10년은 이르다.

"그럼……. 이, 거……로, 할……까?"

잠시 지나, 마녀가 하얀 모피의 외투를 가슴에 끌어안는 것처럼 골랐다.

"그럼, 우리는 모험(데이트)이야."

창잡이가 고개를 끄덕이고 금화를 계산대에 던지더니, 그 말을 남기고 상쾌하게 걸어 나갔다.

"……뭐어가 데이트냐."

멋을 부리기는. 벨을 울리면서 나가는 숙달된 모험가를 배웅하고, 노인장은 숨을 내쉬었다.

정말이지, 나이는 먹기 싫은 법이다.

문득— 몇 년 전에 이 가게를 찾아온 젊은이들의 모습을 떠올렸다.

읽고 쓰기나 계산도 제대로 못하고, 아무것도 모른 채 시골에서 창 한 자루 들고 뛰쳐나온 한심한 애송이.

혹은 새침한 표정을 꾸미고 거드름 피우는 식으로 걸으면서, 긴장하여 지팡이를 꼭 쥐고 있던 소녀.

—그 녀석들은, 중간에서 아래였지.

그리고 그는, 투구를 고른 소녀가 깨닫지 못하도록 짧게 콧방귀를 뀌었다.

제4장 『죽음의 함정이 도사리는 지하미궁(데스 트랩 던전) 따위 무섭지 않아!』

Goblin Slayer
He does not let anyone roll the dice.

그렇게, 시간은 바람에 휘날리는 나뭇잎처럼 흘러갔다.

유적 안에는 미궁이 만들어지고, 주변의 마을들에 소식이 전해지고, 상인들이 가게를 낼 준비를 한다.

긴 겨울, 수많은 마을 사람은 집 안에 틀어박혀 지내야 한다. 어둡고, 조용하고, 혹독한 계절이다.

발 빠르게 찾아오는 그 계절 전에, 조금이라도 유쾌한 일이 있으면 뛰어드는 건 당연한 일이다.

드디어 그 날이 오면, 아침의 스며드는 냉기마저도 어쩐지 유쾌하게 생각되니 신기하다.

"뭐, 추운 건 추운 거지만……."

소치기 소녀는 추워 추워 하면서 몸을 끌어안고, 침대에서 미끄러져 나왔다.

—올해 겨울은, 그렇게 안 추우면 좋겠는데.

작년 겨울은 이상하게 길었고 그녀도 이런저런 일에 말려들었지만, 어쨌든지 추웠다.

추운 가운데 움직이는 건 역시 힘드니까, 얼른 옷을 갈아입어버리기로 했다.

갓 짠 상의에 작업복, 그리고 부적을 목에 걸고 떨어뜨리지 않도록 옷깃 안쪽으로.

붉은 비늘이 스스로 빛을 내는 것처럼 반짝거리자, 희미하게 따뜻하단 생각이 드는 건 기분 탓일까?

그렇게, 창문을 열고 빛과 바람을 안에 들이니—.

"……어라?"

그의 모습이 안 보인다. 아니, 정확하게 말하자면 기척이 없다고 해야 하리라. 벌써 집을 나선 다음일까?

서리가 내린 땅에는 벌써 확실하게 발자국이 나 있었다. 성큼성큼 거침없는 걸음걸이의.

—흐흠.

이것은 서리를 밟는 게 기대 돼서 일찍 일어난 건가? 싶기도 하다.

물론 그도 자신도 어른이 됐지만, 어렸을 때는 그런 그였다는 걸 기억한다.

"그렇, 다면……."

소치기 소녀는 장화에 발을 집어넣더니, 살금살금 발소리를 내지 않도록 까치발로 밖에 나갔다.

식당에서는 카나리아가 졸린 기색으로 작게 지저귀고 있지만, 아침 식사는 조금만 더 참아야겠다.

가축들은— 뭐, 아직 괜찮을 거야.

우습게도, 사람의 집보다도 가축의 축사 안이 더 따뜻하거나 식사가 충실하거나 하는 것이다.

겨울 아침 특유의 하얀 공기에 몸을 드러내고, 소치기 소녀는 피어오르는 숨결에 손을 대고서 하늘을 보았다.

그러고 나서, 사박사박. 그가 아직 밟지 않은 서리를 즐기면서, 그 흔적을 따랐다.

따라가지 않아도 어디로 갔는지는 알고 있지만, 그건 그거다. 따라가는 것은 재미있으니까.

도착한 곳은 그가 빌리고 있는 헛간의 문. 뭉개진 서리는 거기서 시작되어 그곳으로 돌아간다.

소치기 소녀는 문을 살며시 밀어서 열었다. 끼익, 나무가 삐걱대는 소리. 날이 추우니까 어쩔 수 없다.

"거봐, 역시나."

그리고 허리에 손을 대고, 괜히 한숨을 쉬고서 까탈스런 목소리를 냈다.

"……음."

빤하다고 해야 할지 예상대로라고 해야 할지. 헛간의 가장 안쪽, 작업 탁상 앞에 그가 있었다.

장비도 완전히 전부 갖춰 입은 차림은, 이 추위 속에서는 상당히 추워 보인다.

"안녕?"

소치기 소녀는 조금 얄궂은 기색으로 말했다.

"잠 못 잤지?"

"아니."

그의 대답은 빨랐다. 그녀는 웃음을 죽였다.

"일단은 잤다."

"네 경우는, 정말로 일단이니까."

변명처럼 들리는 말에 기가 막힌 기색으로 한숨을 한 번. 그리고, 손을 뒤로 돌려 문을 닫았다.

이유는 하나부터 열까지 다 알고 있는데, 얼버무릴 셈이라면 이 정도는 용서 받을 수 있는 법이다.

지난 겨울의 재난 탓에 생각지 못하게 침식을 함께 했었지만, 그걸 돌이켜 보면 정말로 일단이다.

—그야 그건 긴급시라는 것도, 있었지만 말야.

이번 이유는 물론 다르다.

손에 잡힐 것처럼, 알 수 있었다.

둥실둥실. 두개골 속에서 뇌수가 떠도는 것 같은 마음.

혹은 잠들지 못한 날 아침에 먹은 아침 식사의 맛. 잠들지 않고 본 새벽의 파란색 같은 기분.

머리가 맑고, 눈은 날카롭고, 사고는 빠르고, 그렇지만 그 모든 것이 실없는 것이다.

뭔가 해야 한다. 꼼꼼하고, 재빠른 움직임으로. 그런데, 행동이 어쩐지 거칠다.

그가 모험에서 돌아오는 날 아침의, 그녀와 마찬가지.

다시 말해서── 기대가 되는 것이다.

"그래서, 오늘의 너는 뭘 하는데?"

"미궁 안에서, 지휘로군."

이야기가 결정된 뒤로 몇 번이나 물어봤는지 알 수 없는 질문을, 소치기 소녀는 반복했다. 그는 성실하게 대답했다.

그것에 그녀는 몇 번째인지 모를 「흐응」을 말하고, 살며시 그의 바로 옆까지 걸어갔다.

옆에 앉자, 갑옷과 투구에서 싸늘한 차가움이 털실 옷을 넘어서 느껴졌다.

소치기 소녀는 그 차가움이 그렇게 싫지 않았다.

"정확하게는 진행자라고 하는 편이 좋을지도 모른다. 미궁의 주인(던전 마스터)……. 경기의 주인(게임 마스터)."

"책임이 중대하네."

"그렇게 생각한다."

과연, 그거구나. 철 투구를 끄덕 흔드는 그의 모습에, 소치기 소녀는 원인을 확인했다.

참으로 희한한 일이긴 하지만, 누구든지 그렇게 되어 버리는 건 어쩔 수 없다. 처음 있는 일이다.

"긴장하는 것도, 무리가 아니겠네."

소치기 소녀가 키득 웃으며 속삭이자, 그는 한순간 입을 다문 다음에, 마지못한 기색으로 말을 이었다.

"……정확하게는, 할 수 있는 일이 그다지 없다."

"갑작스런 이야기였으니까."

"아니……."

그가 신음했다. 그리고 철 투구가 좌우로 움직였다.

"아니, 그게 아니다."

그리고, 또 침묵. 난처한 건지, 생각하고 있는 건지.

—분명, 양쪽 다겠지.

그녀는 차가운 헛간의 바닥 위에서, 자기 무릎을 끌어안는 것처럼 팔을 돌렸다.

그대로 몸을, 체중을 그에게 맡기는 것처럼 기울였다. 갑옷이 희미하게 떨린다. 그렇지만 받아내 주었다.

약간, 지나서.

"내가 길러온 기술이라는 것은, 고작 이것뿐인가 생각했다."

그는 그제야, 그런 생각을 조용히 중얼거리며 말했다.

고블린과 싸우는 법을 생각하고, 그에 따라 고블린을 배치하고, 함정을 설치한다.

그것이 전부다. 유적의 지도 앞에서 머리를 쥐어짜고, 생각해서 내린 결론은 하나.

"내가 쌓아 올린 모든 것은, 역시, 그렇게 대단치 않다는 것이겠지."

—겉보기뿐이다.

그런 진심에, 소치기 소녀는「우~응」하고 난처해져서, 결국 이렇게 중얼거리는 수밖에 없었다.

"나쁜 버릇이네에."

—정말로. 이상한 부분에서 자신이 없어.

그에게 기댄 채로, 멍하니 작은 창 너머로 늦은 아침놀을 맞이한다.

할 수 있다고 생각하면 망설이지 않는 주제에. 아니, 망설이지 않는 척을 하는 걸까?

오기를 부리는 건 정말로 변함이 없다. 듬직하다고 생각하는 부분도 많은데.

그렇지만 결국, 그의 안에서 잘 될 거라는 자신은 한 조각도 없는 것이리라.

그녀는 추위에 조금 몸을 움직여서, 조금만 더 그에게 몸을 갖다 붙였다.

"탁상 연습이었나?"

분명히, 그랬을 것이다.

"그걸로 몇 번이나 시험해봤잖아?"

"그렇다고 해서, 실제로 잘 될 거라고 장담은 못한다."

그는 이상하게 딱 잘라서 말했다.

"언제나 그렇다."

"불안할 때는 뭘 말해도 의미가 없으니까."

그래서 조금 내치는 것처럼 심술궂게 말하자, 그는 역시 입을 다물어 버린다.

그것이 어쩐지 너무나 그리워서, 기뻐서, 소치기 소녀는 눈웃음을 지었다.

옛날과 같아서…… 하지만 물론 다른 부분도 잔뜩 있다.

예를 들어 지금 그녀가 「미안, 미안」 하고, 제대로 금방 말할 수 있는 부분 같은 것이다.

"그럼 말야. 역시, 지금 할 수 있는 일을 하는 수밖에 없는 거 아냐?"

"할 수 있는 일이라."

"그래. 할 수 있는 일을, 있는 힘껏."

"……."

그는, 낮게 신음했다.

"예를 들어서, 뭐지?"

"글쎄에……."

소치기 소녀는 입술을 삐죽거리고, 가늘게 길게 숨을 내쉬었다.

하얀 입김이 희미하게 하늘로 올라가 흐려지고, 아침 햇살을 받아서 사라져간다.

그것을 바라보고서, 그녀는「응」하며 힘차게 고개를 끄덕였다.

"일단은, 아침밥 먹자!"

"식사 말인가."

"밥도 안 먹고 아직 어두운데 조용조용 움직이고 있으니까, 어두운 생각만 떠오르는 거예요."

엣헴. 풍만한 가슴을 자랑스레 내밀면서 잘라 말했다.

—오늘은 조금 정도, 강하게 나가자.

왜냐하면 기껏 좋은 날이니까. 과거에 그녀가 파란 드레스를 입었을 때처럼.

소치기 소녀는 몸을 앞으로 쑤욱 내밀고서, 그의 철 투구를 아래쪽에서 들여다보았다.

"그리고, 갑옷이나 투구도 깨끗하게 해야지!"

"음……."

낮은 신음 소리. 난처해한다, 난처해한다아. 소치기 소녀는 장난스럽게 볼을 풀었다.

면갑에 숨어 있어서 그 안쪽의 눈동자는 안 보이지만, 이쪽을 보고 있다는 건 다 안다.

"왜냐면 오늘은 고블린 퇴치 의뢰가 아니잖아?"

"……그렇다만."

"그러면, 어엿한 은 등급 모험가인걸."

—어엿한 차림을 안 하면, 나도 곤란한 겁니다아.

그의 장비가 싸구려 같다는 것은 이제 어쩔 수 없다 치고, 지저분한 건 역시 안 된다.

작업 탁상에 던져둔 천 조각을 손에 집은 그녀는「에잇」하며 그대로 팔을 뻗었다.

쓱쓱 옆에서 끌어안는 것처럼 투구를 닦아주자, 철 투구가 흔들흔들 좌우로 흔들렸다.

그것은 커다란 개가 어린애의 행동에 몸을 맡겨두는 것 같아서, 어쩐지 즐거워졌다.

사양 같은 건 내던지고, 소치기 소녀는 생글생글 기분 좋게 웃으며 정체 모를 검은 얼룩을 닦아냈다.

그러고 보니, 옛날에 쓰고 있던 뿔 달린 투구 같은 건 어떨까? 뿔이 부러져 버리기 전의 것이다.

"투구는 안 바꾼다."

그의 대답이 즉시 돌아왔다.

"그러나, 겉모습에 대한 의견은, 듣지."

고블린 퇴치일 때 말고는. 그 대답이 또 우스워서 소치기 소녀는 키득키득 웃었다.

오늘은 이른 아침이라지만, 이것저것 할 일도 있고 용건도 있다.

백부는 분명히 오늘 행사에 맞추어 또 뭔가 가게를 낼 것이다. 그 낙타의 젖으로 뭔가 하거나.

잘 될지 어떨지 아무도 모르지만, 해보지 않으면 시작되지 않는다.

그런 것은— 그와 다시 만나고 몇 년 동안, 그녀가 싫증이 날 정

도로 깨달은 것이었다.

"……고블린은."

"응~?"

그렇게 그에게 엉기고 있는데, 문득 조용히 그가 낮은 목소리로 중얼거렸다.

"고블린은, 나올 거라 생각하나?"

기묘한 목소리였다. 완전히 지친 것 같기도 하고, 어린애가 어른에게 물어보는 말투 같기도 했다.

그녀가 대답하는 말이 분명히 진실이 될 거라고, 그렇게 믿는 것 같은 물음이었다.

그렇다면, 그녀가 소꿉친구에게 해줄 말은 하나뿐이다.

"안 나오면, 좋겠네."

그렇게 중얼거리고, 그녀는 둔탁한 은색을 되찾은 철 투구를 살며시 손바닥으로 쓰다듬었다.

그는 잠시 입을 다물고 있었지만, 그래도 간신히 한 마디를 중얼거렸다.

"……그렇군."

§

몸가짐을 갖추기만 해도 기합이 들어간다는 것이 접수원의 지론이었다.

밤늦게까지 이것저것 확인하고 싶어지는 마음을 꾹 억누르고 일찍 취침, 일찍 기상.

돌로 만들어진 건물을 통해 숨어 들어온 냉기가 피부에 닿자, 부르르 떨면서 침대에서 빠져 나온다.

맨발을 슬리퍼에 집어넣고, 살며시 창의 가리개에 손가락을 넣어 틈을 만든다.

보아하니 아직 하늘은 새벽의 검은 파란색이다. 그렇구나 이것이 군청이라는 거구나 하고 접수원은 고개를 끄덕였다.

사원의 종소리는 아직 안 들리지만, 이 하늘의 색을 보니 예정대로 눈을 떴다는 걸 알고 주먹을 쥐었다.

해야 할 일은 식사, 몸단장, 옷 갈아입기, 출발까지 네 가지. 그리고 짐의 확인. 다시 말해서 다섯 가지.

—설마 할 때는 식당(바르)이네요.

어젯밤에 미리 아침 식사를 사두었다. 선견지명이 있는 자신을 조금 칭찬해둔다.

사소한 일이라도 자신을 칭찬하는 것이 중요하다. 그렇지 않으면 자신감 따위 생기지 않는다.

옷을 갈아입고 나서 먹으면 옷이 지저분해질 수 있으니, 접수원은 잠옷을 입은 채 식탁에 요리를 놓았다.

“그러니까 벌꿀이 들어간 빵에, 삶은 달걀에 구운 과자…… 그리고 포도주를 조금 따라서.”

그리고 구운 과자만 다른 그릇에 담은 접수원은 의자에 앉더니 양손을 깍지 끼고 눈을 감았다.

“항아리의 성탁에 거하시는 손들이여…….”

지고신부터 교역신에 지모신부터 지식신, 온갖 신들과 그리고 무엇보다도 전쟁의 여신님.

나날의 양식을 얻어, 오늘 눈을 뜰 수 있게 된 것에 감사. 그리고…….

―부디 오늘 행사가 잘 풀리기를…….

평소에는 바쁘니까 그다지 기도도 안 하는 신앙이 부족한 자였지만, 친가에서 단단히 교육을 받은 몸이다.

유감스럽게도 기적을 내려주시는 영광을 맞지는 못했지만, 기도하는 예법 정도는 알고 있었다.

《숙명(페이트)》과 《우연(찬스)》에 기도가 무의미하다고는, 그녀는 생각하지 않았다.

그것에 좌우되지 않는 인생 따위 있을 리도 없고, 좌우되었기에 생각지도 못한 일이 일어난다.

신들에 대한 경의를 표해야 한다.

그렇기에 그녀는 기도하고, 그녀들은 기도하는 자인 것이다.

"좋아. 그러면, 먹어버릴까요……!"

―아침부터 마구 먹는 것도 상스럽지만요…….

여유가 있다는 것은, 딱히 느긋해도 된다는 것이 아니다.

접수원은 아무도 보지 않더라도 신 앞에 있다고 생각하며, 되도록 예의 바르게 재빨리 식사를 마쳤다.

그러면 이제 기도의 의식은 끝이다. 이제는 서둘러서, 그러나 꼼꼼하게 준비를 해야 한다.

그녀는 잠옷을 사삭 벗어 던지고, 그 아름다운 능선을 그리는 엉덩이에 미끄러뜨리듯 속옷을 다리로 빼냈다.

그리고 손가락 끝에 걸어 그것을 바구니에 던지며, 물병에서 세면기에 물을 따랐다.

찰팍 손을 넣자 차가워서 몸이 부르르 떨리지만, 참아야 돼, 참아야 돼. 하고 말하며 세안.

덤으로 수건을 담가 적시더니, 피부에 남은 자면서 흘린 땀의 흔적을 정성스레 닦아내고…….

"다음은, 이~거……어."

훌쩍. 수건을 적당한 옷걸이에 걸어놓고, 화장대에 놓인 향유병으로 손을 뻗었다.

"후후……. 향기가 좋네요."

몇 개 가운데 좋아하는 걸 골라, 뚜껑을 뽑아서 향기를 즐긴다. 그것만으로 기분도 고양된다.

부모가 축하 선물로 보내준 비싼 거울에 몸을 비추고, 걸쭉한 무게가 있는 향유를 손바닥에 흘린다.

"으……응."

그것을 피부에 대자, 차가운 감촉에 목소리가 흘렀다. 참고서, 손발에 잘 바른다.

사혈이 필요 없는 하얀 피부, 단정한 몸이라지만 이것을 유지하려면 그에 걸맞은 노력이 필요하다.

나날이 꾸준하게 절제하고 체조를 거르지 않으며 갈고 닦은, 자랑스러운 몸이다. 손질을 하는 것은 즐겁다.

"응……."

—리본과, 벨라돈나의 안약은 어떻게 할까요…….

© Noboru Kannatuki

눈도 탁 트이고 깔끔해지지만, 아무래도 게슴츠레해지는 것은 안 좋다.

촉촉한 눈동자를 좋아하는 남성이 많다고 들었지만, 일에 지장이 생기는 것도 안 좋다.

눈의 분위기만 가지고도, 마음에 드는 리본 중에서 어느 쪽을 달아야 할지 변하는 법이지만…….

어쨌든지 오늘 함께 작업을 하는 상대는 다른 사람의 외모 따위 영 신경 쓰지 않는 사람이니까.

"뭐, 부적…… 삼도록 해볼까요."

리본과 작은 병을 잊지 않도록 화장대 위에 놓고, 세세한 도구를 사용하여 재빨리 정성스레 화장을 한다.

그렇지만, 그냥 기분만 내는 정도다. 볼에 백분, 입술에 연지를 살며시. 입술을 움직이면, 이걸로 끝.

그리고, 역시 어제 골라둔 옷을 옷장에서 꺼내 조심스레 입는다.

속옷은 레이스가 달린 새 것을, 오늘 처음 입는다. 물론 의미는 없지만.

—누구에게 보여주는 것이 아니라도.

꽤 예전에, 그 하이 엘프 친구와 그런 대화를 했었다. 키득 웃음이 흘러나왔다.

속옷을 입고서, 블라우스와 바지, 장화로 몸을 감싼다. 평소와는 다른 외출을 위한 옷.

어차피 지저분해지겠지만, 화장이 묻지 않도록 주의해서 입는다.

그리고 마지막으로 잠들기 전에 풀어두어 느슨하게 굽이치면서 펼쳐진 머리칼을 정성스레 빗고서 땋는다.

머리칼과 화장과 옷의 순서는 사람에 따라 다르다고 하니까, 정답이 어떤 건지는 그녀도 모른다.

다만 몸을 씻고서 화장을 하고, 옷을 갈아입고 머리칼을 정돈하는 것이 단추를 하나씩 잠그는 것 같아서…….

—단단히 여며지는 느낌이, 난단 말이죠.

모두 끝나자 거울 앞에 서서 빙글 1회전. 머리칼 상태를 조금 고친다.

결국 안약은 안 넣었으니 이 리본을 달았지만 나쁘지— 않겠죠, 응.

"—좋아……!"

접수원은 거울을 향해서 생긋 볼을 움직여봤다.

모험가가 아닌, 그렇지만 길드 직원도 아닌, 미궁 탐색 경기의 진행자가 거울 안에서 웃었다.

응, 딱 좋아.

자화자찬도 필요한 법. 오늘의 자신에게 자신감이 없으면, 어떻게 일을 할 수 있을까?

"공책에, 첨필에……."

아 그렇지. 오늘은 바깥에서 적어야 하니까, 튼튼한 금속 첨필로 했었죠.

서류나 세세한 도구 같은 것을 정리해둔 가방을 어깨에 맨 접수원은, 입구를 향해서—.

"어머나, 이러면 안 되죠……."

다다다 달려서, 리본과 벨라돈나의 작은 병을 가방 안에 넣었다.

부적이다. 도움이 될지는 모르겠지만.

그리고 접수원은 가벼운 발걸음으로 집을 나서고, 문을 닫고 열쇠를 걸고, 거리로 달려간다.

도시는 이미 떠들썩해지기 시작했다. —다시 말해서 벌써 누구에게나 축제의 아침인 것이다.

§

그럼에도 불구하고, 어둠 안쪽 깊숙한 곳에서 주술을 자아내야 한다니!

진정으로 힘 있는 말을 겹쳐서 세 문자. 수인을 맺고서, 요술사는 투덜투덜 불평 같은 사고를 자아냈다.

곧장 동굴 바닥에 뿌려둔 지저분한 이빨이 부글부글 끓어오르더니 부풀어 오른다.

뼈가 되고, 근육과 혈관이 이어지고, 내장을 늘어뜨리고, 가죽이 감싼다. 기분 나빠지는 광경.

그것이 한 차례 끝나면, 녹색 피부를 가진 지저분한 괴물이 열 마리 나타난다.

"《파키오(생성)…… 미니스테리알리스(종복)…… 고블린(소귀)》……후우."

번들거리는 누런 눈동자를 빛내는 고블린 놈들은, 모두 요술사를 따르고 있었다.

정말이지 사악한 마술사 같은 광경이지만— 실제로는 이 고블린 놈들은 껍데기뿐이다.

요컨대 리자드맨들이 만들어내는 용아병과 큰 차이 없는, 자아가 없고 껍데기뿐인 만들어진(골렘) 것이다.

그렇지만, 그렇다고 해서 편리하게 제멋대로 써도 되는 게 아니리라.

생명에 대한 존경이 빠졌을 때 일어나는 일은 언제나 비참한 법이다.

모든 것은 균형을 맞추고 있다. 마술에서도 마찬가지. 대현인도 말하지 않았던가?

물론『나는 너희들 흙들이 믿지 못할 것을 봤다』고 말하기에는…….

—고블린의 머리는 영리하지도 않고, 시적이지도 않지.

애당초 목숨의 가치라는 것을 이해하고 있다면, 고블린은 고블린이 아니다.

요술사는 기력과 체력이 약간 깎여나간 것으로 느끼는 나른함을 숨기지도 않고 돌 벽에 기댔다.

주위를 둘러보니 같은 술법을 익힌 마술사들이 제각각 고블린을 만들어냈다.

“참으로 훌륭하군.”

문득 산들바람이 귀를 간질이는 것처럼, 가까운 곳에서 들리는 달콤한 목소리에 요술사의 등줄기가 떨렸다.

찌릿 시선을 옆으로 보내자, 질색할 만큼 멋들어진 태도로 엘프 여자가 팔짱을 끼고 있었다.

쓸데없이 풍기는 백분 냄새를 어떻게 좀 하라고 불평을 해도, 어째선지 이 여자는 웃기만 한다.

정말이지, 지긋지긋하다. 이쪽 마음도 모르고, 늘 즐거운 기색이다. 정말이지.

"황무지의 대마왕, 그 성채도 이렇지는 않을 거야."

"……보고 온 것처럼 말하네."

"보고 왔을 지도 모르겠지?"

요술사는 한순간 입을 다문 다음, 기가 막힌 것처럼 말대꾸를 했다.

"끽해야 폐광산의 소굴 같은 거겠지. 고블린쯤이야."

아무리 해도, 고블린이란 건 결국 무리를 지어봤자 잡졸인 것이다. 요술사는 발치의 괴물을 내려다보았다.

진정한 위협이라 불러야 할 것은 고블린을 사역하는 수괴, 방금 한 말에 따르면 대마왕이나 대마법사다.

고블린은 조금도 굉장하지 않다. 위대하지도 않고, 위협도 아니다.

—그렇다면…… 방금 그건 칭찬하는 말인가?

"이걸 쓰면, 그럭저럭 돈을 벌 수 있을 법 하다만."

요술사가 자기 의문을 말하는 것보다 빠르게, 엘프 여자가 상스러운 말을 툭 흘렸다.

정말이지 참, 이 녀석은 숨길 생각이 있기는 한 건가? 요술사는 한숨을 쉬었다.

"해볼 생각은 없나?"

"생각 안 하고, 못 해."

요술사는 말을 안 듣는 아이에게, 잘 타이르는 것을 포기한 것처럼 난폭하게 말을 던졌다.

마술에 관여하는 자로서 말을 함부로 다룰 생각은 없지만, 이것만큼은 어쩔 수 없다.

말해도 알아듣지 못하는 녀석을 말로 타이르는 노력 따위 생각하기도 싫다.

체력을 절약해야 한다. 마술사는 특히나.

"어째서?"

그럼에도, 엘프 여자는 어린애가 엄마의 말에 귀를 기울이는 것처럼 눈빛을 반짝거렸다.

이런 부분이, 싫은 것이다.

"어째서냐고?"

요술사는 비웃는 것처럼 코웃음을 쳤다.

"그게 마법이라는 거야."

마법이란 그런 것이다. 모르는 자일수록 괜히 더 원리나 이론을 늘어놓지만.

어둠 속에서 코끼리를 만지는 것처럼, 혹은 개미가 코끼리 뒷다리에 겁을 먹은 것처럼.

알고 있는 무언가에 끼워 맞추지 않으면, 분명히 안심하지 못하는 것이리라.

끼워 맞춰서 이해했다고 생각하고, 그리고 이해한 자신을 높은 위치에 두는 것이다.

도저히 어울려줄 수가 없다. 요술사는 씁쓸하게 혀를 찼다.

영리한 바보와 어리석은 바보라면, 그나마 어리석다는 걸 알고 있는 편이 훨씬 좋다.

—어울려주는 건, 지치지만 말야.

"다른 바보는?"

요술사가 난잡하게 말했다.

“일을 팽개칠 정도로 바보라고 생각하지는 않는데.”

“너와 나를 위해서 아침 식사를 조달하는 김에, 축제를 보고 온다고 했었다.”

“대의명분을 얻은 바보는 무적이네.”

배려? 뭐 그렇겠지. 오늘 하루는 여기서 고블린을 만들어 배치하는 것이 일이다.

그걸로 급여를 받는 이상, 불만은 있어도 불평을 하지는 않지만…….

—하지만 그 녀석들, 분명히 자기들이 노점에서 뭐 사먹고 싶었을 거란 말이지.

그 도끼 전사도 승려도. 문제는 이 옆에 있는 이상한 여자다.

“그래서, 너는 어째서 밖에 안 갔어?”

“땅바닥 아래를 좋아하거든.”

“아, 그래.”

요술사는 그 적당한 대답에 흥미 없이, 역시 적당한 맞장구를 치고 시선을 움직였다.

낡아빠진 유적인지 동굴인지 안에, 대량의 고블린을 거느린 마술사들.

—이건 무슨, 분명히 어딘가의 성채나 그림자의 요새 같기는 하네.

괜히 우글우글 꿈틀거리면서, 동굴 안쪽의 할당된 배치로 나아가는 고블린들.

저 안에 진짜 고블린이 숨어들어도, 아무도 눈치 못 챌 것이다.

그녀도 그랬다. 어차피 지혜를 가진 자라고 해도, 그런 법이다.

그런 것은 전문가에게 맡겨둬야 하고, 외부인이 괜히 재려고 하면 안 된다.

그도 그럴 것이, 이번 안건은 소귀 살해자가 발기인이니까. 지쳐 빠진 마술사는 도움이 안 된다.

—애당초, 소동이 일어나도 내 관할이 아냐. 아니라고 했으니까 아냐.

"덤으로 한 가지 말해두면 말이지."

뭔데? 요술사는 소리도 내지 않고, 시선만 같은 파티의 동료에게 돌렸다.

"백분은 취미야."

무슨 말인가 하여 요술사는 눈을 가늘게 떴다.

피부가 어떤 색이든, 어떤 색을 칠하든, 요술사에게는 아무래도 좋은 일이었다.

그런 것은 신경 쓰지도 않았다. 사방세계에 살아가는 자는 너무나 많아서 신경 쓸 여유 따위 없다.

오히려 이쪽한테도 이래라 저래라 하는 편이 훨씬 귀찮고 연관되기도 싫었다.

딱히 좋아서 하는 일이라면 좋을 대로 하면 되는 것이다. 정말로, 진심으로 아무래도 좋았다.

"……그래."

그래서 요술사가 깊고 깊게 내쉰 숨은, 말과 함께 어둠 속으로 흘러가 사라졌다.

§

유적 앞에, 이 정도로 많은 사람이 모인 적이 과연 있었을까?

여신관과 왕매는, 이른 아침의 희미한 안개에 휩싸인 창백한 광경 앞에서 손을 잡은 채 서 있었다.

아직 쌀쌀한 가운데 바람이 불지만, 그래도 걷히지 않을 정도로 사람들이 많다.

그렇지만, 평민— 얼추 모험과 상관없는 구경꾼은 거의 없었다.

개고기 고양이고기 새고기 등의 구이부터, 과자에 술을 파는 상인을 빼면 다른 사람은 모두 모험가.

아니— 모험가 지망자, 라고 불러야 할 새내기 미만인 자들이 태반이었다.

제각각의 무장을 갖추고서, 어쩐지 안절부절못하는 분위기로 여기저기를 돌아다니는 그들.

물론 먹고 살기 위해 모험가가 되는 빈민, 고아 같은 쪽이 세상에는 많다.

놀이 기분으로 모험을 할 수 있는 것은 아니지만— 어쨌거나 이 또한 사물을 바라보는 방식 중 하나다.

모험가란 것이 무엇인가 하는 계몽을 넓히고, 보다 많은 모험가를 모집하는 것은 언제나 필요한 일이다.

—이런 것도 옛날에는 생각조차 하지 못했지만요.

왕매는 몰래 웃음을 죽였다. 궁정이나 사원의 사치가 필요한가, 라고 옛날에는 생각했다.

훌륭하다는 것은 남들이 귀를 기울이는데 중요한 요소다.

즐겁고 재미있는 것은 사람을 모으는 중요한 요소다.

지저분하고 빈약한 사람이 논하는 어렵고 시시한 이야기 따위, 아무도 흥미를 가지지 않으니까.

“도시의 축제 같은 거랑은 비교도 안 되겠지만요…….”

“그건 비교 대상이 아니니까요!”

그래서 쑥스럽게 웃는 여신관, 존경하는 그녀의 말에도 왕매는 싹싹하게 응답했다.

꾹 힘을 준 태도에 맞추어, 손에 든 석장이 찰랑 시원스런 소리를 냈다.

언젠가와 달리 분명한 자기 옷을 입은 그녀 옆에 있다는 것은 역시나 기쁘다.

잘못은 잘못이라는 걸 알고서, 그리고서 앞으로 나아가고 있다. 그것을 자랑스럽게 생각해도 될 것이다.

“하지만, 역시 모험가가 되고 싶어 하는 사람은 많네요.”

“그렇네요.”

여신관이 고개를 끄덕였다.

“매년, 상당한 수의 분들이 등록하러 오니까요.”

“오라버님 말씀으로는, 한 때는 거의 신입이 없었던 시절도 있었다고 하지만요…….”

왕매는 이야기로만 들어본, 훨씬 옛날 시대를 떠올렸다.

전설적인 죽음의 미궁, 부풀어 오르는 거품 같은 재화와 그것에 몰려드는 모험가들의 일화는 예외다.

그것을 생각하면 모험에, 모험가에 흥미가 없는 사람도 역시 사방세계에는 아직도 있는 것이리라.

그렇다면, 이런 행사는 분명히 필요한 것이다…….

—확실하게 보고 들으며 무사히 막힘없이 진행되도록, 지켜봐야지.

왕매는 새롭게 결의하며, 문득 눈에 들어온 매대의 얼음과자에 마음이 이끌려 발을 멈추었다.

소젖을 이용한 것은 헌상된 적이 있어서 맛도 알고 있지만, 조금 향이 틀린 것 같았다.

신기하게 생각하여 물어보니, 아무래도 이국에서 온 짐승의 젖으로 만들었다고 한다.

—새로운 것이 생기는 건, 좋은 일이야.

"하나 주세요."

"여기 있다."

나이 든 가게 주인은 겉보기와 마찬가지로 무뚝뚝하게 고개를 끄덕인 다음, 구운 과자에 올린 얼음과자를 그녀들에게 내밀었다.

은화와 바꾸어 그것을 받은 왕매는 종종걸음으로 여신관 곁에 돌아갔다.

아무래도 여신관은 가게 주인과 아는 사이인지, 가볍게 눈인사를 하는 옆에서 일단 한 입.

싸늘하고, 달콤하다. 감칠맛이 있는 — 감칠맛이라는 건 뭘까? — 데도, 깔끔하다.

양의 젖이나 소의 젖하고는 또 다른 신기한 달콤함이라, 결국 감상은 한 마디.

"……맛있어요!"

"그거 다행이네요."

옆에서 걷는 여신관이 키득 웃었다.

왕매는 어쩌면 대단히 귀중한 군것질에 혀를 내두르면서, 문득 생각나서 고개를 갸웃거렸다.

"한 입 어때요?"

왕매가 커다란 숟가락을 내밀자, 여신관은「그게……」하고 시선을 흔들었다가 고개를 끄덕 움직였다.

"그러면, 기왕이니까요……."

쑥스러워하는 여신관이 왕매가 내민 나무 숟가락, 그것으로 뜬 얼음과자를 한 입.

"응……."

하면서 혀로 핥아 그 달콤한 맛을 즐기고, 희미하게 물든 볼을 살짝 풀었다.

자매처럼 닮은, 그러나 자매처럼 다른 두 사람은 얼굴을 마주보면서 키득키득 웃었다.

겨울철에 얼음과자라는 것도 역시 풍류가 있다.

대단히 춥고 차가워서 따뜻한 것도 먹고 싶어지니까. ―다시 말해서 다른 매대에도 들르고 싶어진다.

여름은 여름의 더위를, 겨울은 겨울의 추위를 즐겨야 하는 법. 이건 과연 어느 시인의 말이었을까?

"그건 그렇고 뜻밖이네요."

시찰, 시찰이라고 변명을 내심 반복하면서, 두 사람은 나란히 서서 유적 앞을 어슬렁거리며 걸었다.

겨울나기 전의 행사라는 면이 있어서, 개척 마을 같은 곳에서 나선 힘깨나 쓰는 젊은이가 역시 눈에 띈다.

상처 하나 없거나, 창고에서 끄집어낸 장비를 멍하니 바라보고 있던 여신관이 고개를 갸웃거렸다.

"뭐가 말인가요?"

"저기, 그게……."

왕매가 말을 허공에서 찾았다.

"고블린 슬레이어 씨, 잖아요."

그녀는 모험가의 장비가 좋은지 나쁜지 짐작도 못하지만, 그래도 알 수 있다.

참가자들의 장비보다도 볼품없는 차림을 한, 그 모험가.

"그 사람이 고블린을, 마법으로 만들어내서 표적으로 삼고, 그러는 거. 용케 통과시켰다 싶어서요."

"어……."

여신관은 눈을 깜빡였다.

"하지만 그거, 고블린이 아니잖아요?"

무슨 말을 하는 걸까요. 진정 신기하다는 말투였다.

"고블린이 아닌 건가요……?"

"고블린이 아니잖아요?"

여신관의 말에는 한 점의 흐림도 없고, 어디까지나 곧았다.

그건 완전히 올바르면서도, 틀린 것 같은. 아니, 그게 아니라.

—이 사람, 이런 느낌이었나요……?

왕매는 현기증 같은 것을 느꼈다. 아마, 분명히 아까 먹은 얼음과자 탓일 것이다.

자기가 신전에 들어간, 그 직접적인 동기가 된 인물의 상상 밖의 측면을 본 탓이 아니리라.

—응.

그녀는 고개를 끄덕이고, 다른 화제를 찾기 위해 주위의 경기 참가자들에게 눈길을 돌렸다.

반복하지만, 오래도록 궁정에서 지낸 왕매는 모험가와 장비가 좋은지 나쁜지는 알 수가 없다.

그러나, 그래도 눈길을 끄는 자는 있다.

예를 들어, 그렇다. 저기 있는 모험가 세 사람의 파티는 어떨까?

"그러나…… 제가 리더로서 참가한다는 것은, 아무래도. 어떤 걸까요?"

"……마술사가 리더를 맡는 일은 드물어. 이쪽이 나서는 건 논외."

"저기, 조금 말투가 심하지 않아?"

"아니, 눈에 띈다고 하면 더할 나위 없이 눈에 띕니다. 당신은."

"……소행보다도, 태도의 문제."

"우~응. 납득이 안 되지만 뭐 좋아. 있지. 시작하기 전에 나는 뭔가 먹고 싶은데—."

파란 가죽 갑옷에 검을 등에 진 전사, 옅은 분홍색 외투를 두른 마술사, 녹색 옷에 철 창을 들고 있는—.

"앗."

"우에."

어느 쪽이 먼저 소리를 냈는지는, 이 참에 제쳐두기로 하자.

왕매와 녹색 옷의 전사— 검은 머리칼의 소녀는 얼굴이 딱 마주친 다음에 움직임이 멈추었다.

어머? 여신관이 고개를 갸웃거리며 돌아보자, 그녀의 눈에는 기묘한 광경이 비쳤음이 틀림없다.

그도 그럴 것이 자기가 안내해야 할 상대인 왕매와 낯선 모험가들 세 사람이 굳어 있는 것이다.

"무슨 일이신가요……?"

이거, 뭔가 제가 잘못한 게 있는 걸까요? 곤혹스러워하며 물어보자, 검은 머리칼의 소녀가 반응을 보였다.

"오, 오랜—."

뭔가 말하려는 검은 머리칼 소녀의 옆구리를, 마술사가 주저 없이 지팡이로 찔렀다.

"——만, 이, 네요……?!"

"어, 아——."

여신관은 당황하여 시선을 흔들었다. 오랜만. 전에도 만난 적이 있다. 언제? 누구?

모험가가 되기 이전이라면 그녀는 사원에서 봉사를 하고 있었으니까 만났던 사람이 많다.

하물며 모험가가 된 이후에는 속세로 내려와, 훨씬 많은 사람들과 연관되었다.

기억력이 좋은 그녀라도 한순간의 공백이 있었고— 그래도 곧장, 문득 여신관이 손뼉을 쳤다.

"예전에, 수확제 때 오셨던……!"

그래, 그랬다. 그때는 축제에 맞추어 화려한 옷을 입고 있었고, 만난 것은 그녀 한 사람.

그리고 무엇보다, 검은 머리의 그녀도 그 뒤로 조금 성장하여 어쩐지 어른스러워졌다.

그래서 곧장 떠올리지는 못했지만, 틀림없다.

여신관은 표정을 확 밝히면서, 그 소녀의 손을 잡고 단단히 쥐었다.

"무사해서 다행이에요……! 그쪽 분들이, 말씀하셨던 친구분인가요……?"

"응!"

검은 머리 소녀는, 활짝 태양처럼 눈부신 웃음을 지었다.

"소중한 친구들이야!"

너무나도 올곧은, 말을 들은 쪽이 쑥스러워질 정도의 말이었다.

소녀의 등 뒤에서 마술사가 후드를 깊숙하게 쓰고, 전사 쪽이 낯간지러운 기색으로 볼을 긁적이고 있었다.

그것이 참으로 흐뭇하여, 여신관은 볼이 느슨해졌다. 자신도 동료들에게 확실하게 말할 수 있으면 좋겠다.

"그러면, 이번에는 다 함께 탐색 경기에 오셨나요?"

"으, 응. 응! 그래, 그런 거야! 이번에는 조금 저기, 실력을 시험해 보는 느낌으로!"

"그렇군요……!"

어쩐지 떠밀린 것 같은 대답을, 여신관은 긴장 때문이라고 해석하고서 끄덕끄덕 고개를 움직였다.

지금 눈앞에 있는 소녀의 등급이 어느 정도인지는 모르지만, 사람들의 발걸음은 제각각이다.

여신관은, 자기가 은 등급에 둘러싸인 축복 받은 환경이라는 것을 이해하고 있었다.

그렇기에, 괜히 그것을 다른 누군가와 비교하려고 생각지 않는 것이다.

첫 동료들과 같은 시간을 걸었다면, 지금 자신은 어디에 도달했을까? 같은 것도.

누구에 대해서도, 그것은 가볍게 건드려도 되는 상상이 아닐 것이다.

때때로 문득 떠올리고, 풀이 죽어 버리는 일이 있다고 해도…….

"그건 그렇고."

여신관은 자신의 내면에 깊숙하게 남은, 어둡고 무거운 마음을 떨치려고 의식적으로 밝게 말했다.

"설마, 아는 사이인 줄은 몰랐어요."

"어, 아, 그, 그렇네!"

왕매가 끄덕끄덕 고개를 움직였다. 그리고 고쳐 말했다.

"그렇네요!"

그 태도는 어쩐지 긴장을 했지만, 그래도 친근한 기색이라 여신관도 안심할 수 있었다.

고블린에게 유괴되었다는 불행을 겪고서도 밝게 행동할 수 있다는 것은 귀중한 일이다.

소중한 친구인 여상인도 있다. 앞을 보고 나아가는 속도도 역시 제각각 다르다.

그러나 나아가고 있다면, 그것은 분명히 좋은 일이 틀림없다. 그럴 것이다.

"……설마 제멋대로는 아니지?"

왜냐면, 저거다. 마술사가 찌릿 노려보는 왕매의 모습을 보면 안다.

"아니야, 아니야. 아니라니까아!"

허둥지둥 당황해서 손을 흔드는 모습은, 예를 들자면 뭔가 몰래 먹다가 친구에게 발견된 어린애 같다.

—그렇다, 친구다.

"뭐, 그렇다면 다행이지만요."

어느샌가 등에 진 강철의 검에 손을 대고 있던 전사가 반신반의라고 말하는 기색으로 숨을 내쉬었다.

"너무 걱정을 끼치지 말아 주세요."

"이번에는 제대로 일을 하러 왔어요. 일~을~하~고~있~어~요~."

괜히 의심 받은 왕매가 불평을 하는 모습도 연상의 친구에게 어리광을 부리는 것 같지 않은가?

—저도, 저렇게 보이는 걸까요?

문득 여신관은 자신과 그 하이 엘프 친구를 떠올리고, 조금 자중해야겠다며 쓴웃음을 지었다.

"그리고 당신이 어렸을 때 미아가 된 이야기, 저는 언니에게 확실하게 들었으니까요!"

"그걸 들었으면, 그걸로 우쭐하지 말고 자기 행동을 돌이켜보면서 자중해주세요."

"으그그……."

궁지에 몰린 왕매가 분한 기색으로 신음하는 단계에 이르자, 여신관은 드디어 버틸 수가 없게 됐다.

키득 흘러나온 웃음소리는, 그대로 파문처럼 일동 사이로 퍼졌다.

한순간 갸우뚱했던 그녀들이었지만, 금방 잔 파도에 잠기는 것처럼 웃음소리가 났다.

그래서 이어지는 말을 여신관이 내는 것에, 그다지 용기는 필요 없었다.

“저기, 괜찮으시면 이 분들과 함께 다녀보는 건 어떨까요?”

“괜찮아요?”

“네.”

왕매가 고개를 갸웃거리며 묻자, 여신관이 가볍게 고개를 끄덕였다.

“실제로 여기서부터는 행사가 시작되고, 여러분이 탐색을 하고, 잘 풀릴지 아닐지만 남았으니까요.”

“그게 아니라…….”

왕매가 손을 흔들었다.

“저, 이것저것 무대 뒤도 봤는데요.”

“전부 보여드린 건 아니거든요?”

그것을 봤다고 해서 잘 풀리는 것도 아니다. 여신관은 아무 의문도 없이 말했다.

그래서 왕매가 조금 표정이 굳어진 것은, 역시 뭔가 염려가 있는 거라고 판단하여 말을 거듭했다.

“부정 같은, 그런 것도 아니니까요. 신경 쓰지 말아 주세요.”

“어, 아…… 응. 그러면, 괜찮……겠네요. 응. 아마도.”

"아, 물론, 여러분이 괜찮으시다면 이지만요."

걱정은 없어 보였지만, 그것이 가장 중요하다. 여신관은 3인조 모험가에게 물었다.

아무리 미궁 탐색 경기라지만, 갑자기 새로운 인원이 더해지면 파티의 연계에도 영향이 생긴다.

걸림돌을 한 명, 두 명 데리고서 위험한 탐색에 나설 용기 있는 자는 얼마 없다.

"……나는 상관없어."

그래서 다른 두 사람보다 빠르게 마술사가 결단적으로 말했을 때, 여신관도 안도하여 숨을 내쉬었다.

"오히려 그쪽이 좋아. 사건의 중심에 뛰어들지만, 어떤 의미로는 제일 안전해."

"우우음. 저로서는 앞으로 나서서 싸울 뿐이니까, 어떻게든 되는 법이지만."

전사는 어려운 표정을 지었지만, 아무래도 거부는 아닌 모양이다.

그렇다면 결정권은 나머지 한 명에게 맡겨진 것인데—.

"그러면, 결정됐네!"

철창을 진 소녀는, 그렇게 말하고 방긋이 이를 드러내며 웃었다.

"오늘은 나랑 같이 모험이야!"

"어, 아……."

왕매는, 어떤 표정을 지어야 좋을지 난처한 모양이었다.

잠시 어안이 벙벙했던 그녀는, 그러나 마지막으로 어쩐지 즐거운 미소를 골랐다.

"……그러면, 잘 부탁드립니다!"

"응!"

두 사람이 정답게 대화하는 것을 확인하고, 여신관은 다시 한 번 안도하여 숨을 내쉬었다.

—이거라면, 괜찮아.

어쩐지, 그런 예감이 들었다. 분명히 잘 된다. 이 행사도, 모든 것이.

그녀 자신은 이번에 고블린 슬레이어의 파티로서, 무대 뒤에서 일한다. 그것은 즐거운 일이지만…….

—역시 경기에 참가하는 쪽도, 즐거울 테니까요.

왕매는 견학이라는 입장이라, 직접 운영에 관여하는 게 아니다.

바라보기만 한다는 것은 아무리 재미있다고 해도, 뛰어드는 것보다는 지루할 것이다.

그러니까 분명히, 이거면 되는 것이다.

"그러면, 분명히 맡았습니다."

꺅꺅 신이 난 두 사람을 보며 상냥하게 눈웃음을 지은 여전사가 자세를 바로잡으며 말했다.

그 태도는 늠름하면서도 아름다워서, 여신관은 그림동화에서 본 늠름한 기사의 모습을 떠올렸다.

여기사라고 하면 친하게 지내는 사람이 한 명 있지만, 그 사람하고는 또 다른 미려함.

한순간 가슴이 콩닥거리는 걸 느낀 여신관이었지만, 그렇기에 부끄럽지 않도록 등을 쭉 폈다.

"네."

여신관은 꾸벅 깊숙하게 고개를 숙이고, 모자를 눌렀다.

"잘 부탁드립니다!"

그렇게 인사와 세세한 대화를 잠깐, 사무적인 이것저것을 재확인.

마지막으로 등록의 접수 장소를 알려준 다음, 여신관은 문득 누군가가 부르는 느낌이 들어서 고개를 들었다.

보아하니 멀리서 엘프 궁수가 힘차게 손을 흔들면서 소리치고 있었다.

—저도, 이제 가봐야겠네요.

"그러면."

여신관이 작별을 고했다.

"나중에 또 봐요!"

왕매가 힘차게 응답했다.

친구 곁을 향해서 달려가기 시작한 여신관은 문득 볼에 닿는 공기가 따뜻한 것을 깨달았다.

겨울의 차가움이 누그러졌다. 분명히 해가 떠오른 덕분에 태양의 빛이 쏟아졌기 때문이리라.

그것이 어째선지 대단히 기뻐서— 그렇기 때문도 아니지만.

여신관은 빙글 모험가들에게 돌아선 왕매의 말을, 전혀 듣지 못했다.

"저기…… 그러니까."

왕매는 허리에 손을 대고서, 기가 막힌 듯 난처한 표정을 지으며 이렇게 말했다.

"이번에는 어떤 세상의 위기인가요? 용사님."

§

“오늘은 깔끔하네요!”

“……그런가?”

“네, 그래요!”

접수원 아가씨가 들떠서 말했다. 차가운 바람이 지나는 접수처였지만 전혀 신경 쓰지 않았다.

그도 그럴 것이 눈앞에 선 모험가가 싸구려 철 투구도 반짝거리고, 가죽 갑옷도 깔끔하게 닦아냈다.

어중간한 길이의 검과 자그마한 원형 방패도, 이렇게 되면 오히려 실전적인 장비로 보이니 신기하다.

군데군데 남은 검붉은 얼룩에 대해서는…….

—뭐, 애교……인 거죠!

무엇보다도 접수원의 기분이 좋아진 이유는, 개시 시간이 다가옴에 따라 모여든 참가자들의 시선이다.

“야, 저거 봐.”

“……은 등급 모험가네.”

“장비가 좀 수수하지 않아?”

“아니, 실전적이라는 거 아냐?”

“왜 계속 투구를 쓰고 있는 거지?”

“들어본 적 있어. 분명히 소귀 살해자라고…….”

그곳에는, 분명한 존경이 있었다.

물론, 역시나 다소는 얕보는 것도 있으리라. 그리고 있던 이상적인 모험가하고는 다르기도 하리라.
그렇지만, 틀림없이 존경이 있고 신뢰가 있었다.
조금 깔끔하게 입고, 공적의 증거인 인식표를 보여주면 사람의 태도는 간단히 바뀌는 법.
그것은 좋은 일이기도 나쁜 일이기도 하겠지만, 지금 접수원에게는 틀림없이 좋은 일이다.
그도 그럴 것이, 몇 년 전까지의 그에 대한 주위의 평가가 말이죠!
—아니, 뭐, 지금도 조금 『뭔가 이상한 거』 취급은 있지만요…….
적어도 미궁 탐색 경기의 책임자를 맡는 모험가로서는 급제점이라고 해도 되리라!
"어때요? 겉모습 하나로 이렇게 사람의 태도가 바뀌는 거예요."
흐흥. 자랑스레, 접수원 아가씨는 단정한 가슴을 쭉 폈다.
"그런가."
물론 고블린 슬레이어가 이런 담백한 대답을 하는 것은, 이미 다 안다.
딱히 그가 이렇다저렇다가 아니다. 그녀 자신이 기쁘니까 됐다.
그렇지만…….
"저도 최근에는 제복에서 조금 바뀐 차림이니까, 인상이 다르지 않나요?"
이런 말도 해봤다. 손에 든 서류의 확인, 준비의 확인을 하면서 힐끔 옆에 선 그에게 물어봤다.
다행히 주위에서는 노점 사람들이나 참가자들이 술렁거리고 있다. 다른 사람이 듣는 일은 없으리라.

"음……."

그는 낮게 신음한 다음 「움직이기 쉬울 거라고 생각한다」라고 짧게 말했다.

"그러면, 문제없겠지."

"뭐, 그거야, 그렇지만요?"

그러니까 이 담백한 대답도 예상했다. 접수원은 새침한 표정을 지으며 시선을 바깥쪽으로 돌렸다.

제각각의 장비를 입고서, 기대에 차서 표정이 밝으며, 실패 따위 생각도 않는 소년소녀들.

그것을 어리석다고 웃는 자도 있겠지만, 첫걸음을 내디디는 것은 누구나가 가진 절대적인 권리다.

용기를 가지고 앞으로 나아가려는 그들을 보는 것을, 접수원은 좋아했다.

하물며— 이번에는 그녀가 고안한 미궁 탐색 경기의 참가자들이다.

반드시 만족한 채 돌아가도록 해야지. 주먹을 꾹 쥐는 것도 무리가 아니다.

"그건 그렇고, 잔뜩 모여줬네요!"

"그래."

"이걸로 고블린 퇴치에 대해서, 조금은 배우고 노력해주는 분이 있으면—."

"배우진 않겠지."

역시, 담담한 말. 우……. 접수원이 작게 소리를 흘렸다.

괜찮아, 괜찮아. 예상했어, 예상했어요.

“참가하지 않는 신입도 많다. 참가해도, 적당히 넘어가는 자도 많다. 그렇게까지 효과는 없을 거다.”

도입 교육(튜토리얼)이라는 것은, 그런 것이다.

진지하게 참가하려고 하는 자가, 과연 얼마나 있을까?

진지하게 참가를 해도, 진지하다고 해서 보다 많이 배우는 것도 아니다.

—그러니까, 다시 말해서…….

그는 진지하게 생각하여 대답해주고 있다. 라는 것이다.

접수원은 입술에 손가락을 대고서, 응, 하고 생각하며 문득 오랜 일화를 말했다.

“옛날에, 사흘 걸려 희망자들의 사투를 통해서, 경기 선수를 선발한 영주도 있었다고 하지만요…….”

“그 정도로 하지 않으면, 익히지 못한다는 것이겠지.”

적어도 단기간에 뼛속까지 스며들도록 가르치려면.

—그리고 아마도, 배웠다고 해서 살아남을 수 있는 것도 아닌 것이다.

고블린 슬레이어는 차갑게 말하고서 과거 자신의 싸움, 첫 고블린 퇴치를 돌이켜 보았다.

무구와 장비의 양립도 못하고, 좁은 곳에서 무기가 걸리고, 기습을 당하고, 독을 당하고, 약병이 깨졌다.

그걸로 얻은 것은 분명히 다음으로 이어졌지만, 그 한 번의 경험만으로 살아남은 것은 아니다.

—정말이지, 운이 좋았다.

여기까지 자신이 걸어올 수 있었던 이유를 생각해 보면, 그것밖에 없다고 그는 생각했다.

자신이 한 번 이 경기를 연 정도로, 그들 모두가 성공하게 만들 수 있다는 것은…….

—주제넘은 생각도, 정도가 있다.

이 행사가 열리든 안 열리든, 그들의 성패에는 그다지 관계가 없으리라.

오히려 이 정도로, 그들의 성공이 자신 덕분이라고 자랑하는 창피를 모르는 짓은 하고 싶지 않다.

"저, 저기이……."

그런 생각에서 두 사람을 되돌린 것은, 조심조심 주저하는 기색의 작은 목소리였다.

돌아보니 설치된 책상 앞에, 작은 그림자가 있다.

다갈색의 가죽 모자를 쓴, 자그마한 검은 머리칼의 소녀였다.

허리에 찬 장검이 체구와 비교하면 큼직하고, 조금 기울어져 보이는 것은 애교다.

긴장해서 목소리가 흔들리고 있는 것도 참으로 흐뭇하다. —그렇지만, 지금은 웃어선 안 된다.

"무슨 일이신가요?"

접수원이 제대로 모험가를 대할 때와 똑같이 부드러운 목소리로 말을 걸자, 소녀는 입을 다물었다.

"참가, 하고 싶은데요……."

그리고서 역시 조심조심 대답을 중얼거렸다.

접수원은 생긋 웃고서, 준비해둔 백지의 등록 용지와 첨필을 준비했다.

"문자는 쓸 수 있나요?"

"쓸 수, 있어요."

소녀가 말했다.

"이름, 뿐. ……이지만……."

여기요. 눈앞에 내민 첨필을, 소녀는 검이라도 드는 것처럼 꼬옥 쥐었다.

그리고 등록 용지에 단 한 글자. 폭풍이나 회오리가 소용돌이치는 것처럼 적힌, 조잡한 글씨였다.

그것이 그녀의 이름이었다.

그녀는 힐끔거리며, 접수원 옆에 선 갑옷 차림의 모험가에게 시선을 보내면서 등록 용지를 돌려주었다.

접수원은 웃음을 무너뜨리지 않으며 정중하게 그것을 받아, 소녀에게 설명을 시작했다.

"미궁 안에는 여러 가지 장해가, 시련으로 설치돼 있어요. 적이거나, 함정이거나."

소녀가 고개를 끄덕 움직였다. 그냥이 아니라, 잘 생각을 한 기색으로.

"그것을 돌파하면 경기 감독이 증표를 주니까, 그걸 모아주세요."

"알겠, 어요."

증표, 증표. 중얼중얼 반복하는 소녀의 표정은 진지함 그 자체였다.

"이것이 참가자의 표식입니다. 인식표 대신이니까, 잃어버리지 않도록 조심하세요."

접수원이 내민 것은 색이 선명한 보라색의 얇은 천(스카프)이었다.

받아 든 소녀는 긴장한 표정으로, 우물쭈물 서투른 손놀림으로 그것을 팔에 감아 묶었다.

문득 고블린 슬레이어는 그녀가 등에 진 배낭에서 은색 빛이 흔들리는 것을 보았다.

"랜턴인가."

"아……."

흠칫. 소녀의 몸이 굳어졌다. 당황했으리라. 혼날 거라고 생각한 걸지도 모른다.

곧장 접수원이 「어머나」 하며, 지금 깨달은 기색으로 소리를 내더니 가만히 들여다보았다.

"근사한 장비네요. 어디서 구하신 건가요?"

"도구점에서, 샀어요."

조용조용, 소녀가 말했다.

"……놋쇠 랜턴, 이예요."

"탐색할 때, 손이 비는 것은 좋다."

고블린 슬레이어가 낮은 목소리로 말했다.

"나쁘지 않다."

"아……."

소녀는 수치와 희색이 뒤섞인 표정을 감추는 것처럼, 가죽 모자를 꾹 내렸다.

그리고 꾸물꾸물 그 자리에서 서 있다가, 꾸벅 고개를 숙이고 토끼처럼 달려갔다.

모자에서 흘러내린 검은 머리를 눈으로 좇으며, 드디어 접수원이 키득 웃었다.

"분명, 칭찬을 받는 것에 익숙하지 못한 거겠죠."

"그런 거다."

철 투구가 끄덕 흔들려 움직였다. 그 면갑 안에서, 그 또한 소녀의 등을 보고 있는 것일까?

"가난한 시골마을의 아이는, 농가의 후계자가 아닌 이상…… 그런 법이다."

"고블린 슬레이어 씨는, 어땠나요?"

"나 말인가?"

그는 잠시 입을 다물었다.

대화가 끊어지고, 모여든 참가자들의 목소리가 무의미한 소리의 파도가 되어 주위에 떠돌았다.

잠깐 지나, 고블린 슬레이어는 낮게 신음했다.

"그다지, 빨리 배우는 아이는…… 아니었다고 생각한다."

"저 애도 분명, 그렇게 보이고 있을 거예요."

그런 걸까?

접수원의 말에 작은 중얼거림. 그래서 그녀는 생긋 웃으며 고개를 끄덕였다.

"네, 그렇고말고요."

자, 이제 슬슬— 미궁 탐색 경기가 시작될 시간이다.

§

땅울림처럼 흔들리는 북 소리가 울려 퍼지고, 덤으로 참가자들의 환성이 와아 올랐다.

지금인가? 시작인가? 기다리는 시간은 즐거운 법이지만, 동시에 정신을 애태우고 고양되기도 한다.

그것은 해방의 순간이 되면 흥분으로 이어지기에, 그들은 목소리를 내지 않을 수 없는 것이다.

유적의 입구에 설치된 단상으로 접수원이 올라가고서도 그들의 흥분은 잦아들지 않았다.

무리도 아니다. 이제부터 위험한 — 이라고 적어도 그들은 생각한다 — 미궁에 도전하는 거니까.

접수원은 그러한 그들의 모습을 가만히 바라보면서, 미소를 무너뜨리지 않고 침묵했다.

침묵은 무엇보다도 웅변적이라는 것을, 귀족으로서 자라며 배운 것이다.

지모신상이 의문의 미소를 짓고 있는 일이 많은 것도, 그것이 가장 걸맞기 때문이리라.

그래서 그 침묵과 미소 앞에서, 얼마 안 가 잔 파도처럼 침묵이 퍼지는 것도 당연.

추운 하늘 아래 모인 모험가들은 이윽고 어색한 표정으로 마주보고서 입을 다물었다.

그것을 재다가, 접수원은 담담하게— 옆에 선 회색의 모험가처럼 입을 열었다.

“누구든지, 그 독니가 도사린 미궁에서 생환하는 자에게는 금화 1만닢과 개척 마을의 영구 통치권을…….”

오오. 주목하는 모험가들의 시선. 그것을 받고서, 접수원은 말을 이었다.

“……내린다, 라고 할 수는 없습니다만.”

키득, 웃었다.

허를 찔린 경기 참가자들 사이에서, 후…… 팽팽한 공기가 빠져나갔다.

그거면 된다, 라고 생각한다. 긴장은 중요하다. 그렇지만, 모험에서는 긴장을 푸는 것도 중요하다.

“그렇지만, 무사히 공략을 하신 분에게는 경품이 있으니까, 부디 열심히 해주세요!”

그렇게 말하고 그들이 의욕과 흥미를 가지게 된 다음에는 간단한 사무적인 설명이다.

중요한 설명이라는 것은 중요하다고 말을 했다고 해서 들어주는 것이 아니다.

흥미를 품게 만들고, 스스로 듣도록 유도해야 하는 것이다.

“여러분은 미궁에 도전하여, 시련을 돌파하고, 몇 개의 보석을 발견하여, 출구로 탈출해 주세요.”

다시 말해서, 그런 것이다.

본래는 미궁이나 유적의 탐색에서 얻게 되는 재보가 바로, 이번 시련 돌파의 증거가 된다.

그 시련이 무엇인가—. 라는 것이 신경 쓰일지도 모르지만.

—여기서 말할 수 있을 리가 없죠.

두런두런 서로 속삭이고, 개중에는 소리를 높여 묻는 자도 있지만 접수원은 대답하지 않는다.

그리고 그저 생글생글 말을 거듭했다.

"만약 뭔가 경기 중에 트러블이 있을 경우, 경기 감독이 구조를 할 테니까 안심하세요!"

경기 감독— 다시 말해서 숙달된 모험가라는 것이다.

옆에 선 싸구려의, 그렇지만 길이 잘 든 분위기의 장비를 입은 철 투구의 남자.

무시무시한 얼룩도 없으니, 역시 은 등급의 모험가라는 말에 납득할 수 있다.

저 경장으로 판단하면, 척후 같은 것이 아닐까……?

아니, 척후로 보기에는 장비가 많다. 그렇지만 전사로 보이진 않는다. 무기가 너무 싸구려다.

단상을 올려다보는 시선에는 곤혹도 섞이지만, 뭐 그건 그거다.

"…………………….."

『입 다물고 서 있어 주세요』라고 말을 해둬서 그런지, 고블린 슬레이어는 아무 말도 하지 않는다.

본래 이런 자리에서 입이 가벼워지는 성질도 아니다. 딱히 거북하지도 않은 모양이다.

"어디, 그러면— 이름을 부를 테니, 불린 순서대로 미궁에 도전하세요!"

그렇게 접수원이 부르자, 「일단은 나다!」 하고 의기양양하게 한 명의 소년이 뛰어 들어갔다.

본인은 긴장하고 있다 생각하겠지만, 그 발걸음은 너무나도 조심성이 없고 용감하다.

물론 겁쟁이여서는 모험가가 될 수 없다.

신중함은 필요하지만, 미지의 영역으로 뛰어들 용기가 없다면 일단 실격이다.

그런 의미에서는—.

“참가한 것만해도, 다들 합격인 거야.”

그런 제1도전자의 발소리를, 아니 그 이전에 울려 퍼지는 북소리를 엘프 궁수는 놓치지 않았다.

미궁 안쪽, 제각각의 자리로 갈라지기 전에 모여 있던 모험가들은 얼굴을 마주보며 고개를 끄덕였다.

고블린을 거느린 마술사들에 섞여서, 드워프 도사와 리자드맨 승려도 만반의 준비를 한 모습이다.

“다들 조심해.”

방긋 웃으며, 엘프 궁수가 리자드맨 승려의 어깨를 주먹으로 툭 쳤다.

“잘못해서 퇴치 당하지 말고.”

“하하하하, 동굴에는 용이라, 이거야 참으로. 미숙한 몸에게는 생각지도 못한 대우일세.”

커다란 턱을 벌리고 리자드맨 승려가 껄껄 웃었다. 그 농담에 모험가들의 긴장도 느슨해진다.

경기 감독이라고 해도, 긴장은 하는 것이다.

그도 그럴 것이 선배로서 나서는 것이니까 그에 걸맞은 태도를 보여야 하고, 실수도 용납되지 않는다.

"너야 말로, 입 다물고 서 있는 편이 손님 몰이에 좋지 않겠느냐?"

이 중요한 일을 하면서도 술을 들이켜는 드워프 도사가 평소와 마찬가지로 심술궂게 웃었다.

"카미키리마루도 그랬으니 말이다."

"저 뭔가 이상한 거랑 나를 똑같이 보지 마~."

엘프 궁수로서는 익숙한 일이다. 상대하지 않고 흥, 코웃음을 쳤다.

하이 엘프쯤 되면, 바라든 바라지 않든 상관없이 거기 있기만 해도 이목이 모이는 법이다.

—뭐, 이번 일의 책임자 같은 입장에 있는 건 저쪽이니까, 화려한 역할은 양보해주도록 하지 뭐.

"당신도 최근에 도시로 나왔지? 이제부터 꽤 고생할걸?"

"그, 그래……."

문득 엘프 궁수가 말을 건 것은, 구석 쪽에서 팔짱을 끼고 있는 엘프 모험가였다.

고작 얼마 전에 모험가 길드에 등록한 그녀는, 익숙하지 않은 건지 어색하게 고개를 끄덕였다.

뭐, 이제 막 숲에서 나온 엘프는 세상 물정을 모른다고 다 정해져 있는 법이다.

옆에 있는 같은 파티의 여주문사가 빙글빙글 웃으며 말을 거는 걸 보니, 걱정은 없으리라.

"네~에. 그러면 다들, 배치에 가줄래?"

어디 보자. 때를 재고 있던 것처럼, 유적 안에서 대기하고 있던 직원이 짝짝 손뼉을 쳤다.

목에 지고신의 표식인 천칭검을 걸고 있는 그녀— 감독관은 일동을 돌아보면서 고개를 끄덕였다.

"때때로 직원 중 누군가가 순회를 할 거야. 무슨 일이 있으면 그때 연락을 해줘."

"딱히 대충할 생각은 없다니까."

거친 어조로 말한 것은 도끼를 짊어진 모험가였다.

엘프 궁수는 그다지 다른 사람의 작업을 기억하지 않았지만, 함정 같은 걸 설치하고 있던 반이었다.

"그야 물론이지."

그 까칠한 목소리를 듣고서, 감독관은 생긋 웃으며 가볍게 말했다.

"혹시, 시험과 시험 사이에 넘어지는 애가 있을 지도 모르잖아."

"아~ 있겠군. 그런 녀석. 알았어. 알~았어."

그리고 이렇게 안건을 맡겼다는 것은, 신입 지망자에게 악영향을 줄 법한 사람은 아니다.

—다시 말해서 이 자리에 있는 모두가 「어엿한 모험가」라는 거네.

그렇게 생각하면 어쩐지 대단히 기뻐서, 엘프 궁수는 기다란 귀를 움직였다.

옆에서 긴장한 표정으로 석장을 꼭 쥐고 있는 여신관은 과연 깨달았을까?

착실하게 앞으로 나아가고 있는데도, 아직도 조심조심.

그리고 사소한 것에 자신을 가지고, 묘한 곳에서 겸손을 한다.

—그게 분명히 흄이라는 거겠지.

신화시대부터 살아온 엘프 장로들도 꿰뚫어볼 수 없는 종족이 흄이란 것이다.

숲의 노인들은 레아를 대단한 종족이라고 하지만, 흄도 지지 않는다.

오늘 경기에 도전하는 자들은 여러 가지 종족이 있지만, 역시 흄이 많을 것이다.

—그렇다면 선배로서 본보기를 보여줘야지.

대충하지 않는다. 그렇지만 신입들이 모험을 즐길 수 있도록. 그렇지만 결코 편하지는 않도록.

“우선은, 뜨겁게 환영(건틀렛)을 해줄까!”

§

실제로, 그렇게 되었다.

“우옷?! 아, 프잖아아아………… 윽?!?!”

처음으로 미궁에 들어온 소년은, 바닥을 밟자마자 팍 튀어 오른 판에 안면을 호되게 맞았다.

코가 뭉개지는가 싶을 정도의 격통에 무심코 쪼그려 앉았지만, 그는 자신이 운이 좋았다는 걸 깨닫지 못하리라.

그도 그럴 것이 본래대로 못을 박은 판이었다면, 그는 틀림없이 못에 꿰어서 주검이 되었을 테니까.

빨개진 코를 비비면서 느릿느릿 앞으로 나아가는 모습이 꼴사납지만, 아픔은 배움으로 이어진다.

예를 들어 몇 명째 유적으로 들어온 소녀는 어쩌다가 운이 좋아 함정을 피했는데—.

“꺄우……윽?!”

한쪽 발이 구멍에 빠진 끝에, 철썩 판에 끼어서 그대로 얼굴부터 넘어져버렸다.

새로운 장비도 옷도 순식간에 흙투성이. 모험을 하면 누구든지 그렇게 되는 법이다.

“어, 아, 검…… 검, 어디에……?!”

덤으로 넘어지는 바람에 쥐고 있던 검을 떨어뜨려, 엉금엉금 손으로 더듬어서 찾아다니는 꼴.

아직 입구 부근이라서 어렴풋이 밝고, 배낭의 랜턴에 불을 붙이지 않은 것이 다행이었다.

횃불도 떨어뜨리면 불이 꺼진다. 랜턴도 넘어지면 깨진다. 어둠은 흄의 적이다.

그리고 엉덩이를 들고서 우물쭈물하는 사이에 괴물 같은 것이 오면 한 방에 죽을 것이다.

그런 의미에서도, 여기서 넘어져둔 것은 분명히 운이 좋았던 것이 틀림없다.

그렇지만 이 정도의 함정은 사냥꾼 출신의 젊은이나 혹은 엘프에게는 편한 것이다.

그도 그럴 것이 종족 특성 덕분에 태반이 탐색자의 재능을 가졌고, 밤눈이 밝은 데다가 몸놀림도 가볍다.

그렇지만, 가볍게 함정을 넘어갈 수 있는 건 태어나고 자란 것도 숲 속인 엘프뿐이다.

흄의 도시에서 자란 하프 엘프 등은, 결국 다소 몸이 가벼워도 흄과 움직임 면에서 큰 차이가 없다.

한편으로 장애물을 넘어가는 것은 그다지 고생하는 자가 없었다.

—흄들만 보자면, 이지만.

애당초 농가의 차남이나 3남, 혹은 그와 비슷한 출신인 자가 많은 것이다.

야산을 뛰어다니며 자랐다면, 다소 장비로 몸이 무거워도 그렇게까지 어렵지는 않다.

"소, 손이 안 닿아……!"

그러나 드워프나 레아, 혹은 자그마한 체구의 수인들에게는 상당히 어려운 모양이다.

딱히 동물의 모습을 가졌다고 해도, 모두 나무 타기 따위를 잘 하는 것도 아니다.

매달려서 뒷다리로 땅을 박차고 엉금엉금 문자 그대로 기어올라, 넘어가서—.

"우와아……?!"

익숙지 않은 동작에 자세가 무너져 굴러 떨어진다.

"자, 붙잡아……!"

"미, 미안, 덕분에 살았어……!"

자칫하면 떨어질 참에 그것을 지탱한 것은, 함정에 고생하며 머뭇거리던 다른 참가자였다.

딱히 우승자 한 명을 정하는 경기도 아니다. 난처한 참에 도와주는 자도 있다.

그리고 그것은 규칙 위반도 아니며— 이 경기에 관해서는 유리해지는 행동이다.

완전 초보라도 세 명이 모이면 지식신과 닮는다고 했다.

물론, 모이더라도 어리석은 자들만 있으면 아무것도 이루지 못하는 일도 종종 있는 법이다.

"흥……."

참가자 몇 명이 모이는 것을 곁눈질하면서, 코웃음치고 안쪽으로 나아가는 자에게는 그런 것이다.

이것을 어리석다거나 오만하다고 하는 자도 있을지 모른다.

그렇지만 그 참가자는 혼자서 답파할 수 있을지도 모른다. 해보지 않으면 모른다.

어떠한 선택을 할 것인가는 모험가의 자유.

어떤 결과에 도달해도, 그 모험가의 자유다.

"흐흥. 용케 잘 통과했네."

그리고 처음으로 기다리는 결과에 참가자들이 흠칫하여 멈출 것이 틀림없다.

몇 개의 함정을 거친 다음, 소리도 없이 바위 뒤에서 스르륵 나온 사람의 그림자.

그것이 이 세상 것이라고 생각하기 어려울 정도로 아리따운, 하이엘프 소녀였으니까.

그녀는 생글생글 웃으며 참가한 소년소녀들을 본 다음, 그 하얗고 가녀린 손으로 그들의 손을 쥐었다.

나이 어린 소년— 아니, 소녀조차도 가슴이 뛰지만 엘프 소녀는 신경 쓰지 않는다.

"자, 이거. 일단은 하나!"

톡 손바닥 위에 떨어뜨린 것은 새끼손가락 손톱 끝만한 작은 보석 알갱이였다.

횃불의 흐릿한 불빛에 비추니, 그것이 청옥(사파이어)이라는 걸 알 수 있었다.

—요전의 모험에서 얻은 거지만 말야.

그것을 모험가 길드가 매수하여, 이번에 참가자들에게 건네는 상품으로 쓰고 있다.

실제로 드워프 도사가 본 것처럼, 그렇게 대단한 액수가 아니었기에 이렇게 쓰는 것이다.

그렇지만, 그런 것 따위는 모르는 게 좋다. 말하지 않는 게 좋은 법인 것이다.

하이 엘프에게 받은 보옥을 반짝거리는 눈빛으로 바라보는 참가자들의 모습으로 일목요연.

에헤헤. 쑥스러운 기색으로 웃고서, 허리춤의 주머니에 소중하게 넣는 소녀의 모습 따위는 가슴이 따스해진다.

가치라는 것은 상대적인 것이라는 것을, 엘프는 잘 이해하고 있었다.

누구에게 무엇이 존귀한가는 그 사람 본인이 아니면 정할 수 없는 것이다.

그렇게 참가자들은 유적 안쪽으로, 안쪽으로 들어선다.

"자, 그러면 수수께끼를 시작해보자꾸나."

불쑥 얼굴을 드러낸 드워프의 모습에, 참가자 대부분은 흠칫한 표정으로 멈춰 섰다.

술을 들이켜며 흰 수염을 기른 그 모습은 옛날 이야기에 나오는 마술사가 아닌가 싶었다.

기분이 틀어지면 개구리로 만들거나, 돌 속, 혹은 유적 바깥까지 날려가 버리지 않을까—.

소문이나 무훈시 정도로나 마술을 아는 자가 태반이라, 가슴 졸이며 긴장하여 몸이 굳어진다.

당황한 모습을 감추지도 못하고 꿀꺽 침을 삼키는 그들에게, 드워프 도사는 껄껄 웃으며 손을 흔들었다.

"무기를 휘두르기만 하는 것이 모험이 아니니라. 머리도 써야 하는 법인 게다, 어린 것들아."

다시 말해서, 수수께끼.

내놓는 과제도 딱히 그렇게 지식이 필요한 것은 아니다.

석상의 무게를 맞추라거나, 장치가 된 상자의 수를 맞추라거나, 그런 종류의 수수께끼다.

차분하고 냉정하게 생각하면 그렇게 고민하지 않고 대답을 이끌어낼 수 있다.

"이, 이봐. 어떡하면 무게 같은 걸 알 수 있는데……!"

"그러니까, 잠깐 기다려, 기다려봐. 원래의 흙 절반의 무게가 더해져서……?"

여러 명이 모여서 필사적으로 지혜를 모아 생각하는 자들.

"그러니까…… 그게……."

하나, 둘. 손가락을 꼽아 세면서, 어떻게든 답에 도달하려고 생각하는 자.

아무리 그래도 함정을 넘어오지 못하는 자는 적었지만, 여기서 좌절하는 자도 적지 않았다.

풀이 죽어서 돌아가거나, 포기하고 앞으로 나아가는 자도 있는가 하면—.

"됐다……!"

시간은 걸려도 답을 내고서, 활짝 표정이 밝아지는 소녀도 있다.

"좋구나, 훌륭하다!"

드워프 도사가 휼쩍 던진 취옥(에메랄드) 알갱이를, 그녀는 황급히 받아냈다.

머리를 쓰느라 열이 날 정도였던 이마에 맺힌 땀을 닦고서, 떨어뜨리지 않도록 주머니에 넣은 다음 앞으로.

유적은 길고, 경기는 이어진다.

이렇게 함정과 수수께끼가, 몇 개씩이나 참가자 앞을 막아서는 것이다.

그렇지만 딱히 지혜 겨루기가 검의 싸움보다도 간단한가 하면, 결코 그렇지는 않다.

그리고 반대로, 지혜만 있으면 무술이 뒤떨어져도 되는 것이 아니다.

낯선 이교의 상에 올바른 순서로 입맞춤을 한다거나, 세상에는 운을 시험하는 것도 있다.

모험을 하다 보면 무기를 휘둘러 날뛰는 것 말고는 다른 방법이 없는 상황도 있으리라.

언젠가 그러한 곤경과 만났을 때야말로 모험가로서 진가가 시험

받는 것이다.

고작해야 몇 개의 함정과 수수께끼를 넘어섰다고 해서 그것이 전부가 아니라는 것이다.

유적, 미궁, 동굴에 들어가는 것은 수수께끼와 함정뿐이 아니라는 것을, 모험가가 되려는 자는 알고 있다.

다시 말해서—.

"GROOROGBB……!"

고블린이다.

추악한 생김새의 고블린이 몇 마리, 삐걱거리며 꼭두각시 인형 같은 움직임으로 밀려온다.

여러 번 모험을 겪은 자라면 보잘것없는 위협이겠지만, 그렇지 않은 자에게는 다르다.

아무리 가장 약한 괴물이라는 걸 알고 있어도, 막상 혼자서 대치해보면 긴장도 된다.

검은 머리의 소녀도, 그랬다.

그녀는 그 자그마한 몸에 어울리지 않는 장검을, 대단히 어색한 손놀림으로 뽑았다.

손에 들고서도 그 무게를 지탱하는 식이 아니라, 검에 어린아이가 매달린 것 같은 꼴이다.

"GBBRG……!"

"GOROOGGB!!"

"우……."

한 걸음 망설인 소녀는, 다음 순간에 「……얍!」 하고 소리치며 검을 휘둘렀다.

수련을 쌓기는 했겠지만, 그래도 팔과 몸까지 검에 끌려가는 모양새의 커다란 공격이다.

다행히 유적의 통로는 넓어서 검이 어디 걸리는 일은 없었지만, 고블린에게 칼날이 닿지도 않는다.

부오옹. 허공을 가른 장검에 이끌려, 소녀의 몸이 커다랗게 비틀거리고 발을 구른다.

딱히 고블린이 피한 게 아니라 빗나간 것뿐이지만, 이래선 안 된다.

소녀는 긴장과 흥분과 수치로 볼을 붉히면서도, 숨을 들이쉬고 또 한 걸음 크게 내디뎠다.

"에, 이……잇!!"

2연격이라고 부르기에는 너무나도 서투르고, 연습 공격을 해본 다음에 또 한 번이라고 불러야 할 검격이었다.

그러나 그 투박하기만 한 것이 장점인 장검은, 이번에야말로 고블린의 작은 몸을 포착했다.

쓱. 어깨부터 파고든 칼날이 그 가슴팍을 베어내고 빠져 나와, 검붉은 피가 파악 튀었다.

"GORGGBB?!"

탁한 비명— 그렇지만, 치명상이라고 부르기에는 너무나도 얕은 일격이다.

그러나 이 고블린 놈들은 마법으로 만들어낸 인형이며, 자아도 없고, 혼도 없으며, 생명이 아니다.

사소한 상처라도 죽음에 이르렀다고 인식하면, 순식간에 와르르 무너져 내린다.

끓어오르는 거품, 점액 덩어리가 철퍽하고 바닥에 흩어지자, 고블린의 원형은 이미 없었다.

"해냈다……!"

그러나 그것에 긴장을 풀어버리는 것을 보면, 역시 그녀는 아직 초보자에서 빠져 나오지 못한 것이리라.

"GOROOGB!!"

"와, 꺄……?!"

그녀가 마주친 고블린은 한 마리가 아니고, 전투는 아직 끝나지 않았으니까.

시체를 뛰어넘어 덤벼드는 고블린이, 소녀의 옷이 감싸고 있는 가슴팍을 힘차게 밀어버렸다.

소녀는 풀썩 엉덩방아를 찧고, 그 아픔에 표정을 찌푸렸다.

아픔은 그다지 없다. 오히려 엉덩이에 느껴지는 차가움, 바지에 스며드는 점액의 감촉이 불쾌했다.

"이게……!"

비틀거리며 일어서서, 또 다시 커다란 공격. 부웅, 부웅. 목소리와 바람 가르는 소리만 용감하다.

아무리 인형이라지만, 고블린도 이런 공격에 맞아줄 수는 없을 것이다.

훌쩍, 훌쩍 피하자, 소녀의 꾹 다문 입가가 일그러졌다.

오기를 부려서 검을 휘두르자, 바위에 부딪혀서 카앙, 카앙 메마른 소리와 감촉.

© Noboru Kannatuki

“이게……!!”

그래서 그만 짜증이 나서, 소녀는 막무가내로 돌진하며 그 장검 끝을 내밀었다.

서투르기 짝이 없는 찌르기다. 그러나 그래도, 소녀의 팔 길이와 다리의 길이, 검의 길이가 간격을 좁혔다.

또 휘두르는 검을 피할 셈이었던 고블린의 목을, 푸욱 칼날이 꿰뚫어서 파헤쳤다.

“아……!”

감정이 빈약했던 소녀의 얼굴에 삭, 희색이 떠올랐다.

부스스 무너지는 점액의 감촉은 틀림없이 그 적을 처치한 것을 뜻한다.

따라서 그녀의 의식에는 눈앞의 고블린밖에 없다.

그래서 당연히, 다음 공격에 대처 따위 할 수 없었다.

“와, 윽……?! ——?!”

갑자기, 시야가 어두워졌다.

사고에 완전히 공백이 생긴다. 허무. 당연히 움직임도 멈춘다. 아무것도 못한다.

등에 묵직한 것이 올라타서 풀썩 땅바닥에 쓰러진다. 가슴을 맞아서 힉, 하고 소리가 흘러나왔다.

숨을 못 쉬겠다. 무겁다. 괴롭다.

“GOROOOGOBB!!”

—고블린……?!

등 뒤에서 뛰어들어 가죽 모자를 끌어내렸다는 것을, 그녀는 드디어 깨달았다.

습기가 찬 바닥의 감촉. 축축하게 젖은 고블린의 점액이 튀어서, 얼굴에 묻고 옷을 더럽힌다.

방금 전에도 넘어져서 더러워졌으니 새삼스럽지만, 그렇다고 해도 괴로운 건 괴로운 거다.

"우, 우우, 우……읔!! 우……읔!!"

소녀는 함성이라기에는 너무나도 불명료한, 어린아이가 칭얼거리는 것 같은 신음 소리를 질렀다.

붕붕 머리를 흔들고 몸을 흔들어서, 등 뒤에 올라탄 중량을 떨쳐내려고 열심히 몸부림친다.

그래서 그녀가 있는 힘껏 벽에 부딪힌 것은, 결코 생각해서 한 일이 아니라 단순히 우연이었다.

"GROBG?!"

"푸아……!"

비명을 지르며 고블린의 손이 느슨해진 참에, 그녀는 기어서 벗어났다.

이제 한 시의 여유도 없다. 숨쉬기 어렵지만, 호흡보다도 무엇보다도, 싸워야 한다.

미끄러진 가죽 모자를 밀어 올려도 시야는 어둡다. 랜턴의 불이 꺼져버린 것이다.

손을 더듬어 뻗은 손가락 끝에, 운이 좋게도 넘어지는 바람에 떨어뜨린 검을 쥐어서 잡았다.

소녀는 망설이지 않고 그것을 휘둘렀다.

"야……앗! 이게……! 이 녀석……!!"

역수로 쥐고 팽개치는 것처럼 찌른다. 키약 비명을 지르고, 고블린의 몸이 움찔움찔 튀었다.

한 번으로는 아직 몸이 무너지지 않는다. 그래서 두 번, 세 번 찌르고 나서 소녀는 검을 내던졌다.

"후우…… 후우……. 영……, 차……"

분명히 사라지는데 시간이 걸리는 것도 있을 거고, 이정도 해두면 움직이지 않을 거다.

일단은 호흡을 가다듬고, 작은 가슴을 얕게 위아래로 움직이면서 물주머니를 꺼내 마개를 뽑았다.

꿀꺽꿀꺽 목을 울리면서 물을 마시고 — 남은 양도 신경 쓰지 않고! — 간신히 그녀는 한숨 돌렸다.

그리고 난투를 벌이는 와중에 사라져 버린 랜턴에 불을 다시 붙인다. 깨지지 않아서 다행이다.

"아……?!"

드디어 불이 붙자 눈을 깜빡거리고, 소녀는 허리춤에 매단 주머니의 이상을 깨달았다.

—입구가 벌어졌어……!

소녀는 온몸에서 핏기가 가시며 온몸이 싸늘해지는 걸 느꼈다.

황급히 주머니를 꺼내서 손바닥 위에 뒤집어 보았다. 아무것도 안 떨어진다.

"말도 안 돼……! 어째서……?!"

허둥지둥 여기저기를, 반쯤 울상을 지은 소녀가 기어 다니며 찾아다녔다.

기껏 여기까지 모았는데 이런 일로 전부 망치다니, 어쩔 도리가 없다.

눈에 눈물이 번지는 것은 딱히 슬퍼서가 아니다. 자신의 한심함과 분함에 역정이 났기 때문이다.

그렇지만 싸운 것은 그렇게 넓은 공간이 아니었다.

유적의 포석 틈에서 반짝 반짝 빛나는 보석을 발견하는 건 쉬운 일이었다.

"그게…… 청옥에, 취옥……."

하나, 둘. 주운 것을 손바닥 위에 올려서 세어보고, 단단히 다시 주머니에 넣는다.

얼굴에 묻은 때를 — 눈물과 땀과 점액과 피다 — 쓱쓱 소매로 닦아내고, 호흡을 정돈한다.

"앞으로, 하나. ……였지."

—어디 있을까?

어디에 떨어져 버렸을까? 굴러가서 이상한 곳에 들어가 버렸을까?

두리번두리번 주위를 둘러본 소녀는, 벽 근처에 가는 틈이 있는 것을 깨달았다.

자그마한 보석이라면 그 안으로 굴러서 들어가버리는 일도 분명 있을 지도 모른다.

"……여기, 일까……?"

영차. 작은 몸으로 한껏 힘을 내면서, 소녀는 그 틈 속으로 손을 뻗어서—.

"……와?!"

그 안으로, 데굴 굴러 떨어졌다.

틈이라고 생각한 것은 벽의 이음매나 갈라진 곳이 아니라, 아무래도 문이었던 모양이다.

어둠이 가득한 통로에 떨어진 소녀는 분풀이를 하는 기색으로 머리에 쓴 가죽 모자를 벗어 던졌다.

—이런 무거운 걸 쓰고 있으니까 넘어진 거야.

흥 코웃음을 치고서 배낭에 집어넣은 소녀는 다시금 랜턴의 방향을 조정했다.

그리고 그 흔들리는 불이 반짝이는 것을 비춘 것을 깨달았다.

"있다……!"

작고 작은 금강석(다이아몬드) 알갱이가 벽 근처에서 반짝반짝 빛나고 있었다.

다다다 달려간 소녀는 그것을 집고서 소중하게 꼭 쥐었다.

그리고 이번에야말로 떨어뜨리지 않도록 허리춤의 주머니 속에 넣었다.

이걸로 이제 괜찮아. 전부 주웠다. 그밖에 떨어뜨린 것도 없고. 잊은 것도 없다.

"아, 거, 검……!"

무심코 내던져 버린 검을 황급히 줍고, 어색한 손놀림으로 칼집에 넣었다.

—이걸로 됐어. 이번에야말로, 괜찮아.

"좋아…… 가자!"

주먹을 쥔 소녀는 허리띠에 매단 검의 상태를 확인하고, 주머니

입구를 단단히 다시 여몄다.

그리고 의기양양하게 통로 안쪽을 향해, 신중한 발걸음으로— 그렇지만 용감하게 걸어갔다.

자신이 처음에 어느 쪽으로 갈 셈이었는지, 완전히 잊어버린 채.

그리고 그 등 뒤에서, 벽의 문이 소리도 없이 닫혔다.

§

"우와아아……?!"

뭐 하나 제대로 못 잡고, 검이나 방패를 반쯤 내던지는 기세로 달려가는 젊은이들.

덜컥덜컥 그들을 몰아붙이는 발소리의 주인은 똑바로 서서 무기를 든 해골의 전사.

고블린을 간신히 상대한 것으로, 그들은 드디어 용기를 다 써버린 것이리라.

뒤도 안 돌아본다는 것은 바로 이거다. 유적의 통로를 굴러가는 것처럼 달린다, 달려간다.

당연하지만, 통로 옆으로 물러나 어머나 하며 쓴웃음을 짓고 있는 접수원을 깨닫지도 못하고—.

"히에에에에?!"

그 옆에 선 방황하는 갑옷의 모습에, 전쟁의 여신을 섬기는 소녀가 그 나이 소녀 같지 않은 비명을 질렀다.

두려움에 물러선 그녀는 한심하다는 말밖에 못하는 엉금엉금 기는 모습으로, 넘어질 듯이 도망쳤다.

"깔끔하게 닦아내도 역시 놀라 버리네요."

접수원은 어둠 속에서도 떠오르는 속옷 갑옷의 하얀 엉덩이를 배웅하며, 난처한 투로 중얼거렸다.

"밖에서 보기에는 어엿하게 보인다고 생각하는데요."

"어쩔 수 없다."

고블린 슬레이어는 신경 쓰는 기색도 없이 말했다.

"너처럼, 향수를 뿌린 것도 아니니까."

"어머나……."

접수원은 눈이 동그래졌다. 그리고 그라면 깨닫는 것도 당연하다고 생각하여 볼을 풀었다.

—동굴 안의 냄새에, 고집이 없을 리 없으니까요.

이 유적이 어둡고, 주황색을 한 횃불의 불빛으로는 낯빛까지는 알 수 없다는 것이 고마운 일이었다.

방패를 고정한 왼손에 횃불을 든 고블린 슬레이어의 선도를 받아, 접수원 아가씨는 미궁 안쪽으로 나아갔다.

길동무는 덜컥덜컥 소리를 내면서 본래 위치까지 돌아가는 용아병이다.

역할을 다했음에도 불구하고 풀이 죽은 것 같은 낌새는, 깃들어 있는 조상령 탓일까 술자 탓일까?

"고블린이 아닌 괴물도 있어야 한다기에, 용아병을 마련했다만……."

"역시, 좀 가혹했을까요……?"

"고블린은 생물이지만, 뼈의 병사는 그렇지 않으니까."

일단 놀라고, 이어서 두려움이 먼저 생기고, 이길 수 있을 리 없다고 생각하여— 도망친다.

아무리 정상적인 행동이라고 해도, 그것을 어리석다거나 겁쟁이라고 웃는 것은 쉽다.

동시에 현명한 생각이라거나, 성장한 증거라고 하거나 칭찬하는 것도 쉽다.

살아남으면 다음 기회는 반드시 오지만, 위험을 범하지 않으면 모험가로서 성장은 없다.

자명한 이치다.

하물며, 고블린은 사방세계에서 가장 약한 괴물.

전사라면 죽이는 게 당연. 척후라면 숨어서 보낼 수 있고, 혹은 술자의 지혜가 있어도 좋다.

어쨌거나 고블린을 돌파한 것**만**으로는, 역시— 모험가가 될 수 없는 것이다.

설령 옆을 걷는 남자가 고블린을 죽이는 자라고 불리는 은 등급의 모험가라고 해도.

혹은— 그렇기에, 라고 말해야 할지도 모르지만.

그리고 무엇보다도, 해골이나 갑옷 차림에 놀라 도망쳐서는—.

"뭐, 어쨌든지 간에 이번에는 처음이 아니겠는가? 가혹하다는 의견은 좋지 않다네."

안쪽 방에서 쑤욱 목을 뻗는 이 리자드맨 승려의 위용을 보기라도 했다간 어떻게 될는지.

접수원은 그런 생각을 하면서, 생긋 웃으며 꾸벅 고개를 숙였다.

"수고하셨어요. 상황은 어떤가요?"

"그럭저럭 좋다고 볼 수 있다네."

리자드맨 승려가 빙글 눈을 돌리고, 생각하는 것처럼 유적의 천장으로 시선을 돌렸다.

"여섯에 하나는 승산이 있다고 판단하여 도전하는 자도 있으니, 그렇게 비관할 것은 없을 걸세."

"이걸로 거북함을 느끼게 되어버리면, 그건 그거대로 문제가 있긴 한데요……."

"떨궈내는 것도 필요하다네. 이 정도로 겁을 먹는다면, 이 틈에 도망치는 편이 좋을 걸세."

정말이지 리자드맨다운 의견이었다.

그들은 살아남는 것을 긍정하고 도주에도 망설임이 없지만, 그것이 겁쟁이라는 걸 의미하지는 않는다.

자신의 생명을 보다 높은 경지에 올리기 위한 도주와, 그저 꼬리를 말고서 도망치는 것은 다른 것이리라.

—그렇지만.

접수원은 흄이며, 그리 많은 리자드맨을 접해본 것이 아니다.

그 사상을 모두 이해할 수 있는 것도 아니며, 신입이 늘어나지 않으면 곤란하다고 생각할 뿐이었다.

"물론, 그것만으로는 젊은이들이 성장하지 않네만."

그렇기에 이어서 그 턱에서 나온 말은 뜻밖이긴 했지만, 놀라지는 않았다.

접수원으로서도 완전히 같은 의견이지만, 고블린 슬레이어가 「그런 건가?」하며 철 투구를 흔들었다.

"옥석이 섞여 있다고 하니까요."

접수원이 고개를 끄덕이며 말했다.

어렸을 적, 부모에게 엄격하게 들은 귀족의 교육이 때로는 도움이 되는 것이다.

교육을 받고 있을 무렵은, 그냥 흘려들었던 것들이었는데…….

"수를 줄이면 보석의 수도 줄어들어요. 어째선지 보석만 늘어난다고 생각하는 사람이 많지만요."

"옳지, 그걸세. 달걀을 깨더라도 노른자가 상할 뿐이지. 두드리는 건 태어난 다음이 좋다네."

아무래도 특기인 병과가 다르지 않은가? 그렇게 말하는 리자드맨 승려는「그러고 보니」라며 말을 거듭했다.

"나무를 키우는데 그 싹을 짓밟아버리는 자는 어리석은 자. 엘프는 그렇게 말한다고 하네."

"일리가 있다."

고블린 슬레이어는 고개를 끄덕였다. 나뭇가지 한 자루에 뼈 하나면 된다는 엘프다운 말이었다.

"나도 조금은 생각해야 할까."

그는 낮게 신음하고, 생각에 잠겨 팔짱을 끼었다. 철 투구 너머의 그 표정은 안 보이지만.

"아무래도 역시, 내 선생님은, 세상의 일반적인 상식으로는 엄격한 성향이었을지도 모른다."

"뭘, 방식은 사람 나름일세. 소귀 살해자 나리는 잘 하고 있다네.

딱히 바꿀 필요도 없을 걸세."

"그런가."

"그렇고말고."

리자드맨 승려는 의미심장한 태도로 기다란 목을 뻗어, 쓰윽 그 방의 안쪽으로 시선을 돌렸다.

—아아, 정말이지.

접수원은 어쩔 수 없다고 몰래 한숨을 쉬었다.

고블린 슬레이어의 교육방침에 대해서 하고 싶은 말은 분명히 있기는 하지만—.

"그러니까, 이쪽 사람 치료는 끝났어요. 다음은 어느 분을—?"

"흠. 그러면, 저쪽 위인이야. 머리를 부딪쳤다고 하는데……."

"움직이지 말고. 네, 괜찮아요."

대머리 승려에게 지시를 받아 바쁘게 움직이는 여신관을 보면, 불평도 들어가는 법이다.

그곳은 경기 중에 다쳤거나 움직이지 못하게 된 사람이 모여서 휴식하는, 구호소가 되어 있었다.

모포를 깔고 위에 누워 있는, 혹은 앉아 있는 그들 사이를 여신관이 헌신적으로 오가고 있었다.

그녀는 잘 단련되고 있다. 열심히 하고 있다. 당사자가 어떻게 생각하든지.

긴장한 표정으로 접수처에 서서 등록을 했던 그 날하고는 딴판이었다.

접수원은 그런 마음을 가슴 속에 몰래 숨기고, 「수고하셨어요」 하며 밝게 말을 걸었다.

"그쪽은 어떤가요?"

"네, 딱히 죽을 법한 분은 없으니까, 괜찮아요!"

싹싹하게 웃으며 말하기에는 내용이 조금 뒤숭숭하다. 무심코 옆에 있는 철 투구를 보고 말았지만.

"그러니까 이쪽 분이, 좁은 곳에 들어가려다가 천장에 머리를 부딪친 분이고—."

"이쪽은 투구를 쓰고 있던 탓에 발치가 안 보여 미끄러져 넘어지는 바람에 등을 부딪친 녀석이다."

대머리 승려가 껄껄 웃으면서, 누워 있는 젊은이의 등에 찰싹 고약을 붙였다.

소리조차 못내는 비명과 함께 그 소년이 몸부림을 쳤지만, 심각해 보이는 기색은 안 보였다.

"하하하, 뭐, 이 정도는 부상에 들어가지도 않아. 내장이 상한 것도 아니니까."

"그거 다행이네요."

접수원은 생긋 웃었다. 가능하면 이걸로 꺾이지 않고 앞으로도 모험가를 목표로 했으면 좋겠는데.

그건 그렇고, 그렇게 머리를 부딪칠 정도로 좁은 장소가 있었을까요……?

"……음."

그런 접수원의 생각과 달리, 고블린 슬레이어는 낮은 소리로 조그맣게 신음했다.

그는 리자드맨 승려에게 뭔가 몇 가지 질문을 하고, 그리고 구호소에서 쉬고 있던 자들에게 철 투구를 돌렸다.

"누군가 찾고 있는 건가요?"

다다다. 작은 새처럼 달려온 여신관에게 「아니」 하고 고블린 슬레이어는 고개를 옆으로 저었다.

"아무래도 잘 진행되고 있는 모양이군."

"후후……."

여신관은 신기한 기색이었지만, 접수원은 그 말의 의미를 이해하고 몰래 볼이 느슨해졌다.

좋은 일이다.

실패해버린 자, 부상을 입어버린 자, 유망한 자, 많은 사람이 모여있다.

잘 풀리면 좋다. 무슨 일이든. 모든 것이. 그의 일도 그렇다. 그렇다, 모두—.

"어엉?"

문득, 대단히 불쾌한 기색의 목소리가 들렸다.

보아하니 도끼를 짊어진 전사가, 질색하는 표정의 요술사 옆에서 머리를 벅벅 긁고 있었다.

분명히 무대 뒤에서 일하는 모험가 파티 중 하나에서, 리더를 맡고 있는 남자였다.

"미안, 접수원 씨. 조금 트러블일지도 모르겠다."

"……또인가요?"

"또?"

"아뇨. 아니에요."

접수원은 손을 휙휙 흔들고, 과거의 싫은 기억을 떨쳐내면서 표정을 꾸몄다.

잊을 리가 없다. 지난번 수확제 때 있었던 이런저런 소동이다.

—뭐, 딱히 그들 탓은 아니지만요.

그러나 트러블이다. 틀림없다. 접수원은 진지한 표정으로 물었다.

"무슨 일이 있었나요?"

"우리 척후가, 묘한 걸 발견했다."

"묘한 건가요?"

"그래."

도끼 전사가 고개를 끄덕이면서, 신음하듯 말했다.

"고블린의 시체야."

"어디지."

§

"여기야."

철컥철컥 어수선하게 무구의 금속이 스치는 소리를 맞이한 것은 미궁 구석에 선 엘프 여자였다.

횃불의 흐릿한 불빛을 비추어도 못 보고 지나칠 법한, 어둠에 녹아들어 있는 훌륭한 은신.

다른 모험가들의 선두에 서 있던 고블린 슬레이어는 한순간 입을 다문 다음에 고개를 끄덕였다.

"너인가."

오. 그 백분과 향수의 냄새를 풍기는 엘프 척후는 눈을 동그랗게 뜬 다음에 입술을 풀었다.

"그렇고말고, 나야."

그녀는 어두운 입 속에서, 붉은 혀를 움직였다.

"발견한 건, 말야."

그녀의 말처럼, 그 발치에는 피 웅덩이에 빠져 있는 고블린의 시체가 굴러다니고 있었다.

말없이 그 옆에 주저앉는 고블린 슬레이어 옆에서, 여신관이 재빨리 횃불을 들었다.

고블린 슬레이어는 가방을 뒤져서, 고양이 발톱과 비슷한 단검을 꺼내더니 재빨리 감식을 시작했다.

"몇 번이나 찔렸네요……?"

"죽었는지 아닌지 몰랐던 거겠지."

들여다보는 여신관이 조심조심 속삭이자, 고블린 슬레이어는 철투구를 끄덕였다.

"새내기가 가끔 한다. 급소를 잘 모르는 거다."

—다시 말해서, 고블린과 싸운 건 미궁 탐색 경기의 참가자…….

그것은 딱히 아무런 문제도 없는 것처럼 생각되지만, 여신관은 입술에 손가락을 대면서 생각했다.

뭔가 이상하다. 묘한 위화감을 느끼고 목덜미가 찌릿찌릿 곤두선다.

"……뭐 고블린의 시체 정도는 있어도 이상하지 않잖아."

고블린 시체에서 고개를 돌리며, 우헤 하는 찌푸린 표정으로 도끼 전사가 불평 같은 말을 했다.

"왜냐면, 고블린을 소환해서 적으로 쓰고 있으니까."

너무나도 무지한 말이었다. 요술사 여자는 진심으로 돌아가고 싶다고 말하는 식으로 깊은 한숨을 쉬었다.

"소환이 아냐. 만든 거야."

"같은 거잖아."

"전혀 달라."

정말이지 다르다.

전에도 설명했는데. 요술사는 불만을 담아 말하지만, 도끼 전사는 전혀 모르는 모양이다.

그러한 술리에 크게 흥미가 없는 것은 고블린 슬레이어도 마찬가지다.

고블린 시체의 검사를 마친 그는 일어서서, 요점만 날카롭게 물었다.

"시체는 남는 건가?"

"어떤 의미로는."

응. 말없이 내민 손에, 고블린 슬레이어는 고양이 발톱을 건넸다.

요술사는 그 수술도를 익숙한 기색으로 다루어, 바로 옆의 바닥에 퍼진 끈끈한 물웅덩이에 찔렀다.

부글부글 거품이 나는 그것을 잠시 휘젓더니, 이윽고 뭔가 발견하여 칼날을 뽑아냈다.

고양이 발톱이 박혀 있는 것은, 거의 녹아가는 지저분한 작은 이빨이었다.

"이게 시체. 촉매로 쓴 고블린의 이빨은 더 못 쓰게 되니까."

"다시 말해서……."

아아, 그렇다. 위화감 같은, 그렇게 사소한 일이 아니다.

시체가 남아 있다. 이 고블린의 시체만. 다시 말해서, 이것은, 진짜—.

"고블린인가."

고블린 슬레이어는 낮게 으르렁거리듯 중얼거렸다.

철 투구 안에서 나온 그가 이어서 말한 목소리는, 면갑을 거치자 거의 알아듣기 어려운 것이었다.

그러나 오랜 시간 함께 지내고, 많은 말을 나눈 자들에게는 달랐다.

그는 대단히 역겨운 기색으로, 토해내는 것처럼 이렇게 말한 것이다.

"빌어쳐먹을."

여신관, 그리고 접수원은 흠칫하여 무심코 서로의 얼굴을 마주보았다.

이 사람이 이렇게까지 거친 말을 하는 것은 정말로 웬만하면 없는 일이었으니까.

"그러면, 어디선가 고블린이 들어왔다는 건가요?!"

그러나 접수원은, 찢어진 목소리를 내면서도 직무를 우선하기로 했다.

그녀는 잘 닦아낸 철 투구 쪽을 힐끔 곁눈질로 보면서도 사태를 파악하려고 했다.

"그것도 틀렸어."

그러나 그 입술에 호를 그린 채, 엘프 여자가 흔들흔들 고개를 저었다.

그리고 고양이과의 맹수가 떠오르는 유연한 팔을 뻗어, 툭툭 유적의 벽을 두드렸다.

"어디선가가 아니라, 여기서야."

곧장, 덜컥 소리가 나면서 숨겨진 문이 돌아갔다.

열린 문 안에는 허무의 암흑이 기나길게 펼쳐져 있고, 거기에서 차가운 바람이 불어온다.

몇백 년, 어쩌면 몇천 년 봉해져 있었을지도 모른 깊은 땅속의 공기가 둥실 피어올랐다.

접수원에게는 완전히 처음이라고 해도 좋을 정체 모를 냄새였다.

"정말, 용케 찾아냈네."

"척후니까."

요술사의 말에, 엘프 척후는 「흐흥」 하고 어쩐지 잘난 체하며 눈웃음을 지었다.

"그리고 지하에 대해 잘 아는 건 드워프만이 아니야."

"……아, 그래."

요술사가 질색하면서 신음했지만, 마음은 접수원도 마찬가지, 아니 그 이상이었다.

정말로 발치의 바닥이 와르르 소리를 내면서 무너지는 기분— 핏기가 가신다는 건, 이런 것이다.

—이건, 안 좋아.

유적의 미답파 구역. 사전 조사 부족. 위기관리. 책임. 아니 이미 누군가 다친 것 아닐까?

머릿속에서 빙글빙글 온갖 것들이 소용돌이치는 것을, 그녀는 자신의 이마를 두드려 필사적으로 떨쳐냈다.

지금은 그럴 때가 아니다.

뭘 어떻게 할 것인가. 그것을 생각해야 한다.

지극히 중요한 부분, 그런 부분부터 적절하게, 그리고 신속하게 대처할 필요가 있다.

책임 문제 같은 것은 그야말로 제쳐두면 된다.

나중에 가서야 얼마든지 지혜를 짜낼 수 있다. 마음대로 하라고 하면 된다.

—지금, 어떻게 해야 할까가 중요해요……!

미궁 탐색 경기는 본래 죽음을 전제로 한 그 악명 높은 영주의 유희였다고 한다.

그것 자체는 결코 귀족의 잔혹 취미가 아니었다.

투기장의 시합 같은, 한 해에 한 번 열리는 행사에 백성도 모험가도 축제처럼 즐겼다고 한다.

그러나, 이번엔 다르다.

이번 이것은, 놀이다. 부상은 입을지도 모르지만, 죽는 일은 없다.

진짜 괴물이 나타나지 않는다면…….

고블린은 가장 약한 괴물이다.

그렇다. 가장 약한 **괴물**인 것이다.

고블린을 괜히 경계하거나, 고블린 상대로 겁먹어서는 모험가 따위 될 수 없다.

그들의 적은 거대한 점균이거나, 마신이거나, 거인이거나, 때로는 용이니까.

그러나— 그래도 역시 고블린은 괴물이다.

병사도 아니고 모험가도 아닌 자들에게, 자 고블린을 쓰러뜨리라고 어찌 말할 수 있을까?

그래서는 무엇을 위한 모험가이고, 무엇을 위한 모험가 길드인가? 이런 이야기가 나온다.

—중지하는 것 말고는, 방법이…….

지금 입구 쪽을 맡고 있는 감독관에게 전령을 보내자.

아직 미궁에 발을 들이지 않은 참가자들은 대기시키자.

그리고 안에 남은 참가자는, 이 자리에 있는 모험가들을 호위로 붙여서 탈출시킨다.

그 다음에, 미궁 내부를 다시 탐색해서 고블린을 퇴치한다—.

그것이 최선일 것이다. 접수원은 재빨리 머릿속으로 단계를 정리했다.

이 숨겨진 문 안에 무엇이 기다리고 있든지, 대처 불가능한 일은 아니리라.

그러니까, 그렇죠. 일단은—.

“아니.”

싹둑, 접수원의 사고가 끊어졌다.

“미궁 탐색 경기는 계속해라.”

짧고, 결정적이며, 차갑기까지 한 단적인 말이었다.

“에—?”

무심코 접수원이 고개를 들자 땋은 머리칼이 훌쩍 튕겨 올랐다.

시선 끝에서 고블린 슬레이어가 똑바로 암흑의 회랑을 노려보고 있었다.

“참가자들이 눈치 못 채게 해라. 그러나 안전하게 끝낼 필요가 있다.”

그는 낮게 신음하더니, 별 것 아니란 식으로 말했다.

“탐색에는 사람을 동원할 수 없겠군. 내가 간다.”

“괜찮겠는가?”

리자드맨 승려가 반쯤 유쾌한 기색으로 물어보자 「당연하다」 하고 그는 고개를 끄덕였다.

“괜찮지 않을 리가 없다.”

—그것은.

역시 여신관과— 그리고 그녀보다도 오래 알고 지낸 접수원도 처음 들어보는 목소리였다.

아니, 어쩌면 그의 소꿉친구인 소치기 소녀마저도 들어본 적이 없을지도 모른다.

명백하게 불합리하다.

비논리적이고, 위험하고, 불확실하기 짝이 없는, 이 남자에게는 있을 수 없는 선택이었다.

그 정도 일을 이 은 등급 모험가가 이해 못할 리도 없었다.

그렇다면, 다시 말해서, 이것은.

그는, 지금.

“고블린 놈들 따위가, 제멋대로 굴게 놔둘 수 있겠나.”

생떼를, 쓰고 있는 것이다.

“————.”

접수원은, 먼지가 섞인 공기를 가슴에 한껏 들이쉬고 천천히 내뱉었다.

—그러면, 어쩔 수 없네요.

공사혼동. 위기관리. 책임문제. 머릿속에서 날아오른 말을, 전부 한꺼번에 치운다.

어떻게든 해야죠.

어떻게든 하자.

이 사람이 이런 말을 했으니, 내가 해야지.

“그러면, 그 방향으로 가버리죠!”

그래서 접수원은 다른 모험가들이 뭐라고 말하는 것보다 빠르게, 생긋 웃으면서 그렇게 잘라 말했다.

짝 손뼉을 치면서 마치 다과 시간을 가지자고 말하는 것처럼 가볍게, 결단적으로.

가장 위에 선 자가, 말대꾸를 허용하지 않고 잘라 말한다. 행동에 옮긴다. 지시를 내린다.

고작 그뿐인 것으로, 모험가들 사이에 퍼지던 곤혹이 간단히 사라졌다.

“일단 전령을 보내서 바깥 분들, 다른 경기 감독에게 상황을 보고하는 건 확정이네요.”

“구호소에, 치료의 준비를 조금 더 해두는 편이 좋을지도 모르겠다네.”

리자드맨 승려가 재빨리 턱을 열었다. 이 오랜 강자는 접수원의 의도를 이해한 것이리라.

때때로 생각에 잠긴 것처럼 허공을 노려보는 건 애교다. 용아병을 조종하면서 동행하고 있으니 감사해야 한다.

“그리고 이 숨겨진 방 말고도, 안쪽으로 갈 수 있는 통로가 있으면 위험한데.”

“길 순서를 나타내는 밧줄이라도 쳐버리죠.”

턱턱 벽을 거침없이 두드리는 도끼 전사, 그 손을 역시 사양하지 않고 쳐내면서 요술사가 말했다.

“순서를 무시하면 자기책임으로 해도 되잖아, 그건. 무시하는 녀석은 자기책임 아냐?”

“그렇게 말할 수도 없는 것이 관청이라는 거라서요.”

접수원이 쓴웃음을 짓자, 요술사가 「귀찮게스리」 하고 질색하여 중얼거렸다.

그렇지만 엘프 척후와 함께 밧줄을 꺼내서 통로에 치는 걸 보면, 도와주는 건 고마운 일이다.

—어쨌거나, 지금 할 수 있는 일은 곧장 해야죠.

그것이 무엇보다도 가장 좋다. 나중에 나온 명안 따위 전혀 도움이 안 되니까.

그렇다면— 다음은—.

“의뢰, 로군요.”

접수원은 작게 고개를 끄덕이고 어흠, 헛기침을 하더니 모험가 한 명 앞에 섰다.

가만히 숨겨진 통로를 노려보고 있던 그는, 천천히 철 투구를 접수원 쪽으로 돌렸다.

면갑 안쪽에 숨겨진 눈동자는 역시 안 보인다. 그렇지만 접수원은 똑바로 그쪽을 보았다.

"그러면, 고블린 슬레이어 씨. 의뢰로서, 이 회랑의 탐색과 고블린 퇴치를 부탁 드려요."

"그래."

"그리고 만약 안에 들어간 참가자가 있으면, 구조도!"

"알았다."

박자가 딱 맞는 대답이었다.

그가 모험가 길드에 등록한 이후로, 몇 번이나 나눈 대화다.

그것이 참으로 기뻐서, 정말이지 상황이 상황인데도 볼이 풀어져 버린다.

—이럼 안 되죠. 안 돼요.

"그러면, 다음은…… 보수로군요. 이건 나중에 계산하겠습니다, 만, 만……."

선금. 선금. 선금을 지불해야 한다. 현물 지급. 이걸로 가자.

접수원은 허리에 감아둔 파우치를 뒤졌다. 이것저것 필요하다고 생각하여 집어넣은 물품.

약병에 섞여 있는 향수나 리본 따위가 손가락에 닿고, 우물쭈물하는 동작에 볼이 빨개졌다.

—아아, 정말……!

접수원은 에잇, 하면서 리본과 함께 그 파우치를 풀어 그에게 쓱 떠넘겼다.

"이거, 드릴게요! 선수금으로……!"

"……."

"어느 정도 도움이 될지는 좀 모르겠지만요……!"

접수원이 변명처럼 덧붙였다.

여행을 떠나는 기사가 무사하기를 기원하며 공주님이 소지품을 맡긴다— 라기에는, 너무나도 풍류가 없다.

물론 그런 생각도 아니다. 아니지만, 문득 뇌리를 스치면 이젠 안 된다.

착각을 하면 곤란하다. 이상하게 생각해도 곤란하다. 다른 뜻은 없는 거다.

하지만 무사히 돌아와줬으면 좋겠다. 이쪽 일을 믿고 맡겨주면 좋겠다.

의지해줬으니까, 의지가 된다는 것을 확실하게 봐줬으면 좋겠다.

그런 생각은 목 안에 걸리고 가슴 속으로 가라앉아, 첨벙 소리를 내며 사라졌다.

"아니."

그래서 그가 그렇게 말해줬을 때, 접수원은 진심으로 안도하여 숨을 내쉬었다.

"도움이 될 거다."

그는 받아 든 허리띠와 거기에 달린 파우치를, 시행착오를 한 끝에 어깨에 대각선으로 걸었다.

사무적인 손놀림에 안도하면서, 접수원은 손을 뻗어 띠의 상태를 확인하는 걸 도왔다.

"저기……."

그리고 다른 모험가들도 움직이기 시작하는 가운데— 조용히 중얼거린 것이 여신관이었다.

"혼자서, 괜찮은 건가요……?"

논리는— 아니 마음은 이해한다. 이해하기에, 여신관은 말하지 않을 수가 없었다.

따로 행동하는 것도 익숙하다. 혼자서도 설 수 있다. 그것을 증명했기에 그녀의 등급은 올라갔다.

그렇지만 역시, 그것은 딱히 불안해지지 않는다는 뜻이 아니었다.

—좋겠다.

접수원은 따끔, 가슴 속을 찌르는 아픔을 깨달았다.

저런 식으로 솔직하게 말해버리는 그녀가 부러웠다. 자신은 할 수 없는 일이니까.

"전에……."

멈춰선 그는 뭔가 말을 하려다가, 「아아, 아니군……」 하고 고개를 옆으로 저었다.

"이건, 너에게는 말하지 않았었군."

"————?"

그는 접수원에게 짧게 감사의 말을 하고, 띠를 어깨에 고쳐 걸었다.

이어서 허리에 찬 어중간한 길이의 검, 팔에 고정한 자그마한 원형 방패 상태를 확인했다.

몸에 두른 장비 상태를 정비하고, 고개를 끄덕이고, 찢어진 고블린의 내장으로 손을 집어넣었다.

그리고 자신의 싸구려 철 투구와 가죽 갑옷에, 검붉은 피를 주저없이 발랐다.

“동굴 안이라면, 설령 100마리가 상대라도 내가 이긴다.”

고블린을 죽이는 자는 별 것 아니란 듯이 그렇게 말하고, 목 안쪽에서 녹슨 철문이 삐걱대는 소리를 냈다.

“고블린 놈들은, 몰살시킨다.”

막간 「불덩이나 번개를 쏘아내기만 하면 되는 건 아니지만 쏠 수 있는 편이 좋다는 이야기」

Goblin Slayer
He does not let anyone roll the dice.

굉음과 열풍이 지나간 다음에 남은 것은, 푸스스 연기를 피우는 바닥의 검은 얼룩뿐이었다.

오래된 유적의 바닥에 새롭게 생긴 얼룩은 어디, 다섯인가? 여섯인가?

그 얼룩을 또각, 하는 우아한 발소리로 짓밟고서, 마녀는 그 미모에 아리따운 미소를 지었다.

그녀의 손에는 금속인가 싶은 나무 지팡이가 있고, 장식된 금속 세공이 마력의 빛을 띠고 있었다.

"역, 시…… 하나, 있으, 면…… 편리, 하……네?"

"뭐, 이것만 쓰면 또 시시하지만 말야."

화구의 지팡이(파이어볼 원드)를 나긋하게 집어넣는 그녀의 옆에서 창잡이가 투덜거렸다.

정체 모를 괴물 놈들이 꿈틀거리는 방으로 들어가야 할 때, 선수를 칠 수 있다면 하는 일은 하나.

아무것도 없더라도 《파이어볼》이다. 그 정도는 고위 모험가에게는 기본 소양이란 것이다.

체력이 무한한 것도 아니다. 약탈과 살육(핵 앤 슬래쉬)에서도 절약은 중요하다.

불덩이를 훌쩍 던진 다음, 눈사태처럼 쏟아져 들어가 유린하면 된다.

물론 주문의 수도 한계가 있으니까— 하다못해 이런 마법의 물품이 있다면, 이지만.

—처음에 주문을 배웠을 때는 일단 공격부터 생각했지.

마녀를 감싸고 방으로 들어가, 주의 깊게 주변을 경계하면서도 창잡이는 문득 그런 생각을 했다.

사방팔방에서 울려 퍼지는 《썬더 웨이브(뇌명)》에, 충격파를 뿜어내는 《셔터(파쇄)》따위…….

기우사(레인 메이커)나 바람꾼과 달리, 마법사라고 하면 그야말로 수많은 주문.

실제로 마법사가 불덩이나 번개를 던지기만 하는 게 아니란 것을, 경험으로 알고 있으면서도…….

—동경하는 걸 이해 못할 건 없지.

창잡이는 그렇게 생각하면서, 입구에서 기다리는 마녀에게 문제없다는 신호를 보내 손짓했다.

그녀는 전폭적인 신뢰를 두는 것처럼, 의심도 없이 걸어 들어왔다.

육감적인 몸을 흔드는 걸음은 숙녀가 무도회에 가는 것 같다.

자기 실력을 이해하지 못하면 못하는 동작, 창잡이로서는 마음이 들뜨는 것이었다.

"그래서, 찾는 게 뭐라고 했지?"

라고 묻는 것은 물론 그가 모험의 목적을 잊었거나, 의뢰를 듣지 않았기 때문이 아니다.

"글, 쎄. ……불로, 불사—의, 약…… 같은, 것……이었, 나?"

이래 봬도 그녀는 이야기하는 걸 상당히 좋아한다. —세상의 마술사는 대개 그런 법이라고 들었지만.

누가 뭐래도 미녀가 자신을 위해 이야기하는 목소리를 듣지 않는 편이 제정신이 아니라고 할 수 있다.

"불로불사라……. 헛소문 아냐?"

그러나 무엇보다도, 창잡이로서는 솔직히 반신반의였다.

그런 것이 사방세계에 있다는 이야기 따위는 신들이 용납하지 않으리라.

천칭의 균형(밸런스)이 붕괴하는 것을, 신들은 결코 인정하지 않는다. 당연한 일이다.

극치에 이른 사령술사 따위가 사람을 관두고 불사자(언데드)가 되는 거라면 또 모를까.

그리고 망자 놈들도 불멸이란 건 아니다. 죽이려고 생각하면 죽일 수 있으니까.

"정말, 이라면…… 곤란? 하, 니까……."

"조사하러 왔다, 는 거지. 뭐, 그건 알고 있는데 말이다."

무심코 바닥을 짓밟고서, 다음 방으로 이어지는 통로를 살피며 창잡이가 맞장구를 쳤다.

아무리 믿기 어려워도, 의뢰인이 거기에 있는 것을 조사해달라고 한다면 조사해야 한다.

거기에다 주절주절 꾀부리는 논리를 들면서 귀찮다고 하는 자는 모험가 자격이 없다.

일류 모험가라면, 그에 걸맞은 보수를 제시하면 대답은 한 마디 「해보자」인 것이다.

창잡이는 언제나, 그러고 싶다고 생각하는데—.

"어떨까 몰라?"

"글, 쎄."

마녀가 또각또각. 굽을 울리면서 웃었다.

"괜찮지, 않……을, 까?"

통로는 어둡고, 흄의 눈으로는 어둠을 꿰뚫어보기 어렵다.

창잡이는 자기 짐을 뒤져서, 손바닥 정도의 구체를 꺼내 그것을 암흑으로 던졌다.

곧장 화악 흐릿하게 빛나는 그것은, 예전 모험에서 손에 넣은 빛이끼를 담아둔 유리구슬이었다.

그렇게 대단한 마법의 물품은 아니지만, 꽤 자주 잘 쓰고 있는 편리한 도구였다.

딱히 마검 마창 같은 것만 마법의 장비라는 것도 아니다.

가스가 고인 곳에 함부로 횃불로 돌진하여 폭발로 찢기는 모험가도, 결코 드물지 않으니까.

—만약.

어둠 속으로 미끄러지며, 광구를 삭 주우면서 창잡이는 생각했다.

지금 이 순간에, 그가 죽어버리면 어떻게 될까?

변경 최강이라고 했으면서 멍청하게 죽어버린 모험가로 기록될까?

아니면 생각하고 생각한 끝에, 죽음을 각오하고 뭔가를 남긴 모험가가 될까?

어쩌면— 여기서 죽어간 것 따위 아무도 모르는 채, 모두 잊혀 버리는 걸까?

—어느 것이든 있을 법한 이야기다.

죽어간 자가 마지막 순간에 무엇을 어떻게 생각했는지, 다른 사람이 알 수 있을 리 없으리라.

사령술사라면 영혼이 속삭이는 목소리를 들을 수 있겠지만, 그것도 수상한 것이다.

그도 그럴 것이, 진정으로 그것이 죽어간 자의 영혼이라는 것을 아무도 증명할 수 없으니까.

첫째로, 죽음의 충격으로 기억도 자아도 애매해지는 일이 많다고 들었고…….

“문제는 없어 보이는군.”

“그래…….”

척후의 기술이 없는 몸으로서는, 남아도는 신체능력으로 밀어붙여 탐색을 해야 하겠지만.

완전히 상큼하게 되지는 않더라도, 투덜투덜 불평을 흘리며 발을 구르고 있는 것보다는 낫다.

애당초, 혼자서 뭐든지 다 할 수 있는 것도 아니다. 그럴 필요도 없고.

그렇지만—. 마녀와 함께 유적의 가장 안쪽을 노리면서, 창잡이는 문득 중얼거렸다.

“《아더 셀프(분신)》의 술법 같은 게 있으면, 탐색할 때 꽤 편리해 보인단 말이지.”

“편리. ……할, 지도…… 모르지만.”

마녀의 말은 보기 드물게 어색한 느낌이었다.

주문술사답게 애매모호한 말을 선호하는 그녀지만, 말을 망설이는 일은 적다.

창잡이는 슬쩍 어깨 너머로 파트너의 상태를 살폈다.

"그러고 보니, 익혀두지 않았던가?"

절레절레 챙이 넓은 모자가 좌우로 흔들렸다. 익혀두긴 했다. 그러나, 쓰는 모습은 본 기억이 없었다.

"그다, 지…… 좋아, 하지…… 않는, 거, 야."

그것은 대단히 무시무시한 주문이라고 그녀는 말했다.

편리하니까. 우수하니까. 다들 쓰고 싶어 하지만, 도저히 그런 주문이 아니라고.

"그렇군."

침대 밑이나 옷장에 숨어 있는 괴물을 말하는 것 같은 말투였지만, 창잡이는 순순히 수긍하며 응답했다.

그녀가 그렇게 말한다면, 분명 그것은 틀림없는 것이리라.

"그리고……."

마녀는 말을 허공에서 찾는 것처럼 눈동자를 흔들고, 두런두런 말했다.

"불덩이. ……좋아, 하……니, 까."

마녀는 작게 속삭이는 목소리로 말하고, 살며시 챙이 넓은 모자의 챙을 내리며 얼굴을 감추었다.

창잡이의 입가에 웃음이 떠올랐다면, 그것은 그녀의 어린애 같은 말에 대해서가 아니다.

자기 옆에 있는 미녀가 앳된 소녀 같은 표정을 보여준다는 것에 대해서였다.

그 위대한 요술을 부리는 용사가 지옥의 악귀를 파이어볼 주문 하나로 멸해버린 것은 유명한 이야기다.

—번개였던가?

어쨌든지, 영웅을 동경하여 창을 짊어진 그가 뭐라고 할 수 있는 이야기가 아니리라.

《아더 셀프》를 위해서 술법을 쓸 바에는, 《파이어볼》을 쓰고 싶다는 마음은 이해가 된다.

설령 마법의 지팡이가 있더라도—.

"괜찮은……걸, 까?"

"괜찮지 않아?"

창잡이는 곧장 대답했다. 다소나마 마술을 배워본 몸이니까 알 수 있는 것이었다.

마법사, 주문술사(스펠링거)란 것은 주문을 구사하기에 그렇게 불리는 것이다.

그저 주문을 읊기만 하면 된다는 것은, 주문에 사용되고 있는 거나 마찬가지다.

불덩어리든, 번개든, 혹은 사소한 착화의 주문이든—.

그것에 우열은 없다. 배우고 구사하는 술자에게 우열이 있는 것이다.

"그러면, 다음은 뭐지……?"

창잡이는 이어지는 방의 문을 차서 쓰러뜨리며 대담하게 웃고 큰 소리를 쳤다.

가능하면 그녀의 《파이어볼》뿐 아니라, 자기 창을 휘두를 기회도 있으면 좋겠는데…….

제5장 『소귀 살해의 달인』(고블린 슬레이)

Goblin Slayer
He does not let anyone roll the dice.

가라앉고 탁한 공기, 복잡하게 얽힌 통로, 습기로 젖어 미끄러지는 돌바닥 사이의 이끼, 쇠퇴한 냄새.

역겹게도, 다른 어떤 것보다도 익숙하며 무엇보다도 망설일 것 없는 환경이었다.

허리를 낮추고 소리 하나 없이, 주저 없이 유적을 나아가는 그는 전방의 기척에 발길을 멈췄다.

허리의 검에 손을 대는 대신, 그는 갑주 틈에서 노끈 하나를 뽑아냈다.

"GOOROGGBB……B, B?!"

그리고 아무것도 모르는, 그러나 결코 가엽다고 부를 수 없는 고블린의 목을 등 뒤에서 단숨에 졸랐다.

목에 걸어버린 노끈을 꾹 비틀어, 고블린의 몸을 어깨에 지는 것처럼 조여버린다.

본래는 흉 상대로 하는 수법이지만, 고블린이 상대라면 상대의 체중도 걸어서 시간 단축이 가능하다.

덧붙여서 질식이 아니라 목의 혈관을 막아서 의식을 빼앗는 것을 노리는 거다. 이것은, 빠르다.

애당초 체격과 힘을 따지면, 흉과 보통 고블린은 하늘과 땅 정도의 차이가 있다. 저항은 의미가 없다.

잠시 지나 이완된 그 고블린을, 더욱이 몇 초 동안 졸라 완전히 숨통을 끊는다.

소리를 내지 않고 고블린을 죽이는 방법을 고블린 슬레이어는 잘 알고 있었다.

"……흠."

따라서 문제는 그 이상의 정보였다.

고블린의 두개골에 들어 있는 것 따위 한계가 빤하다. 뱃속을 알고 싶었다.

미궁의 어둠 속에 누워 있는 고블린의 시체를 그는 구석구석 감식했다.

일부러 목을 조른 것도 그 때문이고, 시체가 쏟아낸 오물을 재빨리 보기 위해서였다.

고블린의 허리천에 끼어 있던 단검을 뽑아내, 그걸로 휘적휘적 휘젓는다.

양이 많다. 충분한 식사를 했다. 그러나, 모발이나 치아 같은 것은 보이지 않았다.

—제대로 된 식사를 할 수 있는 고블린인가.

예전에 그것을 가르쳐준 마술사를 문득 떠올렸다. 무리의 크기와 고블린의 크기.

그러나 고블린의 체격은 그렇게 변화하지 않았다. 유의해야 하지만, 우려할 필요는 없다.

"좋아."

고블린 슬레이어는 고블린의 시체를 일으켜서 벽에 앉히는 것처럼 놓았다.

무리의 일을 땡땡이치고서 졸고 있는 것처럼 보일 것이다.

언제였던가 엘프 궁수가 생각해낸 수법으로, 분명히 들키고 싶지 않을 때는 이 방법이 좋다.

—그렇다. 들키지 않아야 하고, 장비의 낭비를 피해야 한다.

그렇게 한 마리의 고블린을 처리하고, 고블린 슬레이어는 숨을 내쉬었다.

고블린 놈들의 수는 모른다. 소굴의 규모도 모른다. 이쪽은 혼자다.

평소와 같다. 그렇게 생각하고서, 그 「평소」가 꽤나 오랜만이라는 걸 깨달았다.

그것이 좋은 일인지 나쁜 일인지는, 그는 짐작도 못했지만.

—진정해야 한다.

자신에게 들려주는 시점에서 흥분 상태라는 것은 이해하고 있지만, 그렇기에 그는 중얼거렸다.

"진정해야 한다."

말을 걸어주는 자는, 지금은 없다. 자신이 홀로 나서기로 정한 이상, 당연하다.

그렇게 고블린 슬레이어는 깜빡깜빡 몇 번, 눈을 감았다 뜨기를 반복했다.

횃불도 없이 어둠 속을 내다 볼 수는 없다. —보통 흄이라면.

그러나, 지금은 달랐다.

그는 접수원에게 빌린, 어깨에 맨 허리띠에 달린 주머니를 뒤졌다.

처음 쓰는 그것의 어디에 뭐가 들어있는지, 정확하게 파악하고 있는 것은 아니지만—.

"벨라돈나의 안약."

그 작은 병의 정체와 용도에 대해서는, 이해하고 있었다.

투구 면갑을 열고, 솜이 들어간 눈이 드러나는 모자를 벗지 않은 채 몇 방울 두 눈에 떨어뜨린다.

잠시 지나 시야의 초점이 흐려지더니, 어둠 속 물체의 윤곽선이 서서히 확실하게 보였다.

분명히 이 상태에서 빛을 쬐면, 오히려 어둠에 갇혀버린 것처럼 보일 것이 틀림없다.

고블린의 시야가 흄과 다르다고 한 것도, 그 마술사였다.

따라서 이것이 고블린과 같은 시야는 아니겠지만, 그래도 예기치 못하게 체험한 것은 좋은 일이다.

"그러면……."

그는 빌린 물건인 안약의 병을 정성스레 집어넣고, 또 달리는 것처럼 통로를 나아갔다.

새로운 발자국 같은 것도 남아 있지만, 이미 젖은 돌바닥 위에서는 판별도 안 된다.

시간은 언제나 그의 적이었다. 어떤 고블린 퇴치도, 그렇다.

"GOORGB!"

"GGBG……! GOROGB~"

"GROGBBGB!!"

전방에서 희미하게 들린 고블린 놈들의 소리에, 고블린 슬레이어는 다시 발을 멈추었다.

번지는 윤곽선 너머, 어둠의 저편에 방이 있는 걸 확인했다.

그 안에서 꿈틀거리는— 고블린. 주절주절 시시한 것을 지껄여대고 있을 것이다.

—그건, 됐다.

아무래도 좋다. 고블린 놈들에게는 언어가 있고, 농담이라는 문화가 있다. 그러나 도움은 안 되리라.

중요한 것은 그곳에 흥분의 목소리가 섞여 있는지 아닌지. 사람의—여자의 목소리가 있는지 아닌지다.

숨을 멈춘다. 호흡을 멈추면, 제어가 어려운 몸의 움직임도 다소 멈춘다. 소리도 사라진다. 의식적으로.

그리고 귀를 기울여— 얻은 정보에 숨을 내쉰다. 상황은 단순하다.

그 순간, 고블린 슬레이어는 발치의 작은 돌을 집어 커다랗게 던지며 똑바로 뛰쳐나갔다.

"GROGB……?"

"GOROOOBBG!"

집단의 머리 위를 넘어간 돌멩이. 그것이 내는 소리에, 퍼뜩 고블린 놈들이 일제히 그쪽을 보았다.

고블린은 어리석다. 집단이 되면 위협이 된다. 그렇다면 집단에 먹잇감을 주면 제어가 가능하다.

누가 뭐래도 놈들은, 이득을 보는 것, 편해지는 것, 타인보다 잘난체하는 것밖에 흥미가 없다.

"…………크!"

그곳에, 일직선으로 돌진한다.

이미 오른손은 소검을 뽑았다. 허둥지둥 당황하여 제각각의 무기를 준비하는 고블린보다도 빠르다.

―검이 둘, 활 하나!

"일단, 하나……!"

"GOROGB?!"

불운하게도 가장 가까운 장소에 있던 고블린을, 어깨 쪽에서 목에 걸쳐 베어내 처리한다.

피이, 피리 같은 소리를 내면서 피가 뿜어져 나오고 무너지는 고블린. 지나치면서, 돌바닥에 손을 짚는다.

피 웅덩이가 생기는 것보다 빠르게, 다음 움직임으로 이어진다.

"GORGB!!"

"GOG! GORGBB?!"

그대로 뛰쳐나가는 것처럼 앞으로 구르자, 비잉 하고 맥 빠지는 소리를 내는 화살 아래를 빠져 나온다.

고블린에게 ― 레아나 드워프가 아닌 한 ― 적은 언제나 커다랗다. 필연적으로 높은 곳을 노린다.

그리고 앞에 선 고블린은 뒤의 아군이 화살을 빗맞힌 것을 일단 매도한다. 어리석은 일이다.

"두, 울……!!"

"GOOROGGBB?!"

움직임을 멈추지 않고 앞으로 보낸 발을 있는 힘껏 내밀어, 그 고블린의 작은 몸을 걷어차 날려버린다.

일어서자마자 경추를 짓밟아 부숴 처리할 무렵에는, 이미 오른손이 검을 들고 있었다.

"셋……!"

"GBBGRG?!"

우물쭈물 두 번째 화살을 메기려던 고블린도, 이마에 검이 박히면 넘어가는 수밖에 없다.

비틀 기울어진 그 몸이 뒤쪽으로 쓰러지고, 후두둑 그 양손에서 활과 화살이 흩어졌다.

"——…………."

고블린 슬레이어는 크게 숨을 내쉬면서 재빨리 주위의 적을 탐색했다.

감시의 눈도, 귀도, 지금 이 장소에는 한 쌍밖에 없다. 각도도, 정밀도도, 한정된다.

해야 할 일은 많고, 가진 수는 적은 것이다.

평소라면— 여신관의 성스러운 빛을 쓸 것도 없이, 엘프 궁수가 쏘는 활의 지원을 받아 파고들 것이다.

리자드맨 승려와 자신이라면 그렇게 고전하지도 않으리라. 드워프 도사와 여신관은 주변을 경계.

전투가 끝나면 다소는 긴장을 풀 수 있다. 장비의 회수에, 그렇게 고민할 일도 없다.

여차하면— 아아, 아니다.

"평소라면, 이라는 사고부터가 문제군."

고블린 슬레이어는 경계하듯 중얼거리고, 발치에 있는 고블린의 시체에서 물건을 뒤졌다.

그렇지만 눈에 띄는 것은 허리띠에 끼워둔, 볼품없는 꼴의 소검이다.

고블린 슬레이어에게는 익숙한 것이다. 제대로 된 전사라면 모를까, 불만은 없다.

그러나, 그렇지만—.

"…………흠."

기묘한 위화감이 있었다.

바로 방금 전에, 이것과 완전히 같은 것을 본 것 같았다.

고블린 슬레이어는 가죽 장갑 안에서 손가락을 뻗어, 꼼꼼하게 그 소검의 날을 살폈다.

—같은, 가?

바로 방금 전, 처음에 처치한 고블린이 가지고 있던 검과…… 지독히도 비슷하다.

장식이나 칼날의 모양 따위는, 뭐 괜찮다. 양산품이라면 당연한 일—도 아니다.

이 정도로 완전히 같은 물건을, 여러 개 만들 수 있을까?

심지어 날이 빠진 위치나, 자루에 감은 가죽이 상한 모양까지도 같다니.

"…………알 수 없군."

고블린 슬레이어는 낮게 신음하고, 허리의 칼집에 그 소검을 집어넣었다.

기괴하긴 했지만, 그러나 그는 그 이상 사고에 시간을 들이지 않았다.

시간 여유도, 체력의 여유도, 하물며 사고에 그것을 나눌 여력도, 모든 것이 적다.

그리고, 해야 할 일은 터무니없이 크고 미궁은 상상을 넘어설 정도로 거대한 것 같았다.

"……간다."

누구에게 고하는 것도 아닌 혼잣말을 남기고, 고블린 슬레이어는 홀로 어둠 속을 달렸다.

§

"뭐야? 고블린 슬레이어가 단독으로?"

왁자지껄 떠들썩한 축제 소리에 섞여서, 중장 전사의 의문스런 목소리가 들렸다.

거의 기다시피 도망쳐온 자, 어떻게든 돌파하고 온 자, 그들의 체험담을 들으러왔다.

누가 뭐래도 경사스런 날이다. 겨울이 오기 전 기쁨의 날. 누구나 즐거운 화제에 달려드는 것은 당연하다.

그렇게 늘어선 가게들 뒤편에서, 평상복에 검을 찬 중장 전사가 표정을 찌푸렸다.

"그래 맞아."

그렇게 응답한 것은 지고신의 성인을 목에 건 감독관.

"그렇다고 해요."

그 옆에서 고개를 끄덕이는 건 하프 엘프 검사로, 방금 전까지 미궁 안에서 대기하고 있던 사람이다.

파티의 일원이기도 해서 전령으로 자원한 그는, 가죽 갑옷에 돌격검을 갖춘 차림.

긴급 시에 대비해서 준비를 한다고 해도, 길거리에서 갑옷과 투구를 언제나 입고 있는 건 별종뿐이다.

—고개를 끄덕이는 엘프라는 건 별종이었다고 하지만.

중장 전사는 오랜 모험담 하나를 떠올리면서, 무뚝뚝하게 입을 다물었다.

"일단 안쪽은 이쪽에서 맡고 있으니까, 바깥의 대처를 부탁하는 느낌으로."

"뭐, 그 위인이라면 그리 어지간한 일은 안 일어날 테니까요."

"뭐, 그렇지."

중장 전사는 조금 찌푸린 표정 그대로 수긍했다.

그 뭔가 이상한 녀석이 어디까지 생각하고 있는지는 모르지만, 뭐 나쁘지 않은 선택지다.

자칫 소동이 커지면 이 미궁 탐색 경기의 목적이 단숨에 물거품이 된다.

고블린 정도— 그렇다, 고블린 정도인 것이다.

그런 것을 이기지 못하는 모험가는 모험가가 아니며, 그것에 당황해서는 어쩔 도리가 없다.

그러나, 꾀를 부리는 자에게는 그렇지 않으리라.

침소봉대하여 소란을 피우고, 떠들어대고, 끼어들고, 잘난체할 게 빤하니까.

—그런 건, 귀찮단 말이지.

왕이 되고 싶다고만 생각하던 무렵에는 상상도 안 했었지만.

"고블린 열 마리 스무 마리는 여흥도 못 된다."

그에 비해 익숙지 않은 스커트 탓에 움직이기 불편한 기색을 보이면서도, 여기사는 자신만만한 표정이다.

실제로 그녀로서는, 그 정도의 수라면 어떻게든 될 테니 무리도 아니다.

중장 전사는 힐끔 평소와 옷차림을 바꾸고 있는 그녀 쪽을 보고, 조용히 짧게 말했다.

"100마리 있을 지도 모른다."

"음, 으, 음……."

여기사는 당장이라도 뛰어들어 시산혈해를 만들고 싶어 견딜 수 없는 기색으로, 움찔움찔 손을 움직였다.

허리에 차고 있는 — 드레스에는 전혀 안 어울리는! — 검을 당장이라도 뽑고 싶은가 보다.

그 옆에서 묵묵히 점심 식사로 가게의 음식을 끌어안은 소년소녀 2인조.

아무래도 축제를 즐기고 있는 건지, 갑자기 튀어나온 사태의 변화를 아직 소화하지 못했다.

—뭐, 과보호라는 건 알고 있지만.

여기사는 책임 따위 못 지니까 엄격하게 하면 된다고 하지만, 그럴 수도 없다.

어렸을 무렵을 떠올려보면— 과연, 어땠었더라.

부모에게 제대로 된 칭찬을 들은 적도 없었고, 안전에 신경을 써준 기억도 없다.

괜찮지 않은가? 하고 생각한다. 칭찬해주고, 배려해주고, 천천히 나아가도록 해줘도.

어린애가 어린애 그대로 있을 수 있는 시간 따위, 아무리 길어도 사치는 아닐 텐데.

"하나 먹는다."

소녀 무술사가 「앗」 하고 항의하는 소리를 내는 것도 상관하지 않고, 중장 전사는 그녀의 고양이 고기를 하나 집었다.

그리고 그것을 깨물더니, 길 가던 술장수에게 경화를 던져 맥주를 사고 단숨에 들이켰다.

"나중에 보충해줄게. 일단은 뱃속에 밥을 넣고, 장비를 챙겨둬라. 경계도를 한 단계 올려둔다."

"그렇게 욕심을 부려서 잔뜩 샀으니까 문제없잖아?"

"욕심 부린 거 아니에요!"

소녀 척후가 놀리자, 소녀 무술사가 얼굴이 새빨개지며 또 소리쳤다.

레아에게는 이 정도쯤, 간단한 간식과 다를 바 없을지도 모른다.

흄이 보기에는— 이란 것은, 다소 일방적인 생각이겠지만.

두 사람이 시끄럽게 말다툼을 하는 틈을 타서, 중장 전사는 또 하나 고양이 고기를 집었다.

"옷에 기름이 튄다."

그것을 여기사에게 던지자, 그녀는 괜히 불평을 하면서 받았다.

오물오물 양손으로 잡고 깨물어 먹는 여기사에 이어서 중장 전사가 하프 엘프 검사를 보았다.

"됐어요."

"딱히 절약할 일도 아니잖아."

"저는 소식입니다."

"그래서 그렇게 비쩍 마른 거다."

마지막 말은 여기사. 손가락에 묻은 기름을 핥으면서, 순식간에 하나를 해치웠다.

이것도 뭐, 욕심을 부린다고 하는 건 좀 그렇다.

재빨리, 그러나 제대로 식사를 한다는 것은 전사의 재능 중 하나이리라.

그런 것을 생각하면서 또 한 입, 두 입, 고기를 깨문 중장 전사는 문득 고개를 들었다.

저 멀리— 인파 너머에 있는 익숙한 금발을 보았기 때문이다.

"응, 이봐!"

미궁 안에 없으면 이상하다. 그렇다기보다 그 남자를 따라다닐 거라고 생각했는데.

그러나 지모신의 신관복을 입은 소녀는 이쪽으로 눈길도 주지 않는다.

다른 모험가들과 담소를 하면서, 순식간에 또 다시 인파 속에 묻혀 사라져버렸다.

—아니, 다른 사람인가?

평소의 그 아가씨라면 조금 더 주위를 살피며 무시 따위 할 리도 없으리라.

그렇다기보다, 체형이나 표정도 비슷하지만 다른— 대단히 닮은 누군가였겠지. 아마도.

"우리는 어떡할까요?"

"응, 글쎄."

파티의 회계를 맡은 그가 묻자, 중장 전사는 고기를 깨물면서 턱을 쓰다듬었다.

의리, 인정, 신뢰, 보수, 그리고 목숨. 저울질할 것은 많다. 상황을 보고 생각해야 한다.

—뭐, 고블린 상대로 그 녀석이 돌격을 했다면야…….

"우리들 자리는 여기야. 이곳을 지키는 게 우리들 일이구만."

중장 전사는 가볍게 결론을 내렸다.

"괜찮은 건가요?"

"그러면, 다 함께 우와우와 소란을 떨면서 한 곳으로 돌진하라고?"

뭐, 일리 있는 생각이다. 그도 그럴 것이 주전장은 눈에 띈다.

눈에 띄는 곳에서 활약하지 않으면, 말 그대로 눈길도 못 받고 평가도 하지 않는 자들이 많다.

그리고 모험가는 눈에 띄어야 하는 장사이기도 하다. 그러나—.

"꼬맹이들 전쟁놀이도 아니잖아."

"뭐, 그렇네요."

중장 전사에게, 하프 엘프의 검사는 희미한 웃음을 지으며 어깨를 으쓱거렸다. 알면서 물어본 식이었다.

파티 모두가 한 방향만 보아서는 난처하다. 당연한 것 같은 결단에 대해서도, 이견은 언제나 필요하다.

이 도시의 모험가 길드에 대해서, 나아가 그 위에 있는 나라에 대해서 중장 전사는 높은 평가를 하고 있었다.

사방세계는 자신의 눈에 비치는 것이 아닌 쪽이 더 넓다는 것을 그는 이해하고 있었다.

화려하게 검을 휘두르기만 해서 해결할 수 있는 일은 의외로 적은 것이다.

이번에는 움직이라거나 지원을 하러 와달라는 말이 없는 이상, 아직 할 일은 후방 확보다.

힐끔 곁눈질로 상태를 살펴보니, 감독관도 어쩐지 안도한 표정으로 고개를 끄덕여준다.

모험가 길드가 맡긴 일이다. 단단히 하지 않으면 은 등급의 체면이 안 산다.

"문제는 행방불명이 됐다는 참가자의 수다."

태연하게 끼어든 것은 물론 여기사였다.

그녀는 말다툼을 하는 아이들을 아무렇게나 한 손으로 떼어내면서, 그 눈으로 힐끔 군중을 보았다.

"많으면 찾는 것도 수고가 들고, 까딱해서 정보가 흘러나가 주위가 소란을 피우면 귀찮은 일이 늘어난다."

"……그렇군. 몇 명이지?"

우물. 마지막 한 입을 깨물며, 중장 전사가 뼈를 건너편 수풀로 던졌다.

잠시 지나 잔반 처리를 위해 개 사육사가 풀어둔 개가 그 뼈를 주워다 물어갈 것이다.

"지금은…… 어땠었죠?"

"그러니까, 확인된 수만 말하자면요."

하프 엘프의 검사와 감독관은 머릿속의 장부를 넘기면서, 고개를 끄덕이고 말했다.

"검은 머리의 소녀가, 한 명."

§

그렇다고 해서, 오히려 당연한 것인데 미궁 안에서도 그렇게 큰 변화가 있는 건 아니었다.

"꺄아아?! 이거 뭐야아……?!"

"우와아아! 머, 멈춰…… 멈추라니……까?!"

엘프의 왕자인지 공주인지 알 수 없는 어여쁜 젊은이가, 뱀인지 혀인지 모를 연체에 몸이 꽉 붙들렸다.

한편으로 의기양양하게 방치된 도끼를 잡았던 소년은, 혼자서 움직이는 그 도끼에 휘둘리고 있었다.

자칫하면 자기 팔을 잘라내지 않을까 싶었지만, 그건 뭐 이것은 미궁 탐색 경기다.

성검을 차고서 사령 사냥을 하는 용사와 달리, 자칫해서 팔에 맞는다고 해도 잃을 정도는 못 되리라.

엘프 쪽도 온몸의 뼈가 부서지기 전에 해방을 해주니, 그렇게 비참한 상황은 아니다.

심각하고 진지하며 필사적인 것은 당사자들뿐이다.

그리하여 경기 참가자들은 와~와~, 꺄~꺄~ 하면서 달려 다녔다.

그러나— 그것을 지켜보는 경기 감독 쪽은 그럴 정신이 없었다.

“자, 그쪽은 틀렸어!”

“히엑?!”

갑자기 어둠 속에서 뻗은 가는 팔에 목덜미를 붙잡히자, 검은 옷차림의 입가에서 비명이 나왔다.

척후 같은 것인지. 검은 천으로 온몸을 완전히 감싼 시노비에게 있을 수 없는 추태다.

슬금슬금 미궁을 나아가, 앞서 가는 그림자를 향해서 손 뒤에 숨긴 칼날을 던지려는 순간이었다.

그녀 — 목소리가 높았다 — 는 그대로 고양이처럼 잘못된 길에서 끌려 나왔다.

“너 말야, 저건 다른 참가자잖아? 잘 봐야지.”

“아—.”

“그리고 노리는 거에 빠져서, 밧줄도 쳐놨는데 왜 진로를 벗어나 버리는 걸까아?”

“어, 아, 으. 머, 멈춰 있는 건, 꽤 보기 어려워서…….”

보아하니 천의 틈에서 보이는 눈은, 역시 고양이 같은 금색 눈동자다.

풀이 죽어서 어깨를 늘어뜨리고 있는 소녀에게, 엘프 궁수는「뭐 괜찮아」하며 웃었다.

“자, 이거. 떨어뜨리지 않도록 잘 챙겨.”

훌쩍 던진 것은, 미궁 탐색 경기를 진행한 증거인 금강석 알갱이다.

지금 소동으로 떨어뜨린 모양이다. 황급히 받은 시노비에게, 엘프 궁수는 「좋아」 하며 고개를 끄덕였다.

"아직 갈 길이 머니까. 괴물로 착각해서 다른 사람을 공격하지 않도록 조심해야 된다?"

"네……."

한심스레 힘이 빠진 기색인 그녀의 등을 하이 엘프의 손이 찰싹 두드렸다.

검은 복장의 소녀는 흠칫 몸을 굳히고서, 털레털레 몇 걸음 나아가 멈춰 서서 짐을 확인했다.

나무통을 사용한 수통. 건조시킨 잎으로 감싼 식량. 연고가 든 병. 금강석 알갱이.

공복을 느꼈는지, 한심스레 배를 누르면서 쪼그려 앉은 것도 잠시.

그녀는— 시노비는, 이윽고 결단적으로 걷기 시작했다.

그러나 물론 이 정도는 사소한 트러블이며, 다시 말해서 몇 번이나 일어나는 일이다.

—이래서는, 역시 일손을 탐색에 돌리지 않은 것도 정답이네…….

구호소에서 허둥지둥 달려 다니는 여신관은 때때로 귀에 들어오는 보고에 그렇게 결론을 내리지 않을 수 없었다.

경기를 제대로 진행하는 것만 해도 이런 것이다. 고블린의 존재를 알리면 어떻게 될지 모른다.

모두를 안전하게 바깥으로 데리고 나가거나 진정시키는 것은, 분명히 고생할 거고…….

자칫하면, 분명히 멋대로 고블린을 퇴치하여 눈에 띄고자 움직이는 자도 있을지도 모른다.

혹은 이상한 생각을 해서, 괜히 파고들어 묘한 것을 떠들어대는 자도 있을 것이다.

그리고 그걸로 일어나는 소동이, 또 지하의 고블린을 끌어낼 수도 있었다.

그래서…….

—단독(솔로) 행동…….

어떤 것일까? 그는 거기까지 생각을 했을까? 여신관은 알 수 없었다.

논리와 감정이라는 것은 그렇게 떨어뜨릴 수 없는 것이니까.

그러나 이런 상황은, 그녀에게는 결코 처음이 아니라지만 익숙지 못한 것이었다.

만났을 때부터 생각하면, 몇 번째일까? 많더라도 열 번은 안 되는— 것 같았다.

어디까지나 그런 생각이 드는 거니까 실제로는 더 많을지도 모르고, 어떤지는 알 수 없지만.

그가, 고블린 슬레이어가 그녀를 두고서 단독으로 고블린 퇴치를 가는 일은 그리 없었다.

아니 — 여신관은 고개를 절레절레 흔들었다 — 그건 너무나도 주제넘은 생각이다.

그의 인생에 나중에 들어간 것은 그녀였다.

고블린 슬레이어라는 별명은 단독으로 고블린과 대치했기 때문에 붙은 것이다.

그러니까, 그렇다.

익숙하지 않은 것은, 남겨진 것이고 기다리는 것이다.

그가 혼자 가는 일이 아니다.

"……응."

그렇게 생각하면 결국 자기 자신의 문제였다.

여신관은 그렇게 결론을 내리고, 치료하는 손을 멈추며 이마에 맺힌 땀을 닦았다.

기적을 사용하면 더 편하겠지만, 그렇기에 기적을 써서는 안 되는 것이다.

기적이란 신의 위업에 따른 것이며, 소원하여 비로소 일어날까 말까 하는 것이다.

신앙의 대가로 내리는 것이 아니다. 편리하게 사용해도 되는 것이 아니다. 그래서는 의미가 없다.

그래서 여신관은 타박상 부분에 단단히 붕대를 감아 고정하고, 그걸로 치료를 마쳤다.

"너무 움직이지 않도록 해주세요. 어디까지나 응급처치니까요."

네. 작게 말하며 고개를 끄덕인 소년은 역시 모험가가 되려고 마을을 뛰쳐나온 것일까?

딱히 고블린이나, 함정에 걸린 것이 아니다. 젖은 이끼를 발로 디뎠다가 미끄러진 것뿐.

그것을 멍청하다거나 어리석다거나, 웃을 생각은 여신관에게는 없었다.

그녀 자신도 분명히 넘어졌으리라. 주사위 눈이 좋았으니까 넘어지지 않은 것뿐이다.

소년이 얌전히 있는 것을 확인하고, 여신관은 일어섰다. 그러면, 다음은—?

"지치진 않으셨나요?"

"어, 아……!"

접수원 아가씨였다.

문득 말을 거는 소리에 황급히 돌아본 여신관은 생긋 웃으며 고개를 끄덕였다.

"괜찮아요. 이런 일은 사원 쪽에서 어렸을 때부터 했으니까요."

"그러면, 휴식할 타이밍도 확실하게 파악하고 있겠죠."

접수원— 역시 아까부터 돌아다니던 그녀였지만, 그런 기색은 조금도 보이지 않는다.

작업복 차림이라지만 단정하고, 등도 쭉 펴고, 머리칼도 깔끔하고, 향수 냄새도 난다.

땀을 흘리며, 가쁜 숨을 쉬면서, 필사적으로 일하고 있는 그녀하고는 역시 다르다.

여신관은 콩닥거리면서도 고개를 끄덕였다. 방금 전의 소년하고 비슷한, 작은 대답이었다.

—이 사람은, 어쩌고 있는 걸까?

문득, 그런 의문이 스쳤다. 언제나 그녀하고는 길드의 접수처에서 대면하고 있다.

모험에 갈 때. 돌아왔을 때. 그 사이의 그녀를 여신관은 모른다.

그래서 무심코 물어보고 싶어져 버린 것이다.

"기다리는 것밖에 못한다는, 거……. 역시, 힘드네요."

"무슨 말을 하는 건가요. 터무니없어요!"

그리고 돌아온 것은 생각도 못한 대답이었다.

갸우뚱하는 여신관에게, 접수원이 후훗 웃고는 방해가 안 되게 방의 구석으로 이끌었다.

벽에 기대는 것처럼 바닥에 앉아서, 달콤한 향이 나는 물주머니를 내밀었다.

받아 든 여신관이 조심조심 입에 머금자, 그것은 레몬과 벌꿀을 넣은 물이라 가볍게 한숨.

여신관의 분위기가 부드러워진 것을 재면서, 접수원은「으음……」하고 말을 꺼냈다.

"저희들은, 지금, 뭘 하고 있다고 생각하세요?"

"저기……."

여신관의 눈이 망설였다. 모르는 건 아니다. 당연하다.

당연한 것을 물어보면, 당황하기도 한다. 혹시 뭔가 속뜻이 있는 건 아닌가 하고.

그렇지만 속뜻이 있다고 해도, 대답까지는 도달하지 못한다. 대답을 찾아서, 여신관은 시선을 움직였다.

구호소에서는 많은 참가자나, 감독을 하고 있는 모험가들이 허둥지둥 달려 다녔다.

요술사가 엘프 여성과 함께 이동하는 것을 눈으로 좇으며, 여신관은 고개를 끄덕였다.

"미궁 탐색 경기……의, 운영—이죠?"

"네, 맞습니다."

손가락을 척 세우고 직원다운 근엄한 어조로 말하면서, 접수원은 키득키득 웃었다.

"참가자들의 관리, 진행도의 파악. 불의의 사태에 대비하면서, 제대로 전달도 하고……."

바깥의 가게들에서도 손님과 다투는 일이 있다. 그것에 대해서라면 구경꾼들끼리 싸우는 경우도 있을 것이다.

기묘한 인연으로 존재를 알게 된, 그 도적들의 집단도 어쩌면 움직이고 있을지도 모른다.

소매치기나 도둑질— 여신관으로서는 결코 간과할 수 없지만, 그 또한 사람 사는 세상이다.

"큰일, 이네요."

"네, 큰일이에요."

생긋 응답한 접수원은 사삭, 깔끔한 동작으로 일어서서 툭툭 옷에 묻은 먼지를 털어냈다.

할 일도, 해야 하는 일도, 아직 많다.

걱정은 있지만— 아무리 걱정을 해도 해야 할 일이 사라지는 건 아니다.

"기다린다는 건, 그것만으로 커다란 일인 거예요. 기다리는 수밖에 없다는 것하고는, 다른 거죠."

여신관은 미궁의 어둠속, 화톳불에 비치는 그녀가 선 모습을 올려다보았다.

그리고, 벌컥 물주머니 안을 — 드워프 도사가 그러는 것처럼 —

들이켜고 단숨에 일어섰다.

"저도…… 조금 더, 열심히 할게요……!"

고맙습니다. 여신관은 물주머니를 내밀었다. 접수원은 그것을 받았다.

여신관이 꾸벅 한 번 고개를 숙이고, 또 다시 구호소 쪽으로 달려갔다.

지키고, 치유하고, 구하라. 그것이야말로, 그녀의 골자가 되는 신앙이니까.

§

고블린에게는 모든 것이 마음에 안 드는 일뿐이었다.

매일매일 구멍 속에서, 매일매일 같은 고기만 먹는다. 마주치는 얼굴도 모두 똑같다.

언제부터 이렇게 됐는지는 기억도 안 나고, 언제까지 이런 걸까 따위 생각한 적도 없다.

그것이 그의 모든 것이다. 그의 세계에서, 그는 그 모든 것에 대해 미친 듯이 화를 내고 있었다.

이놈이고 저놈이고 아무것도 모르는 놈들이다.

방금 전 — 고블린에게 싫은 일, 부러운 일은, 언제나 「방금 전」이다. — 에도 그랬다.

이상한 곳으로 길을 잃고 들어간 녀석들이 기껏 임신 주머니를 발견했는데, 그 자리에서 망쳐버렸다.

그 녀석들은 아무래도 죽어버린 모양이지만, 당연한 것이다.

멍청한 녀석들이니까 죽어도 이상할 것 없다. 독점하려고 한 것이다. 꼴좋다.

나는 그런 녀석들과 다르다고, 그 고블린은 생각하고 있었다.

예를 들어, 그렇다. 지금 이 위에서 쿵쾅거리며 소란을 피우는 녀석들이다.

맛있어 보이는 것을 먹거나, 즐겁게 소란을 떨거나, 예쁜 것이나 훌륭한 것을 가지고 있다.

이쪽은 이렇게 지저분한 곳에 처박혀서, 계속 참고 있는데!

도저히 용서할 수가 없다. 그런 일이 있어선 안 되는 것이다. 이렇게 독한 놈들이 또 있을까!

잘난 체하며 지팡이를 휘두르는 녀석의 명령에 따르는 것은 마음에 안 들지만, 말은 동감이다.

놈들은 소굴로 끌어들여서, 모든 것을 빼앗고 짓밟고 장난감으로 삼아야 한다.

누가 뭐래도 지금까지 험한 꼴을 당한 것은 이쪽이니까, 그 정도는 당연한 권리다.

물론 고블린은 권리 같은 어려운 말 따윈 이해 못하지만, 다시 말해서 그런 것이었다.

그렇지만 그 고블린은 다른 동료 — 라고 생각하진 않지만 — 들과 달랐다.

놈들이 들어온 녀석들을 와~와~ 쫓아다니는 사이에도, 그는 제자리에 머물러 있었다.

성실해서 그런 게 아니다. 성실한 고블린 따위 이 사방세계에 존재할 리 없다.

그는 자신이 어리석은 자가 아니라고 생각했다. 동료들하고는 다르다고 생각했다.

바보처럼 와~ 와~ 와~ 와~ 쫓아다니는 것, 그런 멍청한 짓을 안 하는 것이다.

놈들이 열심히 달려 다니면서 사냥감을 완전히 지치게 만들면 된다.

그리고 다음은 몰래 숨어 있다가, 그가 그것을 처치하면 되는 것이다.

어차피 다른 녀석들은 키약키약 소란을 떨겠지만 뭘, 강하고 영리한 건 나다.

지팡이를 휘둘러대며 잘난척하는 녀석도 조만간 잘 해서 끌어내려 주겠다.

그 사전 축하로서, 손에 넣은 먹잇감은 마음대로 하게 해주면 된다.

남자라면 뭐 먹어 버리자. 여자라면 먹기 전에 이것저것 즐기는 방법이 있다.

동료들이 어느 정도나 몰아올 수 있을까? 무능한 놈들이니까 그렇게 잘 되진 않을 것이다.

힘이 남아 있으면 고통을 주는 것도 즐겁지만, 너무 힘이 남아 있으면 의미가 없지 않은가?

고블린은 적당한 바위에 앉아서, 조잡한 창을 끌어안으며 투덜투덜 불평을 했다.

그의 머릿속에서 뭉게뭉게, 동료들의 추태와 그걸 처리해주는 자기 모습이 부풀어 올랐다.

그것은 짜증으로 이어지고, 분노로 이어졌다. 제멋대로고, 지리멸렬하고, 일방적인 분노.

진심으로 정당한 분노라고 생각하는 고블린은, 그 탓에 사냥감은 자기 손에 들어와야 한다고 결론을 내린다.

그는 멋대로 망상을 부풀리고, 욕망을 끓이며, 다가올 날의 성공과 영광에 군침을 흘리며 기뻐했다.

그리고 그 흥분에 미끄러져 들어온 칼날의 존재도 깨닫지 못하고, 의식이 어둠 속으로 가라앉다가 이내 놓쳐 버렸다.

§

"이건 이미 유적이 아니라 동굴이군."

던진 단검이 고블린의 두개골과 함께 나락으로 떨어졌지만, 고블린 슬레이어는 눈길도 주지 않았다.

주위는 이미 미궁의 양상이 아니라, 바위를 난잡하게 파낸 것 같은 구역이 하염없이 이어지고 있었다.

개미굴이라고 부르기에는 굵고 복잡하다. 그러나 자연스럽게 생긴 것이란 생각이 안 들 정도로는 넓었다.

고블린 슬레이어는 문득, 땅속에 숨어 있는 뭔가 거대한 괴물의 일화를 떠올렸다.

광부들이 파내 버렸다고 무슨 소동이 일어났던 것이 몇 년 전이었던가?

아니면 그건 점균 같은 것이었던가? 다른 사람의 이야기 따위, 그다지 흥미도 없었던 무렵이었을 거다.

—그러나 어쨌든지, 이 자리에 있는 건 고블린이다.

그런 애매모호한 회상을, 고블린 슬레이어는 간단히 내쳤다.

바위에 구멍을 뚫는 괴물과 고블린 놈들이 공존할 수 있을 거란 생각은 도저히 안 들었다.

혼돈의 세력에 기울어진 기도하지 않는 자가 있는 것치고는 고블린의 움직임이 통솔되지 않았다.

이곳은 틀림없이 고블린의 영역이며, 다시 말해서 고블린 슬레이어의 영역이었다.

"……."

미궁에서 숨겨진 통로 안쪽으로 들어와서, 과연 어느 정도 시간이 지났을까?

그는 머릿속으로 세고 있던 숫자를 통해 대략적인 시각을 계산하여, 그다지 안 지났다고 판단했다.

이쪽으로 들어온 참가자가 몇 명 있는지는 분명치 않지만— 아직, 괜찮을 것이다.

적어도 남자든 여자든, 전투로 살해당하지 않았다면 아직 살아있을 무렵이다.

서둘러야 하지만, 초조해해선 안 된다.

그래서 그는 신중하게, 석순 사이로 몸을 숨기면서 살며시 그 앞을 살폈다.

벨라돈나의 안약이 주는 밝은 눈은, 극적이진 않지만 분명히 도움이 되고 있었다.

엘프나 드워프의 시각하고는 비슷하지만 다르고, 그 자신이 광원을 진압에 자주 쓰는 이상…….

—아니, 그 소녀에게 쓰도록 하는 이상, 이다.

그렇다. 자신이 아니라 여신관의 지원을 받는다면, 언제나 쓸 수는 없지만.

그래도 어둠 속, 땅바닥에 뚫린 벼랑과 그 사이를 잇는 가는 길을 보기에는 충분했다.

제대로 된 다리 같은 것이 아니다.

그저 커다란 석순이 무슨 일 때문인지 쓰러져서 용케 벼랑을 가로지른 것이리라.

흄은 물론이고, 리자드맨이 올라가도 무너지지 않으리라— 그리고 당연히, 고블린도.

—고블린이다.

지금 그 한 마리가 아니다. 한 마리뿐이 아니다. 자신만 매복할 수 있다고 생각하는 놈들이다.

열인가? 스물인가? 그 이상인가? 백은 아니겠지만, 수적으로 불리한 것은 틀림없다.

놈들 모두가, 방금 동료가 떨어진 것을 깨달았을까? 아닐까?

깨달았다고 해도 발을 헛디딘 멍청이라고 생각할 지도 모른다.

고블린들은, 적어도 자기는 떨어지지 않는다고 완전히 믿고 있으니까.

어둠 속에서, 숨어 있다고 생각하며 꿈틀거리는 그림자. 판별은

할 수 있어도, 어둠에 번져서 수까지는 알 수 없다.

함부로 파고들면 일제히 공격을 받는다.

그런 것은 알고 있다. 그러나 어떡하면 좋을까? 고블린 슬레이어는 고민하지 않는다.

—다시 말해서, 결단적으로 파고들면 되는 것이다.

"GOROGGBB?!?!"

쏜살같다고 하면 엘프가 웃겠지만, 색을 가진 바람처럼 돌격하는 침입자.

허를 찌를 셈이었다가 허를 찔린 고블린들은, 어리석게도 그 이점을 버리고 소란을 피운다.

그렇게 되면, 다음은 쉽다.

"둘!"

"GGB?!?!"

자갈처럼 던진 작은 병이 고블린의 두개골과 함께 분쇄되어 내용물을 뿌린다.

피와 뇌수, 뼈와 유리 파편에 뒤섞여서 어울리지 않을 정도로 달콤한 향기가 퍼진다.

고블린 슬레이어는 그 향수의 안개 속으로 뛰어들어, 그대로 단숨에 빠져나가 달렸다.

"GOROGB?!"

"GOROGBBGB?!?!"

그렇다, **빠져 나간** 것이다.

여자의 냄새. 눈앞을 삭 뛰어가 버린 사냥감.

흥분과 혼란과 분노는 치명적인 틈을 만들고, 고블린 슬레이어의 앞길을 가로막는 자는 없다.

"GOOGB!! GOROGGBB!!!!!"

"GGB!"

"GOOOOBBGBB!!!!!"

그리고— 고블린 놈들은 함성을 지르며, 모든 것을 내던지고서 추적하러 달린다.

누구보다도 빨리 따라잡아서 쓰러뜨리지 않으면, 모든 것을 다른 놈들이 차지해 버린다.

모든 것을 차지하는 것은 자기 혼자여야 한다. 무기를 쥐고서, 휘두르면서, 몰아붙인다.

그 모습에는 방금 전까지 미약하게 남아 있던 사려 — 라고 부를 수 있다면 — 가 이제 남지 않았다.

그저 눈앞의 사냥감을 자기 손으로 차지하는 것 말고 무엇 하나 생각하지 않는, 짐승이나 마찬가지인 고블린이 있을 뿐이었다.

—변상을 해야겠지.

고블린 슬레이어는 번지는 시야 속에서 지형을 파악하며, 문득 그런 생각을 했다.

그러나 고블린 퇴치에 관련된 일이 아니다. 한순간에 그것을 투구의 한 구석으로 몰아놓고, 그는 달렸다.

흄과 고블린은 체격이 다르다. 속도도 다르고, 지구력도 다르다. 장비의 과다를 제외한다면 그렇다.

따라서 고블린은 눈앞에 있는 사냥감의 등이 가까워졌다고 해도 딱히 의문을 품지 않았다.

자기 발이 누구보다도 빠르며, 다른 멍청이들하고는 다르다. 눈앞의 바보는 지쳐서 넘어지기 직전이다.

"GOROGBB!!"

"셋……!!"

그런 망상은, 돌아보자마자 휘두른 한 칼에 목줄기가 찢어지면서도 사라지지 않았다.

고블린은 피를 뿜고서 그것에 빠지며 앞으로 쓰러지고, 뒤따라오는 동료들에게 짓밟혔다.

만약 목이 치명상이 아니었다고 해도, 뼈도 내장도 짓밟혀 부서지면 그걸로 끝장이다.

"넷, 다섯……!"

"GOROOG!!"

"—여섯!"

"GBBGROOGB?!"

고블린 슬레이어는 속도를 떨어뜨리지 않고, 그 때 그 때 따라잡은 적에게 일격을 선물한다.

피가 튀고, 비명이 오르고, 주검이 넘어지고, 그것이 후속 고블린의 속도를 늦춘다.

그 사이에 고블린 슬레이어는 무질서하게 늘어선 석순 사이로 뛰어들어 숨을 고른다.

고블린 놈들의 강점은 기습이며, 수가 많다는 것이다. 고블린 퇴치에서 고려해야 할 것은 그 두 가지.

그렇다면 기습을 하면 된다. 피아의 전력 차이를 뒤집으면 된다. 그뿐이었다.

설령 동굴 안이라도 계속 이동하여 정확한 위치를 모르게 하면 벽을 뚫고 오는 것도 전혀 두렵지 않다.

차폐는 언제나 이쪽의 아군이다. 그리고 유탄(그레네이드)은 흉의 벗이다.

고블린 슬레이어는 가방에서 꺼낸 최루탄을 적당한 석순 너머로 던졌다.

"GOROOGB?!"

"GRGB?! GGOBOOBBBRU?!"

—언젠가 가르쳐야겠지.

몸부림치는 고블린 놈들의 비명을 즐기는 가운데, 여신관 생각이 문득 스쳤다.

산소를 폐부에 빨아들여 뇌에 호흡이 돌면 그런 사고의 정체도 간단히 사라졌다.

"GBBG!!"

"일곱!"

"GOROGB?!"

눈물과 침을 뿌리며 석순 너머에서 들여다본 고블린의 머리를 붙잡아, 턱을 바위의 가시에 처박는다.

구개와 혀를 지나 뇌까지 꿰뚫어 버리면, 이제 더 이상 한심스레 입을 여는 일도 없으리라.

적어도 고블린치고는 명예로운(글로리 킬) 처형이라고 할 수 있었다.

고블린 슬레이어는 구경거리가 될 머리를 보지도 않고, 발치에 떨어진 곤봉을 주웠다.

무기는 언제나 알아서 다가온다. 난처할 일이 없다.

"—여덟……!"

"GOOROGB?!"

여러 마리를 처치하고 피와 기름투성이가 된 검을, 그는 아무렇게나 등 뒤로 던지고 달렸다.

그 다음에 대해서는— 세세하게 말할 필요도 없으리라.

고블린 슬레이어는 달리고, 그가 지난 길에는 수북하게 고블린 놈들의 시체가 거듭해 쌓여 간다.

그것은 과거의 눈 내린 산, 혹은 지방 마을에 가서 소꿉친구와 함께 고립됐을 때의 전황과 비슷했다.

그러나, 비슷할 뿐이다.

그 때의 그는 쫓기는 쪽이었다. 후퇴하는 쪽이었다. 위협받는 쪽이었다.

지금의 그는, 고블린을 죽이는 자다.

함부로 거리를 좁힌 고블린을 한 동작으로 처치하고, 조금이라도 거리가 멀어지려고 하면 투척으로 죽인다.

무기는 얼마든지 있다. 쓰러진 고블린에게 빼앗고, 석순을 부러뜨리고, 바위에, 땅바닥에 처박는다.

상당히 옛날처럼 생각되는 작은 마을의 싸움과 달리, 여기는 동굴 안이다.

그 암흑의 탑에서 상대한 고블린 놈들보다도 훨씬 수가 적다.

그러나—.

—흐트러졌군.

싸우는 방식이 그렇다.

사방을 신경 쓰는 것이 자신뿐이다. 지원하는 화살도, 술법도, 자갈도 없다. 진로를 생각하는 것도 자신뿐.

자신이 인식할 수 있는 것이 전부다. 그것 말고 무엇 하나라도 놓치게 되면 치명적이다.

그렇기에 지금 이 때 그것을 깨달은 것은, 주사위의 눈이 좋았다고만 할 수는 없으리라.

바위 뒤에서 차폐를 하며 호흡을 고르려고 한, 그 한순간.

휘릭 바람을 가르는 소리가 인식 바깥에서 닿았을 때, 그는 반사적으로 몸을 틀 수 있었으니까.

"음……!"

찌직 불길한 소리를 내면서 허리의 가방이 찢어져, 알맹이가 후두둑 흩어졌다.

동굴에 새겨진 깊은 벼랑 안으로 장비가 떨어지는 것도 개의치 않고, 그는 가까운 바위 사이로 뛰어들었다.

날아온 것은 명백하게 조잡한 화살이었고, 날아온 곳은——.

"그렇군, 궁병인가……."

벼랑 반대편. 쓰러진 거석으로 이어진 그 곳에, 몇 마리의 고블린이 활을 들고 서 있었다.

아마도 급하게 쏘아버렸을 것이다. 그 중 한 마리가 지팡이를 든 고블린에게 맞아 쓰러지고 있었다.

고블린을 생각대로 조종하는 일 따위는 고블린에게도 어려운 것이다.

“GOOROGBB! GOOROGGBBB!!!!”

“음……!”

그러나 고블린 슬레이어가 바위틈에서 상태를 살핀 순간, 눈이 멀 것 같은 섬광이 어둠을 갈랐다.

안약 덕분에 시야가 막혔지만, 그러나 무슨 일이 일어났는지는 이어지는 소리를 들으면 알 수 있다.

굉음과 함께 무언가가 부서지고, 와르르 무너지는 것이 확실하게 전해졌다.

—그렇군, 다리를 부쉈나.

이쪽이 사격을 못 한다고 생각을 했는지 아닌지, 고블린의 사고회로를 짐작하는 건 소용이 없다.

십중팔구, 자신들은 활을 가지고 있지만 저쪽은 없다. 그렇게 생각했으리라.

고블린 슬레이어는 섬광에 — 기묘하게도 — 시야가 검게 물든 것을 즐기고 있었다.

이것이 그대로 놈들의 시야에 적용된다고 생각할 수는 없지만, 그래도 다소 여유가 있다.

실제로 휭휭 날아드는 화살의 비는 숨어 있는 바위에 맞는 게 드물다.

주위의 바위 벽이나 땅바닥에 맞아 튕기고 있는 이상, 그렇게 무르게 봐도 될 것은 아니겠지만.

—그러면, 어찌 할까?

기억 속, 달리면서 머리에 때려 박은 지형을 떠올렸다.

동굴에 새겨진 균열의 폭을 생각하면, 확실히 거리가 상당하다.

뛰어서 건너는 것도, 그냥 무기를 던져서 처리하는 것도 어려운 것은 틀림없다.

다리를 부수고 화살을 쏜다는 것은, 역겹지만 올바른 전략이었다.

—나를 처치한 다음, 어떻게 할 것인가는 생각하지 않았겠지만.

고블린 슬레이어는 다시 시야가 어둠에 익숙해지는 것을 기다리며, 허리의 가방에 손을 넣었다.

그리고 찢어진 그것에 알맹이가 거의 남지 않은 것을 확인하고, 숨을 내쉬었다.

딱히 아쉬워하지는 않는다. 장비라는 것은 쓰는 것. 잃는 것이다.

다음으로 그가 손을 넣은 것은, 접수원이 맡긴 어깨에 대각선으로 걸고 있는 허리띠였다.

거기에 몇 갠가 달려 있는 주머니에도 장비가 들어 있다.

"GOOROGB!! GOOROGGBB!!!!"

"GOBBBGRGB!!"

향수는 이미 사용했다. 벨라돈나의 안약은 사용하고 있다. 리본. 장부에 철의 첨필. 사탕. 등등등.

밧줄 한 무더기가 있으면 좋겠다고 생각했지만, 그건 없다. 첨필은 좋다. 그는 첨필을 방패의 끈에 끼웠다.

고블린 슬레이어는 투구의 면갑을 들어서, 발견한 사탕을 하나 아무렇게나 집어넣었다.

고소한 향초의 맛과 냄새가 단숨에 입 안으로 퍼지는 것에 질색하면서, 면갑을 내렸다.

어떻게 해야 할지는 명백하다. 행동을 해야 하리라. 또 다시 놈이 주문을 읊으면 큰일이다.

그러나, 그렇다고 해도…….

—그 투척 나이프는 아깝군.

§

"와, 와, 와, 와……."

실수했다.

주르르륵 경사를 미끄러지면서, 소녀는 우는 것처럼 표정을 엉망으로 찌푸렸다.

이제 와서 후회를 해도 어쩔 수 없는 일이지만, 올려다본 올라가는 길은 멀고, 아래쪽도 역시 높다.

여기서 기어 올라가는 건 어려울 거고, 그렇다고 아래쪽으로 내려가는 것은 대단히 무섭다.

그래도 위로 돌아가는 건— 안 된다. 경기니까, 앞으로 나아가야 한다.

—힘, 내야지……!

검은 머리의 소녀는 손과 발을 어떻게든 지탱하여, 그대로 주르륵 경사를 내려갔다.

손바닥이 자갈이나 돌멩이에 쓸려서 따끔거리고, 욱신거리며 대단히 아프다. 장갑을 샀어야 할까?

미로의 안쪽에 이런 동굴이 펼쳐져 있다고는 생각지도 못했다.

다른 사람의 기척이 없으니까, 어쩌면 길을 잘못 들어버린 것은 아닐까?

—아니. 길은 맞을…… 거야.

왜냐면, 그렇지 않다면 이정표처럼 점점이 떨어져 있는 것이 이상하지 않은가?

소녀가 등에 멘 작은 가방은, 지금은 이것저것 주워 모은 것으로 빵빵하게 부풀어 있었다.

그러면— 단순히 내가 제일 늦은 것뿐일까?

분명히 아마도, 그게 틀림없다. 문득 뇌리에 마을 소년의 새된 비웃는 소리가 되살아났다.

그 목소리는 무심코 발을 멈춰버릴 정도로 아픔이 함께했지만, 소녀는 휘휘 머리를 흔들었다.

그럴 때가, 아니었다.

소녀는 필사적으로 — 죽을 정도로 무섭다는 건 어떤 걸까? 분명 지금이야 — 집중했다.

귀를 기울이고, 눈에 힘을 주어도, 그녀는 아무것도 안 들리고 아무것도 안 보였다.

어느샌가 허리에 매달아둔 랜턴의 기름도 떨어지고, 어둠이 올라타자 그녀는 마음이 약해졌다.

큰 소리로 외치거나 누군가를 부르지 않은 것은 겁쟁이에, 불안하고, 창피하기 때문이다.

모험가가 되려는 사람은 분명히 그런 일을 하지 않을 테니까…….

또 웃음거리가 되는 건 싫었다.

"으, 아…… 영, 차……."

드디어 바닥에 닿은 소녀는, 새삼 우뚝 선 벼랑을 올려다보았다.

어둠에 눈이 익숙해졌다고 해도, 도저히 도저히 위까지 보이지 않았다.

때때로 위에서 후두둑 돌멩이가 떨어지는 것에, 소녀는 눈을 깜빡였다.

어쩐지, 양쪽에서 벼랑이 쓰러지는 것 같다는 생각을 떨칠 수 없었다.

소녀는 눈동자에 눈물을 담고서, 손바닥에 파고든 작은 돌 알갱이를 떨쳐내고 따끔거리는 고통을 견뎠다.

그리고 쓱쓱 소매로 눈을 닦아내고, 흠칫거리는 발걸음으로 계곡의 길을 걸었다.

그녀는 우스꽝스러울 정도로 겁쟁이고, 가여울 정도로 신중했다.

기량에 기반한 것인지 행운에 따른 것인지는 분명치 않지만, 결과적으로는 그것이 목숨을 구했다.

주르르, 주르르. 앞에서 들리는 희미한 소리에, 움찔 멈춰 설 수 있었으니까.

—뭐지……?

소녀는, 가만히 안쪽의 어둠을 보았다. 아니, 그냥 보는 것이 아니라 단단히 관찰했다.

그것은 길이가 8피트 가까이 되었다.

그것은 불규칙하게, 그러나 천천히 움직이고 있었다.

그것은 그녀에 대해 주의를 기울이는 것 같지는 않지만, 그러나 이쪽을 눈치챈 것 같았다.

그것은 날카로운 송곳니를 가졌고, 더욱이 몸통 박치기를 하거나 몸을 휘감을 것 같았다.

"JJJ……."

—저건, 뱀(서펜트)이다.

소녀는 꿀꺽 침을 삼켰다. 흙과 비슷한 다갈색이나, 암갈색의 뱀.

조용히 앞으로 나섰다. 뱀이 주르르 앞으로 움직였다. 살짝 뒤로 물러났다. 뱀이 주르르 앞으로 움직였다.

우물쭈물 오른쪽으로 한 걸음. 뱀은 몸통을 꿈틀거려 오른쪽으로 움직였다. 그러면 왼쪽. 뱀이 왼쪽으로 기었다.

소녀는 멈춰 섰다. 뱀도 움직임을 멈추고, 그 빛나는 눈으로 가만히 이쪽을 노려보았다.

—어떡하지…….

어떡하면 좋을까? 짐작도 안 된다.

멈춰선 소녀는, 이제 와서 허리에 찬 검의 무게를 떠올리고 우물쭈물 뽑았다.

검을 뽑아 봤자 무슨 의미가 있는 것도 아니지만, 조금 안심했다.

—하지만…….

힐끔 손을 보고서 칼끝까지 시선을 주고, 그리고 새삼 뱀을 보았다.

—쓰러뜨릴 수, 있을까………….

도저히 그런 생각이 안 들었다.

공격은 할 수 있을 거라 생각한다. 생각하지만, 한 번에 싹둑 베어서 쓰러뜨릴 것 같다는 생각이 전혀 안 들었다.

그렇게 되면 분명히 물리거나, 휘감겨 조여버릴 거야.

독이 있으면 분명히 아프고 괴롭다. 온몸을 조이는 것도 아프고 괴롭다.

—그리고, 통째로 삼켜버릴 거야.

분명히 뱀이란 것은 사냥감을 통째로 삼키고, 온몸의 뼈를 우득우득 가루처럼 만든다고 했다.

소녀는 그런 것을 떠올린 것을 지독하게 후회하고, 상상한 말로에 오싹해져서 주저앉았다.

풀썩 작은 엉덩이를 땅바닥에 대자, 싸늘함이 스며들어서 얼굴이 울상이 되었다.

그래도 울먹거리지 않은 것은 — 반쯤 울고 있지만 — 알고 있기 때문이다.

울어도, 아무도 구해주지 않는다. 스스로 어떻게든 해야 하는 것이다.

—생각, 하자.

이것도 아마 경기이고 시험이니까, 뭔가 방법이 있을 게 틀림없다. ……그럴 거다.

소녀는 힐끔거리며 뱀의 모습을 살피면서, 등에 맨 가방을 내려 안을 점검했다.

알맹이는 제대로 정리도 안 됐고, 마치 잡동사니만 욱여넣은 것 같았다.

곤봉이나 단검. 이상한 빨간 가루(만지니까 따끔거렸다), 잘 모르는 약병, 두루마리 같은 것.

—두루마리, 쓰는 걸까?

조금 아닌 것 같았다. 아깝다는 것과 별개로, 그게 아니야, 라고 생각한 것이다.

일단 두루마리는 옆으로 치우고, 소녀는 우웅우웅 소리를 내면서 짐을 하나씩 확인했다.

그 사이에도 힐끔, 힐끔 뱀 쪽을 보지만, 역시 가만히 이쪽을 보기만 한다.

경기 감독을 하는 사람이 기다려주는 게 틀림없으니까, 그녀는 황급히 또 가방을 보았다.

뭔지 아는 걸로는 어떻게 못할 것 같다. 그러면, 뭔지 모르는 걸 써야 할까?

그렇다고 잘 모르는 약을 마시는 건 무서웠다. 그러니까 약도 아니다. 아니란, 걸로 하자.

그렇, 다면——.

“이거, 일까……?”

소녀는 잘 모르는, 그러나 대단히 흉흉한 아마도 무기라고 생각하는 것을 쥐었다.

오른손에 장검을 들고 — 엄청 무겁다 — 왼손에 그 무기를 쥐고 살짝 앞으로 나섰다.

“JJJJJ……!”

뱀이 움찔 반응하여 고개를 쳐들고, 슈륵 날카로운 소리를 내면서 혀를 내밀고 으르렁댔다.

그 위협에 소녀는 무심코 물러날 뻔했다. 다리에 힘이 풀리고 무릎이 부들부들 떨렸다.

이거면 되는 걸까 불안해 졌다. 실패해서, 잘못해서, 안 되면, 혼나고, 웃음거리가 된다.

그러나 소녀는 허리에 찬 자루의, 아주 약간의 무게로 버텼다.

간신히 여기까지 어떻게든 모아온 보석 알갱이가, 그녀를 앞으로 움직였다.

"이, 야……앗!"

덤벼드는 뱀의 속도와 비교하면 너무나도 한심하고, 너무나도 늦은 한 걸음.

그것은 결코 노린 것은 아니지만, 덕분에 소녀는 커다랗게 열린 뱀의 아가리를 보았다.

시야에 한 가득 펼쳐지는 그것에 소녀는 반사적으로 오른손에 쥔 무기를 내밀었다.

"JJJJJJJJJJJJJJJJJJJJJJJ!!!!!"

"히으……윽?!"

고통은 없었다.

콰악. 하는 소리와 함께 저릿한 충격이 있고, 날려간 소녀는 엉덩방아를 찧었다.

눈앞에서 흉흉한 단검을 입에 끼운 뱀이 당혹하여 고개를 흔들고 있었다.

그 이형의 칼날 탓에 토해내지도 삼키지도 못하고 아가리에 걸려버린 것이다.

호기다, 라거나. 틈이다, 라거나. 그런 제대로 된 생각도 못했다.

소녀는 꾸물거리며 망설인 다음, 용기를 필사적으로 쥐어짜 다다다 달려갔다.

“야, 앗……!”

그리고 뿅 토끼 같은 것처럼 기세를 붙여서, 뱀을 뛰어넘었다.

“JJJJJ!!!!”

그대로 돌아보지도 않고, 필사적으로 달렸다. 등 뒤에서 으르렁거리는 소리는 무서워서 어쩔 수가 없었지만.

—쓰러뜨리지 않아도 되는…… 걸, 까?

아마도. 넘어질뻔하면서, 우물쭈물 달리면서. 소녀는 필사적으로 생각했다.

안 된다면 경기 감독하는 사람이 나올 거고. 안 나온다면 틀린 게 아닐 것이다.

그렇게 계속 달리자, 계곡의 어둠 속에 역시 뭔가 다른 것이 보였다.

그것은 처음에는 커다란 돌의 제단 같았다.

그러나 다가감에 따라 애매모호했던 윤곽이 확실해져서, 그것이 돌 상자…… 아니.

좀 더 말하자면, 돌의 관이라는 것을 소녀의 눈으로도 알 수 있게 됐다.

그녀는 얼마나 멈추고 싶다고 생각했는지 모르지만, 뒤에서는 뱀이 몸부림치는 소리가 들린다.

울 것 같으면서도, 울먹거리면서도, 꼴사납게 소녀는 돌 관에 다가갔다.

여기가 마지막일까? 아니면 더 나아가야 하나? 끝이라면 좋겠다. 밖에 나가고 싶다.

그렇게 돌 관에 도달한 소녀는 기묘한 것을 깨달았다.

그것은 틀림없이 석관이었는데 — 새겨진 문자는 당연히 못 읽었다 — 안이 비어 있었다.

뚜껑을 비틀어 연 것처럼 되어 있고, 관 안에는 길쭉한 구덩이가 하나 있을 뿐.

지팡이 같은 거라도 들어 있었을까 생각한, 다음 순간—.

"호오, 여기까지 찾아올 수 있는 자가 있을 줄이야. 솔직히 말해서 놀랍군."

그것은 불꽃이 타오르는 것처럼 허공에서 나타났다.

눈앞에서 부풀어 오른 것은, 뚱뚱하게 살찐 남자였다.

소녀의 눈으로도 고급이라는 걸 알 수 있는 외투를 두르고, 손에는 강철을 땋은 무시무시한 채찍을 들고 있었다.

"아무래도 너 같은 자에게는, 이 정도의 봉인 따위는 한참 모자랐던 모양이다."

이글이글 빛이 깃든 시선으로 노려보자, 소녀는 아무 말도 못하고 뒤로 물러섰다.

소녀의 눈에는 그것이 무시무시한 화염의 마인 같은 것으로 보였다.

—역시, 뱀한테서 도망친 건, 잘못이었구나.

소녀는 겁에 질렸다.

§

—그러니까 불꽃의 고블린이라고 해야 할까?

"GOOROOGOROGROG!!"

ZAP! ZAP! ZAPPA!!

고블린이 지팡이를 붕붕 휘두를 때마다, 시야를 태우는 섬광이 동굴의 암흑을 꿰뚫었다.

몇 줄기의 번개, 불기둥, 혹은 열선이 마력의 용솟음이 되어 맞은편의 바위벽을 태운다.

마술을 잘 알지는 못하지만, 고작해야 고블린 술사가 이 정도 횟수의 주문을 쓸 수 있을 리 없다.

—그렇다면, 지팡이로군.

녹은 광석에서 피어오르는 기이한 냄새 한가운데, 고블린 슬레이어는 차폐의 포기를 선택했다.

재빨리 바위 덩어리 뒤에서 뛰쳐나온 볼품없는 전사의 모습을 보고, 고블린은 분명히 비웃었으리라.

겁을 먹고 튀어나온 토끼 — 고블린은 토끼를 본 적이 없다 — 처럼 나약하다.

동굴 밖으로 놓치지 않는다. 그 전에 화살비와 이 마법으로, 일방적으로 처치해주마.

지팡이를 든 고블린, 다시 말해서 불꽃 고블린은 멍청한 부하를 질타하기 위해 걷어찼다—.

"GOORGB?!"

그 부하의 머리에서 튀어 오른 뇌수를, 안면에 한 가득 맞게 됐다.

무심코 두개골이 분쇄된 주검을 걷어차 쓰러뜨리고, 입에 들어간 오물을 뱉어내며 엎드린다.

무슨 일이 일어난 거지? 무슨 일을 당한 거지?

그 바보 같은 모험가가 아무리 노력해 봐야, 벼랑을 넘어서 공격 따위 하지 못한다.

치사해. 치사하다. 뭔가 교활한, 꾀를 부린, 이상한 수를 쓴 게 틀림없다!

"그러면…… 몇 마리였지?"

그야말로, 그랬다.

고블린 슬레이어가 오른손에 쥐고 있는 접수원 아가씨의 장식 리본.

그것이 이루어낸 역할 따위, 고블린 놈들은 생각도 못했을 것이 틀림없다.

휭휭휭 화살이 쏟아지는 가운데를 질주하면서, 왼손으로 발치의 돌멩이를 삭 줍는다.

그리고 그것을 끈으로 감더니, 고블린 슬레이어의 오른손이 소리도 없이 번뜩였다.

"일단은, 둘!"

한순간에 던진 자갈은 놀랄 정도로 날카롭게 날아가서 빠각, 또 하나 고블린의 두개골을 쳐부쉈다.

동료를 끌어들이면서 후방으로 날아간 고블린의 시체가 경련하는 것을, 그는 한순간도 생각하지 않았다.

애당초 보이지도 않는다. 번쩍번쩍 번득이는 섬광이 벨라돈나의 안약으로 얻은 시야를 태워버린다.

그러나, 그런 것은 문제가 안 된다.

—제대로 사격 지점에서 움직이지 않으니까, 궁병의 위치는 저절로 알 수 있다.

열선이 반복되는 가운데, 고블린은 하염없이 화살비를 뿌리고 있었다. 위치는 저절로 짐작이 된다.

파티의 동료인 하이 엘프 소녀가 언제나 전장을 달리면서 활을 쏘는 것도 당연한 도리.

저격 지점을 고집하는 사수 따위, 그 위치가 들켜버리면 위협으로서 반감된다.

물론 뛰어 다니면서 활을 구사할 수 있는 것은 엘프가 엘프이기 때문에 할 수 있는 일이다.

아무리 그래도 고블린과 비교하는 것은— 그 아가씨에게 지나친 실례라고 할 수 있다.

"셋! ……넷!"

"GOOROGBB?!"

"GORG?! GBB?!"

오리 사냥과 마찬가지. 고블린 슬레이어의 오른손이 울부짖을 때마다 고블린의 머리가 하나씩 부서진다.

피아의 고저 차이가 얼마 안 되고, 거리를 파악하고 있던 것이 다행이다.

고블린 놈들은 아무 생각도 없이 벼랑의 끝에 서서, 몸을 드러낸 채 이쪽을 노리고 있다.

이래서는 보이지 않아도 빗나가는 게 어려울 정도였다.

—엘프의 활은 말야…….

"손기술에 의지하지 않고, 혼백으로 쏜다고, 했던가."

먼저 떠올린 탓인지, 문득 엘프 궁수가 언제나 하는 말이 떠올랐다.

손기술에만 의지해서는 조상들의 얼굴을 잊게 된다— 였던가.

—맞는 말이다.

이 미궁인지 유적인지 동굴인지에 사는 고블린 놈들은 멍청하진 않았지만 어리석었다.

마법을 쏘아내는 지팡이, 그리고 활을 가졌기 때문이리라. 생각도 못했음이 틀림없다.

그리고 아마도, 지금 이 순간이 되어도 이해 못할 것이다.

유탄(그레네이드)은, 흄의 벗이다.

유사 이래 흄만큼 자갈을 멀리, 빠르고 날카롭게 던지는 것을 계속 고집한 종족은 달리 없다.

사방세계에서 오로지 하나, 흄들만 물건을 던지는 것을 무기로 삼았다.

따라서, 흄은 알고 있다. 아버지도 알고 있다. 누나도 알고 있다. 그는, 그렇게 배웠다.

—끈 하나 있으면, 이 정도 거리 따위 아무 문제도 안 된다.

즉석 슬링(투석끈)을 쥐기만 해도 흄이 어느 정도 위협이 되는지 깨달아야 한다.

"GOOROGB?!"

"GBBOB!"

이 때가 되어서, 그제야 고블린 놈들은 자신들이 이대로는 죽는다는 것을 깨달은 모양이다.

그들은 황급히 도망치려고 했는지 동료를 방패삼고자 했는지, 오른쪽 왼쪽으로 허둥지둥 움직인다.

"GROGBB GOOROOGBB!!"

그것에 격노한 불꽃 고블린은 귀중한 한 턴을 부하의 숙청에 쓴 다음, 지팡이를 휘두르며 달렸다.

번득이는 섬광은 고블린 슬레이어의 눈을 태우지만, 그것에 당황할 것은 없다.

그는 자신의 감각— 몇 번이나 노린 고블린의 머리 높이를 향해서, 투석을 반복했다.

"GOROOGBB!!"

비명이 들리지만 또 빛. 그 때 그는 앞으로 뛰어들면서 굴렀다.

뭔가가 그을리는 소리가 들리고, 기이한 냄새가 떠돌았다. 고통은 없다. 주저 없이 앞으로 뛰어들어 돌을 주웠다.

—상관없다.

상대가 몇 십 발 주문을 쏘든, 맞지 않으면 문제없다.

그리고 그것은 이쪽도 마찬가지지만, 그렇다면 몇백 발, 몇천 발을 던지면 되는 것이다.

고블린 슬레이어는 벼랑을 사이에 두고 불꽃 고블린과 나란히 달리면서, 다음 돌을 주웠다.

—탄은, 얼마든지 있다.

흩어져 날아다니는 열선과 화살과 자갈이 차례차례 교차하며, 어둠 속에 그 그림자를 하얗게 드리웠다.

§

울부짖는 채찍, 타오르는 열기. 피부를 따끔따끔 태우는 것 같은 위압감.

당연히 소녀는 전혀 움직이지 못하고, 물론 입을 여는 것도 도망치는 것마저 못했다.

무릎이 부들부들 떨리고, 가슴은 쿵쾅쿵쾅 울리고, 숨을 쉬는 것도 괴롭고, 검은 무겁다.

간신히 서 있기만 하는 꼴을 보고, 화염의 마신은 비웃는 소리를 내며 웃었다.

"그러면, 아가씨. 나에게 이름을 들려줄 수 있겠나?"

"어, 저기…………."

소녀는 두런두런 자기 이름을 말했다. 마술사에게 이름이 알려지면 저주를 받을지도 모른다.

그러나 뚱뚱하게 살찐 마술사 같은 남자는 흥미로운 기색으로 눈을 가늘게 뜨고 소녀의 얼굴을 들여다보았다.

"호오. 폭풍 같은 이름이군. 시원의 거대한 소용돌이와 통하는, 용맹한 이름이야."

그렇지는 않았다. 절레절레 소녀는 고개를 좌우로, 거의 알 수 없을 정도로 흔들었다.

"그래서, 어째서 여기까지 온 거지? 뭘 바라느냐? 재화인가? 영

달인가? 무훈인가?"

—분명, 이게 마지막 시련이야.

소녀는 필사적으로 무언가, 올바른 것을 말하려고 생각했다. 뭐가 올바른지도 몰랐다.

그렇지만 입을 다물고 꼬물꼬물 생각에 잠긴 사이에도, 찌르는 것 같은 시선이 두렵다.

"모……."

그녀는 중얼거렸다.

"……험, 가가. ……되고, 싶어서."

어쨌든지 어떻게든 낸 말은 너무나도 시시해서, 소녀는 풀이 죽은 표정으로 고개를 숙였다.

그래도 한 마디 꺼내자, 말은 띄엄띄엄 흘러 나왔다.

용병인 아버지는 술을 마시거나 화를 내거나 자기만 한다. 그녀는 어머니의 얼굴도 잘 모른다.

친구는 없다. 직업 조합에 들어갈 연줄도 없다. 이대로는, 평생 이대로다.

지저분한 집 안. 아버지와 단 둘이다. 차가운 눈으로 보는 마을 사람. 자신의 세계는 그걸로 끝난다.

그것이 도저히. 도저히 견딜 수 없이 싫어서 어쩔 수가 없다. 하지만 어떻게든 할 방법 따위는.

모험가가 되는 것 말고, 없잖아.

"호오. 그랬던고."

여기까지 묵묵히 듣고 있던 남자는 석관에 팔꿈치를 괴고 말했다.

소녀의 인생— 십 수 년하고도 조금의 세월을, 고작 그 한 마디로 정리해 버리는 것 같았다.

“이 정도의 시간을 들여 이야기한 장대한 인생과 비교하면, 내 인생 따위는 보잘것없겠구나.”

“…………?”

“금기를 건드린 것이다. 내 육신은 빼앗기고, 영혼 하나로 이 꼴이야. 그러나 힘의 증거는 이 손에 있다.”

“저기…….”

소녀는 필사적으로 생각하고 생각하여, 말했다.

“……보석, 인가……요?”

“그렇고말고.”

남자의 눈이 번쩍 빛났다. 소녀는 꿀꺽 침을 삼켰다.

—역시, 이게 마지막 시련이구나.

“그것이야말로 내 힘의 증거이니. 신들도 그것만은 빼앗지 못함이야. 놈들은 내 힘을 질시하여—.”

눈앞의 남자는 생글생글 친근한 기색으로 말하고 있지만, 소녀에게는 아무 의미도 없었다.

마술이나, 신들이나, 혼이나, 육체나, 그런 말을 해도 알 수 있을 리 없는 것이다.

그녀는 말을 이해하는 것보다도, 그저 하염없이 어떡하면 좋을까 뭘 해야 할까 생각했다.

보석을 손에 넣어야 한다. 여기까지 왔으니까. 어떻게든. 어찌 하든.

—이 이야기에 의미가 있는 걸까?

그렇다면 들어둬야겠지만. 하지만…… 의미가 없는 것 같았다.

"……그러면. 짤막하게 말했다만, 아무래도 자다 깨어난 탓에 혀가 굳지는 않은 모양이구나."

어쩌면— 과연 그것이 정답이었다는 걸, 소녀는 깨달았을까?

"수고했다. 죽도록 해라."

"……윽?!"

그렇기에 눈앞의 남자가 손에 든 채찍을 들었을 때, 그녀는 반응할 수 있었다.

반사적으로 뛰어서 피했다. —라고 할 정도의 제대로 된 움직임이 아니다. 넘어지는 것처럼, 옆으로 뛰어 들었다.

"JJJJ……!"

그리고 그 순간, 등 뒤에서 뛰어든 커다란 뱀이 꼬리를 흔들면서 남자에게 송곳니를 드러냈다.

소녀에게도 의식 바깥에 있던 그 위협은, 당연하지만 화염의 마신에게도 예상 밖이었다.

"우, 오……옷?! 이 땅벌레 놈이……!!"

남자는 소녀에게 향하고 있던 살의의 시선을, 이 지성 없는 저속한 파충류에게 가차 없이 찔렀다.

사냥감을 가로채려는 자에 대한 분노로 타오르던 뱀은, 보다 맹렬한 분노에 타올랐다.

남자가 휘두른 강철 채찍에 얻어맞은 뱀이, 공중에 있으면서 삽시간에 불꽃에 휩싸였다.

"JJJJJJJJJ……?!"

잿더미가 된다는 건 그야말로 이거다.

몸을 움츠린 소녀의 눈에는 기다란 뱀이 공중에 있는 검은 그림자가 되어 그대로 사라져 버린 것 같았다.

냄새 하나 연기 하나 남기지 않고 뱀을 지워버린 남자는 움츠리고 있는 소녀를 내려다보며 비웃었다.

“내 보석을 노린다 말했던가, 계집아이야. 고블린 따위에게 지팡이를 도둑맞는 얼간이라고 생각을 했는가? 응?”

소녀는 아무 말도 못했다. 히, 라거나. 우, 라거나. 그런 한심한 목소리가 목에서 새어 나왔다.

남자는 그것에 기분이 좋아졌는지, 쿵, 쿵, 거침없이 소녀와 거리를 좁혔다.

“나를 쓰러뜨리는 것 따위 군단을 이끌고 와도 불가능하다! 네놈 따위 계집 한 명이 뭘 할 수 있다는 것이냐!”

그 말이 맞았다.

이길 수 있을 것 같지 않았다. 어떡하면 되는지, 전혀 알 수 없었다.

그래서 씨익 웃으며, 화염의 마신이 승리를 뽐내도 반박하지 못하는 것이다.

“시시한 인생이구나. 그러나 네놈의 부끄러운 비명으로 나를 즐겁게 해줘야겠다!”

——…….

그러나— 문득 소녀의 마음에 차가운 것이 슥 들어왔다.

무서웠고, 겁을 먹었다. 빨리 밖으로 나가고 싶었다. 참가한 것이 잘못이었을지도 모른다.

하지만. 그래도, 였다.

—조금, 짜증이 났다.

자신이 어쩔 도리 없이 한심하다는 건 알고 있었다. 알고 있다. 그런 것은.

말하지 않아도 알고 있어.

그래서 노력했다. 노력하려고 하고 있다. 노력한 결과도 이거다. 알고 있다.

그렇지만— 그것을 손가락질하며 웃는 것은 납득이 되지 않았다.

너 같은 건 대단치 않다. 한 번 실패하면 그것 봐라 하면서, 다 함께 비웃는다.

다들, 너는 평생 한심하고 비참한 그대로 있어라, 도전하는 것조차 주제넘다고 말한다.

눈앞의 경기 감독이 하는 말은 연기라고 해도, 그렇다고 해도 참는데도 한도가 있는 법이다.

뱀에게 당황하고 있던 사람이, 뭘 잘난 척하며 말하는 걸까? 똑같잖아.

아니, 들어보니 뭔가 지팡이를 도둑맞았다고 했다. 고블린한테. ……고블린한테!

—그런 건, 나도 해치울 수 있는데.

부글부글. 뱃속까지 가라앉은 차가운 것이 끓어오르는 걸 알 수 있었다.

물론 간단한 상대는 아니었지만, 그래도 이겼다. 바보 취급 받을 이유는 없다.

"…………."

소녀는 말없이 우물쭈물거리는 손놀림으로 가방을 내리고, 그 덮개를 열어 손을 집어넣었다.

"응? 뭐냐, 목숨을 구걸할 셈이더냐? 하하하, 모피의 장화라도 바칠 셈이더냐?"

화염의 마신이 지은 표정은, 승리를 확신한 자의 그것이었다.

쓸데없는 저항, 귀여운 발버둥을 유린하는 것에 기쁨을 느끼는 자의 표정이었다.

기억 속에 있는 수도 없는 싫은 표정의 인상이 겹쳐서, 소녀는 말없이 팔을 휘둘렀다.

"크악……?!"

파악. 빨간 가루가 공중에 흩어지자, 남자는 비명을 지르며 얼굴을 뒤덮고 뒤집어졌다.

뱀에 놀랐으니까 영혼 운운하는 것은 연기다. 그러니 이것에도 놀랄 거다.

그 사이에 따끔거리는 손끝을 누르면서, 소녀는 벼랑에 굴러다니는 바위 뒤로 뛰어들었다.

"에이잇. 봐주었더니 우쭐해져서는……! 주제를 알게 해주마!"

번쩍번쩍하면서 하늘이 — 하늘은 없지만 — 깜빡이는 것은 남자의 분노 탓일까?

무심코 부르르 몸을 떨었지만, 소녀는 필사적으로 바위 너머의 상대를 힐끔 엿보았다.

아무래도 남자는 이쪽을 놓쳤는지, 얼굴을 누르면서 채찍을 휘둘러대고 있었다.

―어떡하지.

소녀는 필사적으로 생각했다. 검으로 베어야 할까? 검으로 쓰러뜨릴 수 있을까? 도저히 안될 것 같다.

일단은 정체 모를 약병을 꺼내서, 마시는 건 무서우니까 던져봤다.

"에이잇. 잔재주를……!"

아니었다. 쨍그랑 깨지는 소리가 나고, 그걸로 끝. 그렇다면…….

―……역시, 이거……일까?

이것밖에 없다. 안 되면, 이제 항복하고서 밖으로 안내를 받자.

소녀는 입술을 꾹 깨물고, 눈을 감은 채 차폐에서 뛰쳐나왔다.

"음! 거기 있었던가, 계집! 죽을 준비를 하―."

화염 마신은, 눈을 홉떴다. 소녀가 단단히 양손으로 쥐고 있는 두루마리를 보았기 때문이다.

그것이 무엇인지 저 소녀는 알고 있는 걸까? 위협할 셈일까? 아니. 설마, 그런.

그의 뇌리에는, 그가 생전에 계속 쌓아온 방대한 주문의 지식이 의미도 없이 스치고 있었다.

스승이 굳게 금지했던, 그러나 자신의 재능이라면 다룰 수 있다고 웃어 넘겼던 주문.

이른바 사방세계의 금기, 금술은 수도 없이 많지만 차원을 비트는 것은 오로지 셋.

의사의 힘으로 시공의 너머까지 이어지는 궁극의 문을 여는 《게이트(진이)》.

마계의 핵(데몬 코어)에서 힘을 이끌어내는《퓨전 블래스트(핵격)》.

그리고, 이것은 마지막 하나—.

무지한 소녀는「에잇!」하며 우스꽝스러울 정도로 새된 목소리와 함께, 두루마리의 봉인을 풀었다.

"그만둬라, 그것은…… 별무리의——……윽?!"

말은 이미 형태가 되지 않았다.

소녀로서도, 무슨 일이 일어난 건지 전혀 알 수 없었다.

그저 눈을 감고 있어도 눈꺼풀을 꿰뚫는 섬광과, 귀가 들리지 않을 정도의 굉음, 진동.

견디지 못해 웅크리고 양쪽 귀를 막은 그녀 위에서, 와르르르 돌의 비가 쏟아져 내렸다.

태양이 그대로 땅에 떨어진 것 같다, 라고 생각했다.

그리고 거인이 벼랑을 있는 힘껏 때린 것 같았다, 라고도 생각했다.

섬광도 굉음도, 그 다음에 파악 지나간 바람도 불과 한순간의 일이었을 것이다.

그렇지만 소녀는 그 충격에 엎드리지 않으면 안 됐고, 상당히 길었다.

두루마리를 내던져버렸다는 걸 깨달은 것은 간신히 그것이 한 차례 잦아들 무렵이었다.

살며시 눈을 떠보니, 그곳에는— 아무것도, 없다.

아무것도 없었다.

커다란 석관도 없고, 화염 마신의 모습도 없다.

그저 거대한 무언가가 떨어진 것처럼, 커다란 분지가 생겼을 뿐이었다.

"……이걸로, 괜찮……은, 걸……까……?"

뭐가 뭔지 모르는 채 소녀는 가방을 등에 고쳐 메고, 살며시 분지를 들여다보았다.

그리고 분지 너머— 무너진 벽 안에서 반짝이는 빛을 보고 황급히 달려갔다.

넘어질뻔하면서, 또 자갈에 손을 짚어 손바닥을 긁히면서도 똑바로.

그렇지만 소녀의 얼굴에는 웃음이 떠올라 있었다. 빛의 정체는 금방 알았다.

왜냐하면 그것은, 본 적이 없을 정도로 아름다운— 검은 호마노(오닉스)였으니까.

§

그 순간은 완전히 갑작스레, 그야말로 《숙명》과 《우연》의 주사위 눈에 따라 찾아왔다.

"음……!"

"GOROOGB……?!"

그것은 고블린 슬레이어에게는 익숙한, 고블린에게는 미경험의 예측 불가능한 진동.

종이에 그린 두 점을 억지로 맞붙인 것처럼, 공간을 뒤틀어 피아의 두 점을 잇는 충격.

그러나 허공에서 오는 그것은 고블린 슬레이어라 해도 처음 보았을 것이다.

암굴 안에 균열이 생기고, 굉음과 함께 낙하한 것은 타오르는 중금속 덩어리.

화구 — 하늘의 화석 — 아니, 설마, 유성이 떨어질 줄이야……!

결정적인 행동의 차이는 그야말로 그때 일어났다.

고블린 슬레이어는 그 빛을 보고 말았다. 정체를 캐고, 대처를 생각했다.

아니, 어쩌면 단순하게 무심코 눈길을 빼앗겨 버렸다. 그것뿐일지도 모른다. 그에게도 그것은 알 수 없었다.

그러나 고블린에게는 달랐다.

번쩍번쩍 타오르는 것은 위험한 것이며, 그 이상도 그 이하도 아닌 것이다.

그리고 그는 자신이, 번쩍번쩍 타오르는 위험한 것을 가지고 있다는 걸 알고 있었다.

그러니까 무섭지 않다. 오히려 자신도 저걸 할 수 있다고 근거 없이 생각했다.

고블린 슬레이어가 움직임을 멈춘 그 순간에, 불꽃 고블린은 신이 나서 지팡이를 들었다.

조준을 딱 정하고— 라고 할 정도는 아니다. 어린애가 장난감을 휘두르는 것처럼이다.

그러나 그래도, 유성을 끼고서 대치하는 자들의 운명은 결정적으로 갈라진 것 같았다.

고블린의 지팡이에 마력이 휘몰아치고, 고블린 슬레이어는 혀를 차며 뛰었다.

모든 것은 그 순간, 신들이 던진 《숙명》과 《우연》의 주사위 눈에 따라서—.

"GOROGB……?!"

—아니.

그 찰나, 불꽃 고블린의 손에서 주륵 지팡이가 미끄러져 떨어졌다.

그것은 얼빠진 고블린이라면 일어날 수 있는 실수지만, 너무나도 타이밍이 좋았다.

떨어뜨린 고블린은 믿을 수 없는 것을 본 것처럼 눈을 부릅뜨고, 고블린 슬레이어는 그것에 집착하지 않았다.

훌쩍 뛰어, 앞으로 굴러, 자세를 바로잡고, 대비하는 것까지 한 동작.

그의 손에 돌은 없고, 그에 비해 불꽃 고블린의 손에도 지팡이는 없다.

서로 노려보는 그들은 상대의 존재만을 의식했고, 화석이 내는 폭음과 섬광도 이미 멀어졌다.

"GOROGG……."

"———."

두 적은, 소리도 없이 대치했다.

어느 쪽이 빠른가. 승부는 그 한 점으로 정해진다. 그 한 점뿐이다. 그밖에 아무것도 없다.

불꽃 고블린은 몇 번이고, 떨어진 지팡이와 벼랑 너머의 적에게 시선을 보냈다.

역겨운 모험가는 우스꽝스런 작은 방패를 겨누고, 손을 가리고 한 쪽 무릎을 꿇은 채 이쪽을 보고 있다.

그러나 저런 철 투구도 갑옷도 방패도 모조리 다, 마법의 빛 앞에서는 의미가 없을 것이다.

무엇보다도 저 적은 뭔지는 모르겠지만, 끈으로 돌에 수작을 부렸다. 그런 시간을 주지 않는다.

놈은 돌을 주워서, 끈을 감아서, 노리고, 던져야 하는 것이다. 너무나도 느리다.

달려들어서, 지팡이를 휘두른다. 그것만으로 상대는 죽는다. 틀림없이 죽는 것이다. 그걸로 이긴다.

고블린은 그 추악한 얼굴에 저열한 웃음을 지었다.

그의 안에서는 이미 승부가 났고, 지상에 군림하는 자기 모습밖에 뇌리에 없었다.

수많은 여자들을 임신 주머니로 삼고, 괴롭히고, 울부짖는 그것들에게 고통을 주고, 잡아먹는다.

다른 고블린은 물론이고, 흄에 뭐든지 다, 모두가 자신 앞에 엎드려 모든 것을 내미는 것이다.

그것이 지금까지 고통 받은 자신에게 있는 당연한 권리라고, 고블린은 확신했다.

그리고 그런 환경에서도 강하고 영리한 자신은 그것을 뽐내는 것이 당연하다.

상대가 방패로 손을 가리며 몰래 뭘 하고 있어도, 거기에 아무것도 없다는 건 다 안다.

불꽃 고블린에게 망설임은 없었다. 그는 힘차게 땅바닥을 차고서, 자기 지팡이로 뛰어들었다.

잡아채고, 움켜쥐고, 들어 올려, 적을 겨눈다.

놀랄 정도의 민첩성으로 그 동작을 마친 그가 본 것은, 역시 한쪽 무릎을 꿇은 모험가였다.

모험가는 투구의 면갑 너머로 고블린을 보고, 그 오른손이 사격하는 것처럼 똑바로 뻗어 있었다.

"—GOROGBB?"

퍽 하는 가벼운 소리가 나고, 고블린의 머리가 흔들렸다. 그 시야에 선명한 리본이 흔들리고 있었다.

이유도 모른 채 힘이 빠지고, 손이나 발이 제멋대로 경련하며 천지가 빙글 뒤집어졌다.

그 손가락에서 미끄러져 떨어진 지팡이가 낭떠러지 쪽을 향해서 데굴데굴 굴러간다.

불꽃 고블린— 아니, 이제는 그냥 고블린이 된 그것은, 열심히 자신의 **소중한 보물**을 찾았다.

화석의 열에 휩싸여 녹아가는 모습을 보지 않은 것은, 고블린에게는 행운이었으리라.

어쩌면 함께 멸할 수 있었던 그 레아보다도 불행한 끝이었던가.

"—열다섯."

어쨌든지 그 고블린은 자신의 미간에 박힌 것이 첨필이라는 것을 모른 채 죽었다.

꼬리를 단 화살 투척이 얼마나 날아가는지, 흄이 아니라면 생각지도 못할 것이다.

그리고 첨필 하나가 있으면, 소리도 없이 고블린을 죽일 수 있다는 것을 고블린 슬레이어는 알고 있었다.

소리도 없이 고블린을 죽이는 방법은 아직도 많이 있는 것이다.

"……흠."

일어서서, 숨을 내쉰다.

이 소동은 누구 탓도 아니다. 고블린의 짓이며, 그리고 자신의 실수 탓이기도 했다.

그저 일단은 수습한 것일까? 아니, 아직 모습을 감춘 모험가를 발견하지 못했다.

그렇다면 아직 싸움은 끝나지 않았고, 앞으로 나아가는 수밖에 없다.

힐끔 그는 주위에 눈길을 주고, 녹아내린 단백질 웅덩이와 거기에 가라앉은 삭은 이빨의 잔해를 보았다.

—그렇다고 해도, 상당히 많은 사람의 도움을 받았다.

"그러면……."

그리고 고블린 슬레이어는, 시시하다는 기색으로 코웃음을 쳤다.

"일단, 어디로 내려가야 할까……?"

§

"—은혜는 갚았군."

"내가 말야."

미궁의 구석에서, 요술사는 깊숙한 숨결을 내쉬며 미간을 문질러

풀었다.

종반에 접어든 미궁 탐색 경기의 소란은 멀다. 그런데도 머릿속이 쾅쾅 울리는 것 같았다.

손발의 손가락은 뭔가에 붙잡힌 것처럼 찌릿찌릿 저리고, 눈은 메말라서 따끔따끔 아프다.

땀은 끈적끈적하여 옷이 피부에 달라붙어 불쾌하고, 위 안은 차갑고, 목에서는 뭔가 치밀어 오른다.

그도 그럴 것이 뇌에 눈동자를 만들어 두 개의 육체를 제어해야 하는 것이다. 비유가 아니다.

"……기분 최악이야. 맥주 세 잔을 단숨에 마신 느낌."

요술사는 말 그대로 토해내는 꼴로 신음했다.

"아니면, 가볍게 묵으러 간 여관에서 눈을 떴더니 처형대에 밧줄로 묶여 있는 것 같아."

"마음은 알겠지만 비유가 싫군."

백분 냄새를 풍기면서, 옆에 선 엘프 여자가 표정을 찌푸렸다.

"그건 엉터리가 하면 지독하다."

"그래."

요술사는 의욕 없이 대답했다.

이 여자의 시원스런 얼굴에 소태를 씹도록 한 것은 통쾌했지만, 기뻐할 여력이 없다.

"잘 하는 녀석의 기술을 시험해볼 생각은?"

"개미로 만든 경단이라도 깨물어 먹는 게 낫다."

요술사는 훽훽 백분 냄새를 떨쳐내고서 눈을 감고 벽에 기댔다.

뭐 딱히 대단한 건 아니었다. 아닌 것이다. 《아퀴드(빈손)》의 술법 한 번 정도는.

등가교환은 세상의 원칙도 아무것도 아니지만, 징글징글하게도, 이 녀석한테는 신세를 졌으니까?

빚을 갚고 싶으니까 도와달라는 부탁을 받고서 거절하는 것도 어쩐지 기분이 나쁘기도 하고?

그리고 이 녀석이 고개를 숙이는 모습 따위 처음 본 탓에, 무심코 받아들여버렸다는 것뿐이다.

다른 뜻은 없다. 당연한 것이다.

"……하지만, 지쳤다아……."

지금 당장 쉬고 싶지만 그럴 수도 없다. 이 다음의 정리, 사후처리, 옷 갈아입기, 드디어 귀가.

어째서 그냥 쉬는 것만을 위해서 이 정도로 여러 가지를 해야 하는 거야. 불합리하다.

그도 그럴 것이 우리 파티는 리더를 필두로, 승려도 척후도 이래저래 그거다.

결국 두뇌 노동 같은 그런 성가신 일을 혼자서 맡아버렸으니까, 정말이지.

정말이지. 진짜로. 조금 더 공경을 받아야 한다. 주문서를 살 예산을 늘려라. 정말로.

애당초 어디 사는 바보야? 이런 유적 안에서 《미티어 스트라이크(유성)》의 술법을 쓴 건.

중얼중얼, 투덜투덜. 그런 걸 중얼거리고 있는데, 엘프 여자가 유쾌한 기색으로 웃었다.

언젠가 정말로 잠자리나 욕실에서 다 벗겨줄까? 그런 생각을 해버리는 이유는 지쳤기 때문이다.

—뭐든지 좋아. 얼른 돌아가서 밥 먹고 자야지.

요술사는 모조리 내려놓고, 「쿠아」 하며 작게 하품을 흘렸다.

§

벼랑 아래로 내려가는 건 의외로 편한 작업이었다.

고블린의 의복을 벗겨내 잘 정리하고, 비틀어서 이어 놓으면 밧줄 하나 정도는 만들 수 있다.

튼튼해 보이는 석순에 단단히 밧줄을 걸고, 벼랑을 타고 내려가자 하얀 연기가 뭉게뭉게 피어 오른다.

고블린 슬레이어는 주의 깊게 — 이제 슬슬 점안약의 효과도 떨어져 간다 — 주위를 관찰했다.

그곳은 절구 모양의 커다란 분지가 있고, 어째서인지 발치에 유리가 흩어져 있었다.

다행히 신발은 바닥을 신경 써서 고른 것이니, 그것에 발이 미끄러질 걱정은 없으리라.

다만 이러한 장소가 있는가 하고, 흥미롭게 생각했는데—.

"흠."

과연, 소녀의 모습이 그곳에 있었다.

벼랑 아래에서 난처한 기색으로 우두커니 서서, 어떻게 탈출해야 할지 생각하고 있는 모양이다.

이윽고 그녀는 결심하고서 벼랑에 달라붙었다가, 손으로 잡을 곳과 발로 디딜 곳을 찾으며 사지를 뻗고—.

"출구는 이쪽이다."

"히야……악?!"

주르륵. 소녀는 벼랑에서 미끄러져, 풀썩 엉덩방아를 찧었다.

너무나도 위태로운 모습이라 말을 걸었으니, 그러지 않아도 비슷한 결과였으리라.

잠시 움직이지 못한 채 움츠리고 있던 소녀는 얼마 안 가서 비틀비틀 일어섰다.

아무래도 통증을 참고 있는 모양이다. 그녀는 쓱쓱 얼굴을 소매로 닦았다.

그리고 묵묵히 기다리는 고블린 슬레이어 곁으로 쪼르르 달려왔다.

"저, 저기……."

일단은, 무사한 모양이다. 다친 곳도 없고, 옷도 흐트러지지 않았다.

얼굴도 장비도 지저분하고, 지쳐 빠지고, 머리칼은 흐트러져서 여기저기 튀어 올랐고, 한심한 꼴이었지만—.

"발견, 했어요. 이거……!"

—그 표정과, 손에는, 불빛(스파크)이 있었다.

소중하게, 용과 싸우고 손에 넣은 재보처럼 쥐고 있는 자그마한 돌.

고블린 슬레이어의 눈에는 검은 돌멩이로밖에 안 보이지만, 그것이 번득이고 있었다.

소녀는 긴장한 표정으로, 가만히 고블린 슬레이어를 보고 있었다.

경기의 시련을 돌파했다. 자기가 모험을 달성했다고 믿어 의심치 않는, 올곧은 눈동자였다.

고블린 슬레이어는 낮게 신음하고, 입을 다물었다. 그리고, 해야 할 말을 하나 말했다.

"잘 했구나."

"……네!"

표정이 빈약했던 얼굴에 한 가득 웃음을 짓고서, 소녀가 해냈다, 하고 작게 중얼거렸다.

"철수하자."

고블린 슬레이어는 그 얼굴을 바라본 다음에, 조용히 말했다.

벼랑에 드리운 밧줄을 올라갈 때도 그랬다.

소녀는 대단히 위태로운 기색이었지만, 분명히 힘차게 벼랑 위까지 도달하지 않았는가?

그 자신은 긴 세월에 걸쳐 몸에 익힌 기술로 벼랑을 올라가, 「잘 하는군」이라고 중얼거렸다.

"나무타기는, 특기니까요."

소녀는 수줍게 웃으며 말했다. 그는 「그렇군」 하고 수긍했다.

고블린 슬레이어는 되도록 소녀가 걷기 쉬운 길을 골라서 동굴 안을 나아가기로 했다.

잠시 지나 점안약의 효과가 떨어졌다. ―그리고 소녀가 어둠을 내다볼 수 없다는 걸 알았다.

그는 자기 가방을 뒤져서, 횃불을 포함하여 내용물을 대부분 잃었다는 것을 새삼 이해하고 낮게 신음했다.

접수원의 짐을 조사하자, 간신히 작은 향유병이 남아 있었다.
그는 조금 생각하고, 소녀에게 물었다.
"랜턴은 아직 있나?"
"……아, 네."
소녀는 작은 소리로 말했다.
"하지만, 기름이…… 떨어져서."
"빌려다오."
소녀는 순순히, 서투르게 가방을 내려 옆에 매달고 있던 랜턴을 풀어 내밀었다.
고블린 슬레이어가 랜턴에 향유를 신중하게 부어, 익숙한 손놀림으로 불을 붙였다.
흥미진진한 기색으로 들여다보는 소녀의 얼굴이 주황색 빛에 부드럽게 비추어졌다.
살며시 피어오르는 달콤한 향에 취한 것처럼 볼을 느슨히 풀고, 그녀는「좋은 냄새」라고 중얼거렸다.
"모험엔 맞지 않는다."
고블린 슬레이어는 천천히 일어섰다. 소녀는 황급히 일어서서 가방을 등에 멨다.
"그러나, 마음은 차분해진다."
그는 투구 안에서 희미하게 입술을 끌어올리더니, 소녀에게 뒤로 돌라고 말하여 랜턴을 매달아줬다.
"고……."
그녀는 부끄러운 기색으로, 작게 소리를 냈다.

"……맙, 습니다."

그리고 두 사람은, 출구를 향해 길기도 하고 짧기도 한 길을 신중하게 걸어갔다.

그림자가 길게 뻗는 가운데, 입을 연 것은 대부분 소녀 쪽이었다.

"그 시험 감독하는 사람, 조금, 심하다고 생각해요."

"그런가."

"……심한 말을, 들었어요."

"그런가."

"그랬어요."

지쳐빠졌을 텐데, 소녀는 그 피로가 느껴지지 않는 기색으로 계속 말했다.

함정이 많았다는 것. 고블린과 싸운 것. 모자를 붙잡힌 것. 어떻게든 해치운 것.

이야기가 이리저리 튀어서, 때로는 마을에 있는 아버지의 이야기가 되고, 무기점에서 만난 모험가의 이야기가 되었다.

고블린 슬레이어가 해야 할 말은 산더미처럼 있었다.

그녀는 경기의 진로를 벗어나, 고블린의 소굴로 들어가서, 헤매고 있었을 뿐이다.

그 과정에서 무슨 일이 일어났는지, 그녀가 이야기한 이상의 일을 모른다.

그렇지만 사실은 그저 그뿐이었다.

미궁 탐색 경기로서 성과는 무엇 하나 올리지 못했다. 그 사실을 전하는 것은 쉽다.

사실대로 말하고 이 소녀의 성공을 망쳐버리는 일 따위, 한순간이면 할 수 있다.

—그런 건 빌어먹으라지.

소녀의 모험에 비교하면, 자신이 가진 사실 따위 아무런 가치도 없는 것을 그는 잘 알고 있었다.

그것에 가치를 이끌어낼 법한 인물은 되지 않으리라 생각했다. 그의 주위 사람들이, 그랬으니까.

그는, 고블린 퇴치밖에 안 했다.

궁지를 벗어난 것은— 언제나 그녀 같은 모험가의 힘이 있는 덕분이다.

막간 「시작 삼아서 세계를 구하는 이야기」

그 바위굴 안에는, 거대한 고기 덩어리가 참으로 한가득, 빽빽하게 들어차 있었다.

—아아, 살아 있어.

자신의 제정신이 콰득콰득 소리를 내면서 깎여나가는 걸 안다는 것은 참으로 유쾌했다.

행운인지 불행인지 왕매는 예전에도 그런 경험이 있었으며, 일시적인 광기에 빠지는 일은 없었지만.

"저거 대체 뭔데요오?!"

"이야아, 하하. 이번에는 거물이네요. 백수거인(헤카톤케일) 정도는 아닙니다만."

높은 벼랑의 벽면에 달라붙어 비명을 지르는 그녀를 보며, 검성은 까랑까랑한 소리로 즐겁게 웃었다.

파란 가죽 갑옷을 입었어도 위풍당당. 머리칼이 독기에 휘날리면서도 짓는 웃음은 송곳니를 드러낸 짐승과 닮았다.

등에 맨 강철의 검— 인 줄 알았는데 강철의 만도는 이미 뽑아서, 이글이글하게 험악한 빛을 뿌리고 있었다.

그렇지만 그것은 꿈틀거리는 거대한 고깃덩이와 비교하면 바늘처럼 가늘고 작다. 결정타는 주지 못하리라.

"괜찮은 건가요……?!"

“뭐 살아 있는 것 같으니, 죽을 때까지 죽이면 죽습니다.”

대단한 일도 아니다. 대단한 것 같다는 생각이 들지만, 왕매의 항의는 묵살됐다.

“저건, 태세성군(주피터 고스트).”

그 옆에서, 역시 벼랑의 벽에 달라붙은 현자가 두런두런 중얼거리는 것처럼 속삭였다.

그렇지만 분홍색 외투 안쪽의 인형 같은 얼굴이 파르르 떨리며 파랗게 된 것을 왕매는 보았다.

혈관에 신경 같은 것이 불룩불룩 부풀어 오르며 벽에 끼어 뭉개지는, 그 고깃덩이 탓이 아니다.

좀 더 전에, 구체적으로는 이 불안정한 발치에 달라붙었을 때부터라는 것은 왕매도 깨닫고 있었다.

“떨어져도 괜찮은 거죠……?!”

“……《아더 셀프(분신)》를 넷 유지하면서, 《폴링 컨트롤(강하)》의 술법을 거는 건 지치니까 피하고 싶어.”

조용히 「농담」이라고 중얼거려도, 왕매는 조금도 웃을 수 없었다.

―어떤 의미로 이거 제 첫 모험이죠……?!

죽음의 미궁에 유괴되고, 그 다음은 미궁 탐색 경기를 하다가 죽음의 함정이 도사리는 지하미궁에서 이거다.

왕매는 울고 싶어졌다. 친구가 된 지모신의 여신관 또한 이런 고생을 하고 있을까?

“진언의 마술에는 《아더 셀프》의 주문이 있어.”

그런 그녀를 개의치 않고, 현자는 조용조용 중얼거렸다.

왕매도 그건 알고 있었다. 현재 지상에 남아있는 것은 현자가 만들어낸 분신들이다.

그리고 고블린들도— 어떤 의미로는 마술로 만들어낸 복제라고 들었다.

“만들어낸 분신에게 《아더 셀프》를 쓰도록 하면, 보다 강력하게 자신을 늘릴 수 있다고 생각한 자가 있었어.”

“그래서, 저질렀구나?”

조용한 현자의 목소리에 비해, 통통 튕기는 것처럼 녹색 옷의 용사가 말을 걸었다.

그녀는 발치도 위태로운데, 마치 근처의 담장 위를 걷는 어린애처럼 위태로움이 없었다.

“어리석음의 극치야.”

현자는 단 한 마디로 눈앞의 고깃덩이— 그녀의 말이 올바르다면 그 마술사를 내쳤다.

분신은 본체와 같은 생각을 한다. 분신 또한 《아더 셀프》를 읊는다. 그 분신도, 역시 또.

그렇게 무한하게 계속 늘어난다. 본체를 짓뭉개고, 자아가 사라지고, 그러고서도 《아더 셀프》를 읊는다.

《아더 셀프》를 읊으면 유리해진다. 강해진다. 그러니까 《아더 셀프》를 읊는다. 계속 읊는다.

영원히.

“그 결과가, 이거야.”

그리하여 어리석은 마술사는, 천형성의 금기(에라타)를 건드렸다.

그 대가는 개인이 지불하기에는 너무나 크고, 사방세계로 보자면 사소한, 술자의 혼백이었다.

그러나 남겨진 위협은 결단코 가볍게 봐도 될 것이 아니었다.

"저건, 언젠가— 틀림없이 사방세계를 집어삼키고, 먹어 치워."

어느샌가 술법에 고블린이 말려들어서, 그 식량이 되고, 식량으로 삼으면서, 고깃덩이는 계속 부풀었다.

이익의 추구, 지식의 추구는 사람의 본성이다. 리자드맨이 말하는 원숭이나 짐승이었던 것이 여기까지 이른 원동력.

짐승이 되기 전에는 바다에 사는 물고기였으며, 그보다 더욱 전에는— 원형질의 점균이었다고 하던가.

그렇지만 만약 그 점균이, 예를 들어 용이나 무언가와 동등한 제어불능의 힘을 얻게 된다면.

"……."

현자는 말없이, 역겨운 고깃덩이로 변해버린 마술사를 내려다보았다.

언젠가 이 괴물은 사방세계를 뒤덮고, 삼천세계를 집어삼킬 때까지 멈추지 않으리라.

긴 세월 끝에 봉인된 자신의 묘소까지 도달한 것은 그 집념의 산물일까?

현자도, 용사도, 왕매도, 이미 혼이 없는 고기의 의사 따위는 도저히 파악할 수 없었다.

"그 전에 죽이면 되는 것 아닌가요?"

"뭐, 그렇긴 한데."

물론, 파악할 생각마저 없는 검성도 있다. 그 말에, 용사는 입술을 삐죽거리며 응답했다.

—아아, 지모신님.

왕매는, 모든 것이 상상을 벗어났다고 해야 할 광경과 상황에서 마음으로부터 신의 이름을 읊었다.

이 세 분은 언제나 이런 모험을, 싸움을 헤쳐 나온 것이다.

그것에 마주친 이상, 그냥 꺅꺅거리고 허둥거리며 비명을 지르고 있을 수는 없다.

—그런 것은, 너무나도 꼴사납잖아요.

친구들이 위에 있는 것이다. 결국 또, 그녀에게 숨기고 몰래 모험을 하게 됐지만.

이럴 때는 생긋 웃으며 버텨내는 거라고, 오라버니도 말씀을 하셨잖아요.

"마법이라는 것은, 꽤 어려운 거네요……!"

"당연해."

왕매가 석장을 쥐고 필사적으로 웃는데, 대답하는 현자 또한 입가를 느슨하게 풀고 웃었다.

"왜냐하면 주문(스펠)이란 마법(매지컬)이며, 다시 말해서 기적(미라클)이니까."

따라서 진정한 대현인은 어지간한 일로 마법을 쓰지 않는 것이다.

따라서 이 자리에 왕매가 있는 것도, 신의 인도가 있었던 것이다.

"태세성군은 재앙을 부른다고 들었는데요……."

왕매는 필사적으로 머릿속에서 갖가지 성구를 읊고서, 영혼을 천상에 접근시키며 말을 이었다.

천지를 잇는 거니까, 단숨에 치달아버리지 않도록 조심해야죠…….

그런 그녀의 모습을 곁눈질로 보면서, 검성이 「다시 말해서」라고 말을 이었다.

"저게 지하에 있는 탓에, 서방 변경이?"

"닭과 달걀."

현자 또한 지팡이를 겨누고, 술법에 의식을 돌렸다.

"어느 쪽이 먼저인지 몰라."

"가능하면 저게 원인이면 좋겠네요."

어쩐지 다르단 생각도 들지만요. 검성은 가벼운 기색으로 말하고, 천천히 만도를 들었다.

"말해두지만, 나는 이번에 진짜로 탐색 경기를 즐기러 왔을 뿐인데 말야아……."

"일이 이렇게 된 이상, 용사님도 각오를 굳혀 주세요."

그저 말려든 제가 그랬으니까요. 왕매의 말에, 용사는 어깨를 움츠렸다.

"그렇게 말하면, 질 수가 없네. 우리들."

그것을 늘 있는 일이라며, 검은 머리칼을 나부끼는 소녀— 용사가 웃어 넘겼다.

전의는 높다— 애당초 이 파티와 나란히 서기에는, 왕매의 실력이 너무나도 빈약하다.

—제가 할 수 있는 일은, 아주 조금이지만요.

그렇기에, 있는 힘껏, 한껏, 전력으로.

용사님들에게만 맡기고 안온하게 지내다니. 과거에도 지금도, 자신이 가장 싫어하는 일이었다.

"《자비 깊은 지모신이여, 그 손으로 부디 이 땅을 정화해 주소서》……!"

둥실. 혼이 상냥한 손에 휩싸여, 어머니에게 안긴 것 같은 감각이 온몸에 돌았다.

괜찮아. 분명히 괜찮아. 틀림없이, 괜찮아. 왕매는 눈앞의 고깃덩이를 노려보았다.

그냥 강하거나, 효율이 좋다거나, 그것이 전부, 라는 것은—.

그런 일은 절대로 없다. 그렇기에 여기에 자신이 있고, 그녀들—용사 일행이 있는 거니까.

"아아, 젠자앙. 조금은 말야. 세상의 운명이랑 상관없는 모험을 하고 싶어……!"

"그걸 위해서라도."

검성이 응답하고, 현자가 말을 이었다.

"일단 세상을 구해야 돼."

"그렇지……!"

알고 있었어! 소리를 지른 소녀— 용사는 허공에 드높이 손을 내밀었다.

영혼과 인연(패스)으로 이어진 절대적인 무기는, 같은 차원 세계에 있으면 언제든지 한순간에 나타난다.

빛나는 태양. 그 빛이 깃든 녹색의 성검. 절대적인 무기.

그것을 단단히 쥐고서, 용사는 허공으로 몸을 던졌다.

"새벽의— 일격어억!!"

제6장 『역시 모험가가 되고 싶어!』

Goblin Slayer

He does not let anyone roll the dice.

“오, 뭐야. 아가씨도 참가했었구나. 어땠어?”

“꽝이었어!”

“그렇구나. 꽝이었구나.”

“응, 하지만 뭐. 모험은 했고, 즐거웠으니까 괜찮아.”

파릇파릇하게 갠 파란 하늘 아래서, 철창을 어깨에 짊어진 소녀가 명랑하게 웃었다.

녹색 옷을 흔드는 바람과 마찬가지로, 그 표정은 상큼하고 밝으며 한 점의 흐림도 없었다.

창잡이는 그 얼굴을 보고서 「그렇구나」 하며 고개를 끄덕였다.

—미궁 탐색 경기는 꽤 잘 진행된 모양이군.

겨울도 가까운데, 변경 도시는 축제 뒤의 여운이 아직 제법 떠돌고 있었다.

길 가는 사람들의 얼굴은 어쩐지 고양됐고, 여기저기서 경기의 감상 이야기도 흐르고 있다.

어딘가의 아들내미가, 딸이, 참가했다거나, 잘 했다거나, 실패했다거나.

눈여겨볼만한 젊은이가 다른 데서 왔으니까, 숙소랑 밥이랑 베풀어서 고객으로 하려고 한다거나.

겨울부터 다음 봄에 걸쳐서 신입은 꽤 기대할 법 하다고, 창잡이는 생각했다.

관여하지 않은 건 후회하지 않지만, 아깝다고 생각할 정도로는 좋은 흥행이었음이 틀림없다.

—그런 가운데 자기가 실패를 해버렸으니, 풀이 죽을 거라고 생각했는데…….

눈앞의 그녀에게 그런 생각이 없다는 것도, 그의 기분을 좋게 만들었다.

분명히 좋은 모험가가 될 거다. 적어도 그 재능의 하나가 있다는 것이다.

모험에 실패한 모험가라는 것은 대개 풀이 죽어서 쳐지는 법이다.

좌절해서 내던지고, 포기해버리는 자도 많다. 그것은 좋지도 나쁘지도 않다. 개인의 선택이니까.

그러나 그래도 신경 쓰지 않고 다음으로 도전하는 마음가짐은 얻기 어려운 것이었다.

사소한 인연으로 시작되어, 이렇게 때때로 만나 교류가 이어지는 신참 소녀.

그녀가 열심히 하고 있다면, 창잡이의 볼도 느슨해지는 법이다.

"그쪽은, 어땠어?"

그래서 천진한 물음에도, 괜히 거창하게 「아픈 곳을 찔렸다」라는 표정을 지어주었다.

"불로불사의 영약 같은 것이 있다는 유적 이야기였는데."

머리를 긁적이며, 괜할 정도로 쓴웃음. 거짓말은 아니다. 태도를 과장했을 뿐.

“유적의 가장 안쪽은, 텅 비어 있더라.”

“그러면, 그쪽도 꽝이었구나.”

“그런 셈이지.”

고개를 끄덕인 창잡이는 그 손을 뻗어서, 소녀의 검은 머리를 마구마구 휘저었다.

꺄아 하면서 귀여운 비명을 지르는 걸 보면, 그녀도 장난을 즐기는 모양이다.

사양 않고 여자애의 머리칼을 쓰다듬어서 어떻고 저떻고 하는 것은 그에 걸맞은 친분이 있어야 한다.

“뭐, 모험이라는 건 그런 거야. 기죽으면 안 된다?”

“그럴 거야!”

부우. 입술을 삐죽거리는 그녀의 머리칼을 정리해주면서, 힐끔 창잡이는 시선을 옆으로 돌렸다.

저쪽에 서 있는 파란 갑옷의 검사와 분홍색 외투의 마법사가 이 애의 동료일 것이다.

제법 자세가 좋은데— 어떤 걸까? 실력과 장비가 맞지 않는 것 같기도 하다.

물론 장비 쪽이 실력을 따라가지 못하기 때문인데—.

뭐, 상관할 일이 아니리라.

아는 사이인 신관과 많이 닮은 애가 옆에서 담소하고 있으니, 어쩐지 의식이 흘러갔을 뿐이리라.

그 소녀 곁으로, 여신관이 총총 달려가서 명랑하게 웃으며 이야기

꽃을 피우고 있었다.

두 사람은 자매처럼 보이지만, 창잡이의 감상은 전혀 달랐다.

아무리 승려의 옷차림이 같아도, 입은 여성이 다르면 분위기도 다른 법이다.

여성이 무엇을 입고 무엇을 하든 아름다운 것은 변함이 없다. 좋은 일이라고 창잡이는 생각했다.

그런 그의 옆에서, 파트너인 마녀는 뭔가 의미심장하게 웃고 있었다. 그것도 늘 있는 일이다.

모험가 길드의 문을 열고, 긴장한 표정을 한 소녀가 걸어가는 것도 또한 마찬가지.

서쪽 변경의 이 도시에서— 그것은 아마도 평범한 일상의 일막에 지나지 않는다.

§

"이봐, 너!"

도시로 심부름을 오는 것에도 익숙해질 무렵이었다.

첫 번째는 칭찬을 해준 부모나 놀라던 주위 아이들도, 이제 슬슬 반응이 없어질 무렵이다.

심지어 오늘은 아버지와 함께 왔는데, 중요한 이야기가 있다면서 바깥에서 기다리라고 하여 바깥에 남겨져 버렸다.

그래도 자신이 굉장한 일을 하고 있다고 소년은 믿고 있으니까, 대단히 불만이었다.

그래서 울적한 기분으로 길거리를 바라보고 있을 때도, 처음에는 전혀 깨닫지 못했다.

소년은 인파 속을 가는 소녀를 보며 눈을 깜빡이고, 지나가는 것을 눈으로 좇아 드디어 그녀를 불렀다.

"——?"

갸우뚱하는 표정으로 돌아본 것은 마을 변두리에 사는 용병인지 하는 녀석네 집 딸이었다.

검은 머리칼도, 멍한 표정도, 아무것도 변하지 않았다.

크기가 안 맞는 등에 메는 가방에, 허리에 찬 묵직해 보이는 장검 때문에 기울어진 것도 그대로.

그래서 처음에 깨닫지 못한 것은, 그녀가 싸구려 가죽 갑옷을 입은 탓이라고 그는 생각했다.

"너……."

소년은 빤히, 자기보다 상당히 가녀린 소녀를 사양 않고 보았다.

"정말로 모험가가 된 거냐."

"응."

소녀는 고개를 끄덕였다. 영차, 영차. 옷 안에서 인식표를 꺼냈다.

힐끔 보인 하얀 피부나 쇄골에 어째선지 소년은 가슴이 뛰었지만, 무시하고 그것을 보았다.

그녀의 가는 목에 걸린 사슬에는 백자의 작은 판과, 끈으로 묶인 작고 검은 돌이 흔들리고 있었다.

"……너, 속아넘어간 거 아냐?"

"그럴려나?"

“그리고, 그 까만 돌멩이는 뭔데?”

“경기회의, 상품.”

소녀는 그의 가시 돋친 목소리도 신경 쓰지 않고, 기쁜 기색으로 인식표와 나란히 걸고 있는 검은 돌멩이를 만졌다.

중요한 보물을 다루는 것처럼 신중한 손놀림으로, 그녀는 다시 그 돌을 옷 안에 넣었다.

“부적으로, 만들어줬어.”

“싸구려네.”

“그럴려나.”

흥. 소년은 코웃음을 쳤지만, 소녀는 신경 쓰지 않고 짧게 중얼거렸다.

그것이 어째선지 지독히도 짜증스럽게 느껴져서, 소년은 승리를 뽐내며 가슴을 펼쳤다.

“어차피 무기를 마구잡이로 휘두른 것뿐이지? 고블린 같은 거 상대로.”

“응. ……그럴, 지도?”

“고블린 따위, 나도 해치울 수 있어.”

그렇다. 이 녀석에게 자랑해줘야지. 소년은 의기양양하게 말했다.

요전에 마을로 다가온 고블린을 그는 내쫓아줬다. 막대를 휘둘러서, 돌을 던져서.

물론 고블린은 비쩍 마른 한 마리였고, 어른들이 뒤에 따라왔지만.

그래도 자기가 고블린을 쫓아낸 것은 변함이 없는 것이다. 소년은 잘난 체를 했다.

"그랬구나."

"그래!"

그러나 소녀는 딱히 흥미도 없는지, 띄엄띄엄 대답을 할 뿐이었다.

어떻게든 그녀의 표정을 바꿔주려고, 소년은 빙글빙글 웃으며, 승리를 뽐내며 말을 이었다.

"미궁 탐색 경기란 건 말야. 초보자 상대의 놀이 같은 거고 대단한 것도 아니잖아?"

"그럴려나."

"너 말야. 내가 말한 것처럼 투구 같은 것도 산 거냐?"

"……."

소녀는 한순간 입을 다문 다음, 우물쭈물하며 앞 머리를 가르고 그걸 보여주었다.

그녀가 머리에 감은 것은 가죽 이마 보호대가 달린 머리띠였다.

이거라면 아래로 끌어내리지도 못하니까. 소녀는 중얼중얼 작은 소리로 말했다.

—멍청하기는.

투구 같은, 그런 걸 잡혀서 끌려가다니 바보 같다. 소년은 콧방귀를 뀌었다.

만약 자신이 모험가가 된다면 투구를 살 거고, 절대로 그런 바보 같은 짓은 안 당한다.

소년은 그렇게 확신하고, 멍청한 꼴을 당했다는 소녀를 내려다보며 웃었다.

그렇지만 어쩐지 만족감이 있었다. 이 소녀는 자기 말을 듣고서 머리 방어구를 산 것이다.

그러니까, 그렇다. 이 녀석의 힘만으로는 미궁 탐색 경기의 상품 따위 받을 수 없었다는 것이다.

"그러면, 내가 이것저것 충고를 해준 덕분이지!"

"—그건, 아니려나."

소녀는 확실하게 말했다.

소년은 흠칫하여 숨을 삼켰다. 그녀가 자기 말을 부정한 것은 처음이었다.

그것은 대단히 작은, 평소의 소녀와 다를 바 없는 목소리였지만 대단히 날카로웠다.

그때, 소년은 처음으로 어렸을 때부터 알고 있는 소녀의 눈을 보았다.

가만히 이쪽을 보는 그 눈동자는 무서울 정도로 맑고 곧아서, 깊은 샘 같았다.

길가의 돌멩이를 볼 때의 그것과 닮아서, 그저 거기 있기만 한 것을 보는 시선이었다.

"이야기, 끝났어?"

소녀는 천천히 고개를 갸웃거렸다. 화악, 뭔가 달콤하고 좋은 냄새가 머리칼에서 떠돌았다.

"그럼, 나는 갈게."

아무 말 못하는 소년을 남기고, 소녀는 빙글 등을 돌려서 앞을 보고 걸어갔다.

할 일이 많고, 생각할 일도 잔뜩 있고, 어쨌든지 어디서부턴가 손을 대야 한다.

일단은 하수도. 일단은 하수도. 소녀는 중얼중얼 말하면서, 도시 변두리의 입구로 걸었다.

그것이 접수원 언니의 추천이었다. 위험한 일도 있을 거라고 했으니까, 조금 무섭다.

언젠가 훈련장이란 곳에도 가볼 생각이지만, 일단은 조금 돈을 벌고 싶었다.

모험가 길드에 있던 사람들에게 조금 물어봤는데, 역시 하수도가 가장 좋다고 한다.

용기를 내서 남에게 말을 거는 건 힘들었지만, 하지만 그 무서운 경기 감독관보다는 낫다.

그리고 말을 걸어보니, 다들 좋은 사람들뿐이었다.

하수도를 잘 안다는 오빠는「곤봉이 좋아」라고 알려주었다.

하지만 아직 돈이 없고, 곤봉 같은 건 써본 적이 없다. 그러니까 한 번은 검으로 해봐야지.

출발하기 전에 공방의 아저씨한테 물어봤으니까, 곤봉의 가격은 알고 있었다.

탐색 경기에서 얻은 보석을 받아줘서 다행이다. 덕분에 갑옷과, 머리띠, 약을 샀다.

랜턴의 기름을 부탁했더니 향유도 덤으로 주었다. 참 기뻤다.

그 모험가도 말했었지만, 차분해지는 건 중요하다. 그녀는 금방 당황하니까.

뱀이 나오지 않으면 좋겠다. 뱀은 아주 무서웠어. 하수도에는 분명히 뱀은 없을 거야.

혼자서 고블린과 싸우는 것은, 참 힘들었다. 그러니까 분명히, 쥐 퇴치도 엄청 힘들 것이다.

—이것저것, 생각해야지.

"……열심히 해야지."

소녀는 주먹을 꼭 쥐었다. 그 가슴팍에서, 부적이 반짝반짝 빛나고 있었다.

방금 말을 걸었던 소년에 대해서는 이미 머릿속에서 거의 빠져나가 버렸다.

시작의 한 글자에서 퍼지는 커다란 소용돌이, 폭풍(템페스트)의 이름을 가진 소녀.

아직은 한량(로그라이크) 같은 그녀는, 검은 호마노(블랙 오닉스)를 가슴에 달고 착실하게 걷기 시작했다.

그녀가 가는 앞에는 어디까지나 넓고, 드넓은 사방세계가 있었다.

§

고블린 슬레이어는 접수원 아가씨가 의뢰인과 이야기하는 것을 멍하니 긴 의자에 앉아서 보고 있었다.

때때로 그 싸구려 철 투구를 본 모험가들이 말을 걸면, 그는 「그런가」 하고 대답을 한다.

신입 모험가— 미궁 탐색 경기에 참가한 자들은 의자에 앉아 있는 그 따위는 눈길도 안 준다.

그것이 볼품없는 장비 탓인지, 신경 쓸 여유가 없어서 그런 건지는 알 수 없었다.

자신이 신입이었을 무렵은 어땠었는가를 생각해 보면, 주위를 볼 여유 따윈 없었다.

물론 이 지저분한 차림새를 보고 은 등급 모험가라고 생각지 않는 것은 오히려 당연하다고 생각한다.

예외라고 하면, 그 소녀. 탐색 경기에서 안쪽으로 길을 잃었던 그녀는 지나가면서 인사를 했다.

—그 애는, 모험가가 되겠지.

등록했는지 아닌지의 의미가 아니다. 길드에 등록한 것은 그도 마찬가지다.

그 소녀는, 분명히 모험가가 될 수 있다.

잘 될지 어떨지는 모르고, 자신 따위가 판단해도 될 일이 아니리라.

그러나 그녀는 모험가가 되기로 정하고, 되고자 행동하고 있다.

그렇다면, 이미 그녀는 모험가인 것이다.

—나는.

어떤 것일까?

멍하니 그는 생각한다. 축제 전에는 대단히 바빴지만, 끝나고 나니 이렇다.

결국은 자신이 무엇을 했는가 하면, 고블린 퇴치에 지나지 않는다.

미로를 만드는 것도, 함정도, 경기의 운영도, 자신이 한 일은 아주 미약한 정도가 아니던가?

이 세상 모든 것은, 하는가 하지 않는가다. 스승은 그렇게 그에게 가르쳐 주었다.

그렇다면.

—나는——…….

"아, 고블린 슬레이어 씨! 이제 됐어요!"

자 여기요. 접수원이 웃으며 손을 흔들자, 그는 사고를 끊어내고 일어섰다.

접수원 옆에는 목에 성인을 건 직원이 어째선지 고양이 같은 미소를 짓고 있었다.

—그녀에게는, 지상의 운영을 맡겨 버렸군.

고블린 슬레이어는 작게 신음하고, 역시 작게 철 투구를 숙였다.

감독관은 「오」 하는 표정을 지은 다음에, 「괜찮아요」 하고 고개를 옆으로 저으며 업무로 돌아갔다.

—언젠가 새삼 인사를 해야 하리라.

그는 잊지 않도록 단단히 기억한 다음에, 접수원 맞은편에 섰다.

접수원은 이미 평소와 같은 제복 차림이며, 빙글빙글 생쥐처럼 접수처 안에서 바쁘게 움직이고 있었다.

미궁 탐색 경기 관련 업무는 힘든 일일 텐데, 지친 기색이 전혀 안 보인다.

"어휴, 이래저래 고생을 끼쳤어요……."

"문제는 없다."

오히려 이쪽을 배려해주는 모습에 고블린 슬레이어는 딱 잘라 응답했다.

누가 뭐래도 상대는 고블린인 것이다.

평소와 하는 일이 무엇 하나 변하지 않았다. 무엇 하나.

"그다지, 고생은 아니었다."

"저도 이래저래 도우려고 기합을 넣기는 했었는데요."

그러나 접수원의 어쩐지 난처한 표정은 변하지 않는다.

그녀는 빙글빙글 손가락 끝으로 땋은 머리칼 끝을 만지작거리며, 어쩐지 풀이 죽은 기색으로 웃었다.

"그다지 힘을 보태지 못해서……."

"그 향초 사탕은 심했다."

"——?"

말의 의미를 미처 이해 못했을 것이다. 접수원은 고개를 갸우뚱 기울였다.

고블린 슬레이어는 개의치 않고 말을 이었다. 입을 멈추면, 분명히 자신은 입을 다물어 버릴 테니까.

소꿉친구인 소녀에게도, 곤란할 때 입을 다문다고 자주 지적을 받았다.

"삼켰더니 위장에서 냄새가 피어오른다. 질색했고, 조금 움직임도 흐트러졌던 것 같다."

"그, 그랬었나요……."

"그러나, 그것 말고는 도움이 됐다."

고블린 슬레이어는 주저 없이 말을 꺼냈다.

"고맙다."

"————."

접수원은, 대답이 없었다.

그녀는 한순간 표정이 굳어졌다가, 「잠시만 기다려 주세요」 하고 뭔가 생각난 것처럼 일어섰다.

그리고 접수처 안쪽으로 들어가더니, 잠시 지나서 종종걸음으로 돌아와서 자리에 앉았다.

"그러니까, 대단히 실례했습니다. 그래서, 저기…… 그래서……."

접수원은 싹싹한 어조로 말을 거듭하여, 평소와 마찬가지로 아름다운 웃음을 지으며 고개를 기울였다.

"……그래서?"

"그러나, 내용물을 대부분 망쳐버렸다."

"어머나."

그의 말에 눈을 깜빡인 접수원은 금방 그 웃음을 느슨히 풀고 쑥스러운 기색으로 눈을 깔았다.

"괜찮아요, 그런 건—."

"변상을 하고 싶다만, 나는 그런 부분을 잘 모른다."

그런 그녀의 모습을 개의치 않고, 고블린 슬레이어는 대단히 신중하게 말을 골랐다.

여기가 조심해야 하는 부분이다.

"고르는 걸—."

"부디, 함께!"

접수원이 힘차게, 반쯤 자리에서 일어서며 말했다.

주위의 모험가나 의뢰인, 직원들의 시선이 힐끔 이쪽을 보았다.

접수원이 얼굴이 새빨개져서 다시 앉고, 어흠 헛기침하는 것을 감독관이 희미하게 웃으며 보고 있었다.

© Noboru Kannatuki

"……함께, 부탁을 드릴 수 있을까요? ……라고, 생각하는데요."

"그럴 셈이었다만, 그러면 되나?"

"……네."

"그런가."

—교훈을 살렸다.

고블린 슬레이어는 고개를 끄덕였다. 문제는 없는 것 같다. 개선했다는 것이다.

전에 이걸로 통한의 실수를 했었다. 돈을 가져가서 건네는 걸 피해서, 정말로 다행이다.

숨을 쉬었다. 일단은, 좋다. 그렇다면, 그 다음 안건으로 가도록 하자.

"그렇지만, 일단은 고블린부터다."

"그렇네요."

접수원은 미소를 지었다.

"네, 그럼요. 알고 있고말고요."

괜히 기분 좋은 기색으로, 접수원은 또 다시 접수처 안쪽으로 돌아가 서류 다발을 안고서 돌아왔다.

발걸음이 가볍고, 움직임도 날렵하다. 고블린 슬레이어는 인사를 하고서, 서류를 집었다.

지방의 개척 마을에서 온 의뢰— 역시 평소와 같다.

비쩍 마른 고블린이 나타나서 쫓아냈지만, 걱정되니 조사를 해줬으면 좋겠다거나, 퇴치해달라거나.

축제가 있었다지만 겨울나기를 생각하면 그 식량을 노리는 것을 걱정하는 건 당연하다.

그 지하의 싸움에서 고블린을 모두 죽였는지 아닌지, 그는 확신이 없었다.

만약 몇 마리 놓쳤다면 이걸 살려둘 수는 없었다.

아니, 그렇지 않아도 고블린을 죽일 필요는 있다. 그는 고블린을 죽이는 자이고, 이것은 그의 역할이다.

경사스런 날이 끝나면, 평범한 날이 온다. 그것이 세상의 도리다. 불만 따위 없다.

그에게는 경사스런 날이든 평범한 날이든, 고블린을 죽이는 것뿐인 것이다.

고블린에게는 누군가가 즐기고 있는 날이 바로 꺼림직한 날일 테니까.

—일단은 가방에 담을 것부터 새로 마련해야 하리라.

찢어진 가방을 본 소꿉친구 소녀가 「맡겨둬!」 하면서 자신만만하게, 수선을 맡아 주었다.

그녀에게 맡기면, 분명 괜찮을 것이다. 두 번 다시 찢어먹는 실패는 범하지 않으리라.

걱정이 있다고 하면, 그 남양식 투척 나이프를 금방 구입할 수 있다면 좋겠는데.

그리고 다음은 동료 — 라고 생각하고, 그는 한순간 사고를 멈추었다 — 에게 어떻게 말을 할 것인가.

고블린 퇴치를 하러 가자고 또 말을 해야 할까, 아닐까—.

"있잖아, 또 고블린 퇴치 의뢰지?"

문득 말을 거는 목소리는 머리 위에서, 방울소리처럼 아름다웠다.

모험가 길드 2층의 통로에서 거의 몸을 늘어뜨릴 정도로 내민 하이 엘프다.

엘프 궁수의 거꾸로 된 얼굴이 생글생글, 기분 좋게 쫑긋 기다란 귀를 흔들었다.

"정말로, 오르크볼그는 그것뿐이라니까."

"그런가."

그럴 것이다. 부정할 여지가 없었다.

철 투구를 끄덕여 흔드는 모습이 어디가 재미있는지, 엘프 궁수는 까르르 소리를 내며 웃었다.

"정말이지 참. 그 애는 아니지만, 정말로 못 말리겠다니까."

내가 말을 안 걸었으면 어쩌려고 그랬는지 참. 엘프 궁수의 입술이 속삭였다.

그리고 그 이 세상 것 같지 않은 하얗고 아름다운 손가락으로 그의 철 투구를 삭, 가리켰다.

"모험하러 가자, 모험! 고블린 퇴치가 끝나고 나면!"

"그래."

그는 자신이 그런 말을 해도 되는지, 마지막까지 망설이면서도 짧게 대답했다.

"모험을, 하러 가자."

■작가 후기

안녕하세요, 카규 쿠모입니다!

고블린 슬레이어 13권, 즐거우셨을까요?

이번에는 고블린이 나와서 고블린 슬레이어가 고블린 퇴치를 하는 이야기였습니다.

있는 힘껏 노력해서 썼으니 즐거우셨다면 다행이겠습니다.

결국은 자신이 무엇을 하든 어쩌든 세상은 멋대로 이래저래 변해가는 법입니다.

@ 양 말고도, 신입 모험가들은 그런 사방세계로 뛰어들 것을 결의한 아이입니다.

하고 싶다~라는 마음은 중요하고, 하자고 행동에 옮겨야 합니다.

최근에는 Vtuver 여러분의 방송을 보거나 듣거나 하면서 작업하는 일이 늘었습니다.

게임이든 뭐든 와아와아 떠들썩하고 즐겁게 하는 것은 대단히 좋은 일입니다. 파워!

어쩐지 어수선하고 이런저런 일이 있었던 2020년이었습니다.

고블린즈 크라운 극장 공개, 독일 Animania 상의 고블린 슬레이어 수상.

곱슬 관련 소설도 헤아려 보면 이제 슬슬 20권 정도가 되니까 깜짝 놀랄 일입니다.

정말이지 뭐랄까 굉장한 곳까지 와버렸다고 생각할 따름입니다.

제가 하고 있는 일은 여전히 좋아하는 것을 마구 욱여넣어서 쓰는 것뿐이지만요.

그렇다면 이런 기쁜 일들은, 저 자신의 힘이라기보다는 여러 사람들 덕분인 거겠죠.

생각해 보면 당연한 겁니다만, 혼자서는 책도 만화도 애니메이션도 게임도 만들 수 없습니다.

편집부 여러분이나, 애니메이션 관계자 분들, 해외의 여러분, 삽화가 선생님들, 만화가 선생님들.

함께 놀아준 친구들, 정리 사이트 관리인 님, 그리고 물론 독자 여러분.

고블린 슬레이어라는 작품이 좋은 평가를 받는 것은, 그러한「모두」의 힘이 있기 때문입니다.

언제나 언제나, 정말로 고맙습니다.

이어 원도 아직 이어지고 있으며, 악명의 태도(다이 카타나)도 드디어 마무리로 다가가고 있습니다.

TRPG 관계도 이것저것, 그· 밖에도 아직 잔뜩 있으니 바쁘게 움직여야 합니다.

다음 권은 북해에 고블린이 나와서 고블린 슬레이어가 고블린 퇴치를 하는 이야기가 될 예정입니다.

이것도 열심히 쓸 생각이니, 또 어울려 주시면 좋겠습니다.

그럼 또 봬요.

■ 역자 후기

안녕하세요, 불초역자입니다.

경★한국어 더빙 확정☆축

참으로 경사스런 소식입니다. 빌어먹을 연필 한 자루로 세 명의 그 분이 출연한다는 걸로도 유명한 그 게임이죠.

역자의 경우 게임의 음성 언어를 일본어로 해놓고 플레이하는 경우가 많습니다. 알아들을 수 있으니까요. 특히 자막으로는 표시되지 않는 곁가지 대화나 음성 소스 같은 게 은근히 많아서 그런 걸 알아보기에도 좋습니다.

그러나 결국은 늘 쓰는 한국어에 비할 바가 못되죠. 원어가 일본어라면 뭐 한국어 음성이 있어도 일본어가 낫지 않을까 고민을 해보겠습니다만, 이번 경우는 그렇지도 않으니 망설일 여지가 없나 싶었습니다만.

다만 역시 연필 한 자루 형의 목소리가 워낙 그윽하잖아요. 어허. 요전에 트레일러 영상에 나와서는 바이크 소개를 하는데 그 형의 평소 이미지답지 않게 행복해 보이더군요. 손바닥 사사삭 비벼가면서 짓는 뿌듯한 표정이라니. 형 목소리 때문에 어떻게 할까 다소 고민스럽기도 합니다. 어떡해야 할까요?

아무튼. 게임 발매에 대비해서 멀미 방지 안경이라는 걸 사봤습니다. 전에 1인칭 게임 하나가 묘하게 멀미가 났거든요! 역자가 알기로는 모 자동차 회사에서 99파운드라는 가격으로 발매했던 겁니다만, 이게 원리가 아주 간단합니다. 그렇다면 이른바 대륙산이 나오는 것이 인지상정인지라……. 가난한 역자는 모 사이트를 통해 약 19달러짜리 제품을 공수해봤습니다. 이게 3D 멀미에도 효과가 있는지는 이제부터 확인을 해봐야겠습니다. 일단은 단단히 준비를 하고 있어요. 기다려라. 카드 정산일 넘어가면 질러준다.

게임 할 때나 음악 들을 때나 뭐 이래저래 전천후로 쓰겠다는 핑계를 대고 덜컥 50만원 넘는 블루투스 헤드폰을 질러서 아직도 할부를 갚고 있는 이 비루한 역자를 비웃어 주십시오. 그래도 잘 쓰고 있어요. 역자가 솔직히 막귀이긴 합니다만 그래도 10만원 이하 이어폰보다 확실히 좋다는 건 알겠습니다. 막귀도 좋은 거 쓸 수 있는 거예요. 겨울에는 따뜻한 귀마개로 쓸 수 있다는 놀라운 장점도 있습니다. 물론 역자가 집밖으로 여간 안 나간다는 매우 대단히 굉장히 사소한 문제가 하나 있긴 합니다만, 집에서도 잘 쓰고 있으니 문제없어요.

이렇게 만반의 준비를 갖추고 발매만을 기다리고 있던 역자는 또다시 발매가 연기가 됐다는 소식을 듣게 됐답니다.

하하하하하하하하하하하하하.

그럼 여러분, 다음에 또 봬요!

고블린 슬레이어 13

초판 1쇄 발행 2021년 2월 20일

지은이_ Kumo Kagyu
일러스트_ Noboru Kannatuki
옮긴이_ 박경용

발행인_ 신현호
편집부장_ 윤영천
편집진행_ 김기준 · 김승신 · 원현선 · 권세라 · 유재슬
편집디자인_ 양우연
관리 · 영업_ 김민원 · 조인희

펴낸곳_ (주)디앤씨미디어
등록_ 2002년 4월 25일 제20-260호
주소_ 서울시 구로구 디지털로 26길 111 JnK디지털타워 503호
전화_ 02-333-2513(대표)
팩시밀리_ 02-333-2514
이메일_ lnovelpiya@naver.com
L노벨 공식 카페_ http://cafe.naver.com/lnovel11

ISBN 979-11-278-5857-5 04830
ISBN 979-11-278-4050-1 (세트)

값 10,000원

스파이 교실 1권

타케마치 지음 | 토마리 일러스트 | 송재희 옮김

아지랑이 팰리스 공동생활 규칙.
하나, 일곱 명이 협력하여 생활할 것.
하나, 외출 시에는 진심으로 놀 것.
하나, **온갖 수단으로 나를 쓰러뜨릴 것.**

—각국이 스파이로 그림자 전쟁을 벌이는 세계.
임무 성공률 100%, 그러나 성격에 난점이 있는 뛰어난 스파이, 클라우스는
사망률 90%를 넘는 「불가능 임무」 전문 기관 「등불」을 창설한다.
하지만 선출된 멤버는 실전 경험이 없는 소녀 일곱 명.
독살, 함정, 미인계— 임무를 달성하기 위해 소녀들에게 남은 유일한 수단은
클라우스를 속여 이기는 것이다!

1대7 스파이 심리전! 통쾌한 스파이 판타지!!

L BOOKS
거미입니다만, 문제라도?
저자 바바 오키나
일러스트 키류 츠카사
13
L BOOKS

L BOOKS

고블린 슬레이어 외전 2 악명의 태도 상권

카규 쿠모 지음 | lack 일러스트 | 박경용 옮김

—시작이 무엇이었는지, 그것을 아는 자는 없다.
어쨌든지 《죽음》이 온 대륙에 흘러 넘쳤다.
따라서 그 시절의 왕이 포고를 내렸다.
『《죽음》의 근원을 찾아내, 이를 봉하라』.
《죽음의 미궁(덧말: 죽음의 미궁`던전 오브 더 데드)》.
사신의 아가리 그 자체인 나락의 웅덩이로 사람들이 모여들어,
어느샌가 성채도시가 생겼다.
모험가들은 여기서 동료를 모아,
미궁에 도전하고, 싸우고, 재화를 얻고, 때로는 죽는다.
당신은 모험가다.
악명 높은 《죽음의 미궁》의 소문을 듣고서,
그 가장 깊은 곳에 도전하고자, 이 성채도시를 찾아왔다.

「고블린 슬레이어」 외전 제2탄!
이것은, 카규 쿠모가 그리는, 재와 청춘의 이야기.